川端　康成

かわばた　やすなり

伊豆的舞女

山音

[日本] 川端康成 著
王之光 译

译林出版社

图书在版编目（CIP）数据

伊豆的舞女；山音 /（日）川端康成著；王之光译
.—南京：译林出版社，2023.8
（川端康成精选集）
ISBN 978-7-5447-9627-9

Ⅰ.①伊… Ⅱ.①川… ②王… Ⅲ.①中篇小说－小说集－日本－现代 Ⅳ.①I313.45

中国国家版本馆 CIP 数据核字（2023）第 048769 号

伊豆的舞女　山音 ［日本］川端康成／著　王之光／译

责任编辑　龚文宇　韩继坤
装帧设计　金　泉
校　　对　王　敏
责任印制　颜　亮

出版发行　译林出版社
地　　址　南京市湖南路 1 号 A 楼
邮　　箱　yilin@yilin.com
网　　址　www.yilin.com
市场热线　025-86633278
排　　版　南京展望文化发展有限公司
印　　刷　徐州绪权印刷有限公司
开　　本　787 毫米 ×1092 毫米　1/32
印　　张　13.75
插　　页　8
版　　次　2023 年 8 月第 1 版
印　　次　2023 年 8 月第 1 次印刷
书　　号　ISBN 978-7-5447-9627-9
定　　价　89.00 元

从热海长浜海滨远眺富士山
川濑巴水 绘

相模七里滨海滩的月光
川濑巴水 绘

镰仓大佛
川濑巴水 绘

镰仓鹤岗八幡宫
川濑巴水 绘

美丽日本中的我[1]

川端康成

春花夏杜鹃，秋月冬凉雪。

这首和歌题名《本来面目》，为道元禅师[2]（1200—1253）所作。另有一首出自明惠上人[3]（1173—1232）的和歌：

冬月出云伴我身，可染朔风寒飞雪？

受邀题字时，我常手书这两首和歌相赠。

---

1 此为川端康成在1968年诺贝尔文学奖授奖仪式上的演讲，译自讲谈社1969年版《美丽日本中的我》。

2 日本佛教曹洞宗创始人，曾在中国受禅法。著有《学道用心集》等。

3 日本佛教华严宗僧人。

明惠上人的这首还附有一篇堪称和歌物语的详尽长序，借以阐明诗中的心境。

元仁元年（1224）十二月十二日夜，天昏月暗，入花宫殿禅坐。渐至中夜，出定后，自峰顶禅房返回下房。此时，月出云间，清辉照雪。虽狼嚎谷间，有月为伴，心无恐。至下房，起身再出，见月又入云。闻后夜钟声，重上峰房，月复出云，与我伴行。抵峰顶，将入禅堂时，月逐云而去，欲隐山后，似默随我身。

这首和歌后，还附有一段文字：

至峰顶禅堂，见月斜山头。
吾向山端月亦随，诚愿夜夜作友陪。

明惠在禅堂彻夜修禅，或是于天明前再入禅堂时又作：

观禅间开目，但见晓月清光，照落窗前。身在暗处，举目遥望，心澈生辉，仿若与月光相映相融。

心明洞彻无遮碍，月见却疑清辉在。

西行[1]素有“樱花诗人”之称，明惠则被冠以“咏月歌人”

1 西行（1118—1190），日本平安时代末期诗僧。

的美名。

皎皎皎兮皎皎皎，皎皎皎兮皎皎月。

他笔下的这首和歌天真无邪，只是简单地将感叹音连缀成诗，连同上述三首从夜半至拂晓的冬月歌，旨在“咏歌实不为歌”（借鉴西行法师的说法）。它们坦率、纯真，把对明月的诉说朴素地化为三十一个日语音节。所谓“与月为友”，其实更是与月相亲，我见月即成月，月见我即成我，沉入自然，与自然合一。拂晓前在昏暗的禅堂里打坐静思的僧人心澄烁烁，所以晓月以为那光就是自己的清辉。

正如长序所阐明的那样，明惠入山顶禅堂思索宗教与哲学，“冬月出云伴我身”一诗歌咏的便是心与月微妙地相呼相应的事。我之所以借它题字，也正是有感于诗中的温柔与怜悯。冬月啊，你在云间忽隐忽现，为我照亮往返佛堂的路，使我闻狼嚎也不生惧。冬月啊，可有风吹到你？可有雪打到你？你冷不冷啊？这首和歌饱含对自然和对人的温暖、深厚又细致的体贴，尽显日本人的柔心弱骨。

以研究波提切利[1]闻名于世、博通古今东西美术的矢代幸雄[2]博士将日本美术的一大特色归纳为“雪月花时最思友”。见雪之

1 波提切利（Sandro Botticelli，约1445—1510），意大利文艺复兴盛期画家，作品有《维纳斯的诞生》等。

2 矢代幸雄（1890—1975），日本美术史家、美术评论家，著有《日本美术的特质》等。

美，见月之美，见花之美，即当自己看见四时轮回的美景深受触动时，当自己因邂逅美而感觉幸福时，便会分外思念挚友，渴望与其分享这层喜悦。也就是说，美的感动会强烈地唤起思人的情愫。这里的“友”可以广泛地理解为“人”。所谓“雪、月、花”，表达的是四季变化之美，同时这三个字体现了将山川草木、森罗万象、自然中的一切，以及人类情感中的美凝结于字的日式语言传统。此外，日本的茶道也以“雪月花时最思友”为根本精神。茶会即“感会”，是良友于良时相聚的欢会。附带说一句，我的小说《千只鹤》，如果被理解为写的是茶道的精神与形式之美，那就错了；它更多地是一部否定性的作品，是对当今沦为恶俗趣味的茶道提出质疑，发出警醒。

春花夏杜鹃，秋月冬凉雪。

道元的这首和歌也是展现四时之美，它将日本人自古以来在春夏秋冬里最钟爱的四样代表性自然风物简单地排列在一起，可以说是一首再寻常、再通俗、再平凡不过的，不是和歌的和歌了。不过，古代还有一首意境相似的作品，是僧人良宽[1]（1758—1831）的辞世歌。

此去留何在人间？春花秋叶山杜鹃。

1 日本佛教曹洞宗僧人，以书法、和歌知名。

这首和歌与道元那首一样，将寻常物与平常话直白地，更确切地说是故意地排列组叠在一起，传达出日本的真髓。更何况，它还是良宽的辞世歌。

春烟淡荡日迟迟，伴童戏鞠至暮时。

风清月明中元夜，竟夕共舞惜残年。

非关远人世，独行更自怡。

良宽笃守着这几首和歌中所歌咏的精神与生活，住草庵，着粗衣，信步乡间野道，与孩童嬉戏，同农夫闲谈，不用艰晦的言辞品论宗教与文学的深奥，“和颜爱语”，言行高洁。他的诗歌和书法超越日本江户后期、十八世纪末至十九世纪初的近代习俗，复臻古雅，迄今仍备受日本人的尊崇。这样的良宽咏下辞世的心境：自己无一物可留，也无意留一物。死后，自然仍旧美丽，就把它当作自己在尘世留下的唯一纪念吧。这首和歌中蕴含着日本自古以来的情怀，也传达出良宽的宗教精神。

切切盼君终得见，今朝相会别无念。

这样的恋歌同样出自良宽笔下，我很喜欢。年老体衰的良宽于六十八岁邂逅二十九岁的年轻尼姑贞心，收获纯洁的爱情。

这首诗写的是得遇佳人的喜悦，也是苦等的恋人终于出现时的喜悦。“今朝相会别无念”一句，至朴至真。

良宽七十四岁圆寂。他生于雪国越后——与我的小说《雪国》写的是同一地方，即如今里日本[1]北部的新潟县。西伯利亚的寒风越过日本海，长驱直入。他一生在此地度过，人渐衰老，自知时至，内心澄明通悟。这样一位诗僧，在他“临终的眼睛”里，应该依然美丽地映照着辞世歌中所描绘的雪国风光吧。我曾写过一篇题为《临终的眼睛》的随笔，“临终的眼睛”一语引自芥川龙之介（1892—1927）自杀时的遗书。遗书中有句话格外打动我：“我正在渐渐丧失‘所谓的生活力’‘动物力’吧。”

> 我现在住在一个冰般透明的、病态的、神经质的世界。……何时我才敢决然自杀呢？这是个疑问。对这样的我来说，唯有自然，比何时都美。你可能会笑我——既然钟情于自然的美，却又要自杀，这不是很矛盾吗？可是，自然之所以太美，正是因为它映在我临终的眼睛里。

1927年，三十五岁的芥川自杀了。我在《临终的眼睛》一文中写过：“不论多么厌世，自杀都不是开悟之姿。不论德行多高，自杀者距圣者之境，都还遥远。”芥川与战后的太宰治（1909—1948）等人的自杀，我既不赞美，也无共情。不过，我

---

1 指日本本州岛面向日本海一侧的部分。

还有一位年纪轻轻就去世的友人，一位前卫的日本画家[1]，他长年思量着自杀一事。"'没有比死亡更高的艺术'，'死即生'，这几乎是他挂在嘴边的话。"（《临终的眼睛》）他生于佛寺，毕业于佛教学校。我猜想，他对死的看法应该与西方人的死亡观有所不同吧。"心有牵挂的人，谁会想着自杀呢？"由此让我想到的，便是那位一休禅师（1394—1481）也曾两度企图自杀的事。

之所以在一休前加上"那位"二字，是因为他是童话中的机智和尚，连孩子都知道他；他不羁奔放，举止奇致，关于他的趣闻逸事广为流传。"稚童爬上一休膝头抚弄他的胡须，野鸟也在他手中啄食"，可谓达到了"无心"的极致境界。他看上去是个亲切、慈悲的僧侣，其实是一位严肃、深谙禅宗的高僧。据说一休是天皇之子，六岁入寺，闪耀着天才少年诗人的光彩，又苦闷于宗教与人生的根本性困惑。"若有神明，便请救我；若无神明，沉我入湖，以饱鱼腹。"他正要投湖时，却被人拦下了。后来还有一次，一休所在的大德寺里一名僧人自杀，数名僧人因此牵连入狱，一休深感有责，于是进山不吃不喝，决心一死。

一休把他那本诗集取名为《狂云集》，也自号狂云。作为日本中世的汉诗，尤其是禅僧所作的诗，《狂云集》及其续集中收录着绝无仅有的、读来令人瞠目胆战的爱情诗，甚至还有公然描写闺房秘事的艳诗。一休食鱼，饮酒，近女色，超脱禅宗的清规戒律，通过解放自己来反抗当时的宗教形骸，立志要在因战乱而

1 指日本超现实主义画家古贺春江（1895—1933），作品有《大海》等。

崩坏的世道人心中确立人的实存，恢复生命的本义。

一休所在的京都紫野大德寺，至今仍是茶道的中心，一休的真迹也被挂在茶室供人瞻仰。我也收藏有两幅一休的手迹。其中一幅写的是："入佛界易，入魔界难。"我颇受打动，经常挥笔题写这句话。字间意味可作各式理解，若深究下去恐怕没有尽头。仅说在"入佛界易"后附一句"入魔界难"，禅心至此的一休就让我深受震动。对于追求真善美的艺术家而言同样如此，"入魔界难"中有渴望，有恐惧，这番祈愿般的心境，无论表露出来，还是暗藏心底，归根结底都是命运的必然吧。无魔界，便无佛界。况且，入魔界更难。意志不坚，是入不了的。

逢佛杀佛，逢祖杀祖。

这是世人皆知的禅语。若以"他力本愿"与"自力本愿"划分佛教宗派，那么主张自力的禅宗当然也有这般激烈严苛的言论。主张"他力本愿"的真宗亲鸾[1]（1173—1262）曾说："善人尚得往生，何况恶人哉。"这同一休的"佛界""魔界"说有相通点，也有相左之处。亲鸾还说过"吾无弟子一人"。"逢祖杀祖"，"吾无弟子一人"，这恐怕也是艺术严酷的命运吧。

禅宗没有偶像崇拜。禅寺中虽然也供奉佛像，但是修行道场、禅坐静思的禅堂里不供佛像，不挂佛画，也不备经文，僧人

---

1 日本佛教净土真宗创始人，强调坚定信仰，著有《教行信证》等。

只是长时间闭目打坐，不语，不动，进入无念无想的境界，去“我”成“无”。这个“无”并不是西方的虚无，相反，它是万有自在的空，是无涯无边、无尽藏的心之宇宙。当然，禅修也要从师受业，与师问答以获启发，还要研习禅宗经典，但静思终究靠自己，开悟也只能借助自力。而且，禅不重理论，重直观，不重他人教诲，重内省。真理“不立文字”在“言外”。禅修甚至可以到达维摩诘[1]居士“一默如雷”的极致境界。据说中国禅宗的始祖达摩祖师曾“面壁九年”，九年间面对洞窟岩壁沉思默想，终得开悟。禅宗的坐禅，正是始于达摩祖师的坐禅。

问则答不问不答，达摩心中自有佛。（一休）

另外，一休还有一首道歌：

莫问何为心，墨间松风音。

这也是东方绘画的精神。东方绘画中的空间、留白、减笔都是水墨画的灵魂所在。正所谓“能画一枝风有声”（金冬心[2]）。

道元禅师也曾说过：“未见否？竹声中悟道，桃花间明心。”日本花道的插花名家池坊专应（1532—1554）在他那本《口传》

1 据《维摩经》，是毗耶离城的大乘居士，与释迦牟尼同时代，为佛典中现身说法、辩才无碍的代表人物。

2 金农（1687—1763），号冬心先生，清朝书画家，“扬州八怪”之一。

中讲到："仅以小水尺树，呈江山万里之胜景，刹那顷刻间起千变万化之佳兴，犹仙家妙术也。"日本的庭院也同样象征着广阔的自然。西洋庭院大都建造得十分匀整，相比之下，日本的庭院却以不匀整居多。这是因为相较匀整，不匀整更能象征丰富与广阔的事物吧。当然，这种不匀整也依靠日本人纤细微妙的感性保持着一种平衡。再没有比日本庭院更复杂、更多趣、更绵密、更繁难的造园方法了。所谓"枯山水"，只靠叠岩布石造景，通过"布石"营造出并不存在的山川起伏、波涛汹涌之景。这种凝缩的方式走向极致，便是日本的盆栽与盆石。

"山水"一词，指山与水，即自然景色，它从山水画（即风景画）、庭院中甚至又衍生出"凄寂"与"寂寥、清寒"的意境。不过，"和敬清寂"的茶道所崇尚的"侘寂"当然蕴含的是内心的丰富；同时，极狭小、极简素的茶室中反而包罗无边的广阔与无限的雅致。一朵花，可以比一百朵花更美。利休[1]也曾教诲说，插花不宜用盛开之花。直至今日，日本茶道仍遵循此训，茶室的壁龛中大多只插一枝，且是含苞的花蕾。到了冬天，便插冬令花，比如名为"白玉""侘助"的山茶。不仅山茶的品种有讲究，还要从中挑选花小、色白、只有单个花蕾的一枝用来插花。没有色彩的白，最清丽，也最富色彩。而且，花蕾上必定沾有露水。清水几滴，润湿花朵。五月，青瓷瓶中插牡丹，就是茶道里最华贵的花艺。牡丹自然也是单枝洁白的花蕾，沾着露水。不仅花要

1 千利休（1522—1591），日本茶道集大成者，主张"和敬清寂"的茶道精神。

点水，很多时候还要事先用清水润湿花器。

日本的陶瓷花器中，最高级也最昂贵的古伊贺烧（约十五、十六世纪）被水沾湿后，仿佛才苏醒过来，绽放出美丽的神采。伊贺烧由高温烧制，燃稻草，稻草灰与烟在瓶身上附着、流动，随着窑温下降，形成类似釉质的表面。这层釉面亦可称为“窑变”，多彩多姿的纹样并非陶工人为所施，而是由窑中的自然神工造就。伊贺烧的质地古朴、粗糙、坚硬，沾水便会呈现出明艳的光彩，与花上的露水交相呼应。茶碗在使用前也会用水濡湿，使之润泽，这被视为茶道的一种趣味。

池坊专应将“山野水畔自然之姿”（《口传》）作为全新的池坊流派的花道精神，残器枯枝亦成“花”，由花可得悟。“古人皆由插花悟道。”由此可见，在禅宗的影响下，日本的美之精神苏醒了。这同样是在长期内乱的荒芜中活着的日本人的精神。

日本最古老的歌物语集《伊势物语》（成书于十世纪）中有许多可被视为短篇小说的故事。其中有一段话，讲的是在原行平在宴客时插花的事：

> 行平乃风雅之人，瓶中插奇异紫藤。花蔓垂垂，长及三尺六寸。

花蔓长达三尺六寸的紫藤确实不可思议，甚至让人怀疑其真实性，可我有时却觉得这紫藤花是平安文化的象征。紫藤兼具日式与女性的优雅，花蔓低垂，微风中也袅袅生姿，纤细、端庄、轻柔，在初夏的新绿中若隐若现，颇显物哀风情。若花蔓长达三尺六寸，则更是华丽异常吧。约千年前，日本吸收唐代的文化，充分消化融合，催生出华丽的平安文化，确立了日本美学。这一过程恰似“奇异紫藤”的盛放，宛如一场非凡的奇迹。当时涌现出众多日本古典文学的上乘名作：和歌有第一部敕撰和歌集《古今集》(905)，小说有《伊势物语》、紫式部（约970—约1002）的《源氏物语》、清少纳言（约966—1017）的《枕草子》[1]等等，这些作品建构起日本的美学传统，影响甚至主导了此后八百年间的文学。尤其是《源氏物语》，它是日本自古以来最优秀的小说，时至今日也没有哪部小说可以与之媲美。这样一部颇具近代性的长篇巨作早在十世纪时便已问世，堪称世界奇迹，也因此闻名海外。少年时尚不通古文的我阅读了大量平安文学中的经典，《源氏物语》也自然而然地浸润至内心。《源氏物语》以后的几百年间，日本小说始终怀着对这部名作的向往，模仿它，改编它。和歌自不必说，从工艺美术到造园艺术，都深受《源氏物语》的影响，并不断从中汲取美的养料。

紫式部、清少纳言，以及和泉式部（979—卒年不详）与赤染卫门（约957—1041）等著名歌人都是宫廷女官。所以，平安文学既是宫廷文学，也是女性文学。《源氏物语》与《枕草子》诞生于平安文化的鼎盛之时，即从璀璨的巅峰走向衰败倾塌的时候。因此，这些作品中弥漫着荣华将尽的哀愁，却也呈现出了日本王朝

1《枕草子》一般归为随笔文学。

文化极盛时期的景象。

不久，王朝转衰，公家大权旁落，武士掌权，进入镰仓时代（1192—1333）。武家政治一直延续至明治元年（1868），历时近七百年。然而，天皇制和王朝文化并未灭亡，镰仓初期的敕撰和歌集《新古今集》（1205）相比平安时代的《古今集》在赋歌技法上更进一步，虽有玩弄文字游戏的弊病，但重妖艳、幽玄和余情，增添了感官幻想，与近代的象征诗相似相通。西行法师（1118—1190）便是横跨平安与镰仓两个时代的代表诗人。

相思一夜君入梦，若知是梦何堪醒。

相寻梦路长相会，不及醒时一逢君。

《古今集》中小野小町[1]的这两首和歌，虽为咏梦，却直率又现实。《新古今集》过后，和歌变成了更为微妙的写生。

斜日疏竹群雀喧，夕影婆娑秋意浓。

庭飞荻花秋风瑟，落晖照壁影渐消。

这两首和歌出自镰仓时代末期的永福门院[2]（1271—1342），

1 日本平安时代初期女诗人，生平不详。
2 日本女诗人，伏见天皇的皇后。

象征着日本纤细的哀愁，非常贴近我的心境。

咏赞“秋月冬凉雪”的道元禅师以及心怜“冬月出云伴我身”的明惠上人，大致都是《新古今集》时代的人。明惠与西行以歌赠答，也一同谈歌。

> 西行法师常来与吾谈歌，曰：“吾咏歌，不行寻常。虽寄兴于花、杜鹃、月、雪及天地万物，然凡有所相，皆为虚妄，不过妙声充耳、诸相盈目而已。所咏之句，皆非真言。咏花实不为花，咏月实不为月。唯随缘、随兴而已。如虹亘中天，虚空有色；如白日当空，虚空有光。然虚空本无光，虚空本无色。吾心似虚空，染万种风情，却无迹无痕。此歌即如来真身。”（弟子喜海《明惠传》）

日本或东方的“虚空”与“无”，其真意在这段话中得以言明。有评论家说我的作品是虚无的，然而它并不等同于西方的虚无主义。两者的内涵有根本的不同。道元的四季歌也是一样，虽题为《本来面目》，其实是在歌咏四时之美的同时，表达着深刻的禅思。

（王之光　译）

目录

美丽日本中的我

伊豆的舞女

山音

伊豆的舞女

伊豆的舞女

一

山路变得蜿蜒曲折，快到天城岭时，雨脚将茂密的杉林染成白色，以惊人的速度从山麓朝我追来。

我二十岁，头戴高等学校[1]的制帽，身穿绀飞白[2]和服与裙裤，肩上挎着学生背包。这是我独自来伊豆旅行的第四天。修善寺温泉一夜，汤岛温泉两夜，然后踩着厚朴木高齿木屐来登天城岭了。重峦叠嶂、原始森林与幽深溪谷间的秋色令人陶醉，可是我又忐忑地怀揣着一个期待，匆忙朝前赶路。这时，大颗的雨滴开始打在身上。我快步攀上曲折的陡坡。等终于抵达北山口的茶馆，长舒一口气时，又在门口呆站住了。因为正中期待。那一行流浪艺人就在此处休息。

舞女见我呆站在那里，立即挪出自己的坐垫，翻过来放到了一旁。

1 旧制大学预科，学制三年，只接收男学生。
2 和服的一种纹样，即藏青底碎白花纹的图案。

“噢……”我只是应了一声，便坐了上去。在坡路疾行后的气喘吁吁以及惊讶中，那句“谢谢”卡在喉头，未能出口。

因为与舞女近距离相对，我慌张地从和服袖兜里掏出烟来。舞女又把女伴面前的烟具盘移到我近旁。我仍旧没有说话。

舞女约莫十七岁，梳着一种我不认识的、颇有古风又造型奇特的大发髻。发髻将她那张凛然的鹅蛋脸衬得分外小巧，美得很相称，仿若稗史中头发被画得异常浓密的姑娘。与舞女相伴的有一名四十岁左右的女人、两位年轻姑娘，还有一个二十五六岁的男人，他穿着印有长冈温泉旅馆商号的短褂。

这是我第二次见到舞女她们。第一次是来汤岛的途中，在汤川桥附近邂逅了前往修善寺的她们。当时只有三个年轻姑娘，舞女提着太鼓。我回望了一次又一次，心头泛起旅情。随后是在汤岛的第二晚，她们来旅馆里表演。我坐在楼梯上忘情地望着她们在玄关地板上起舞。“那天在修善寺，今晚在汤岛，这么算来，明天应该就是朝南越过天城岭前往汤之野温泉了。肯定能在天城岭的二十多公里山路上追上她们吧？”我空想着匆匆赶路，竟恰好在避雨的茶馆撞见她们，所以不免张皇失措。

很快，茶馆的老婆婆过来领我到另一个房间。这大概是平日闲置的屋子，没有拉门和拉窗。朝下一望，美丽的山谷深不见底。我的皮肤上涌起鸡皮疙瘩，牙齿咯咯打战，身体也在发抖。老婆婆过来送茶，我对她说感觉冷。“哟，少爷，您身上都淋湿了啊！跟我到这边暖暖身子吧，把衣服也烘一烘。”说着，她拉起我的手，将我带到她的房间。

房间里有一方地炉，拉开门的瞬间，暖流便扑面而来。我立在门槛边，有些踌躇。一位老爷爷盘腿坐在炉旁，周身发青，如溺死者一般，正无精打采地抬起连瞳孔都黄得发浑的眼睛望向我。他的周围，旧信和纸袋堆积如山，人像是被埋在废纸堆里。我呆立在原地，望着这个怎么看都不像活人的山中怪物。

“瞧他这副样子，让您见笑了……这是我家老头子，不必担心。他身子动不了了，所以就算样子难看，也只能请您担待一下了。”

老婆婆先客气了几句，然后讲起其中缘由。听她说，老爷爷长年患中风，致使全身不遂。那些纸山是从各地寄来的介绍中风疗养方法的信件以及从各地买来的药品的袋子。要么是听翻越山岭的旅人介绍，要么是从报纸上看来的广告，总之，老爷爷不放过每一条信息，从全国各地打听治疗中风的方法，四处求药。他不肯丢掉任何信件和纸袋，全堆在身边，望着它们度日。年深日久，就筑起了古旧的废纸山。

我不知如何回应，便俯向地炉。越岭的汽车经过，屋子微晃。我心想，这岭上，秋天便这么冷，马上又有寒雪染山，老爷爷为什么不下山去呢？我的和服冒出水汽，炉火旺得让人头疼。老婆婆回店里和艺妓们说话去了。

“这样啊。上次带来的小姑娘都这么大了呀！长成大姑娘了，你也真能干。出落得多漂亮！女孩子长得真是快。”

约莫一个小时过去了，外面传来艺妓们起身离开的声音。我也坐不住了，但只是心神不宁，并没有勇气站起来。“虽说她们在路上走惯了，但毕竟是女子的脚力，就算我落后一两公里，跑跑也能追上。”我边想，边在炉旁焦灼不安。不过，舞女她们一旦不在近旁，空想便如解放了一般，开始活跃起来。我问送完他们回来的老婆婆：“那些艺妓今晚住什么地方？”

“那些人，哪里知道住什么地方，少爷。哪里有客人，就住在哪里，哪里都能住。哪有什么今晚的住处！”

这番话满含轻蔑，甚至在我心中煽起这样的念头：“既然这样，就让舞女今晚住到我的房间去吧。”

雨脚渐细，山峰也明朗起来。老婆婆一再挽留我，说再等十分钟，天空便会放晴，但我还是坐不住了。

“老爷爷，您保重身体啊。天要转凉了。”我衷心地嘱咐了一句，站起身来。老爷爷费力地动动浑黄的眼睛，微微点了点头。

“少爷，少爷！”老婆婆喊着追了上来。

“您给这么多，太破费了。多不好意思。”

她抱住我的背包，不肯松手。我再三推辞，她仍旧坚持，说要把我送到那边去。她小跑着送出一百多米，反复念叨着同样的话。

“让您破费了。也没能好好招待您。我记着您呢。下次路过时，我再谢您。一定再来啊，别忘了。”

我不过放了一枚五十钱的银币，她竟惶恐不已，感动得几乎落泪。可是我想快些追上舞女，老婆婆蹒跚的脚步反而妨碍了我。

“太谢谢您了。老爷爷一个人在家，您还是快回吧。”听我这样说，老婆婆才终于松开了背包。

一走进幽暗的隧道，便有冰凉的水珠滴答落下来。前往南伊豆的出口在前方亮着微光。

二

走出隧道，山路紧贴着一侧的白色栅栏，形如闪电蜿蜒而去。在模型般的景观尽头，我望见了艺妓们的身影。疾走六百多米，我便追上了这一行人。可是，我没办法突然放缓脚步，只好佯装冷淡，从她们几个身旁掠过。那个男子独自走在前方约二十米的地方，看见我，立即停下脚步，说：

“您走得可真快！天彻底晴了。”

我放松了下来，开始和他并排走路。男人接连问了我许多问题。艺妓们看见我俩开始攀谈，便啪嗒啪嗒小跑着从后面赶上来。

男子背着一个很大的柳条箱，四十岁的女人抱着一只小狗。年纪稍长的姑娘拎着包袱皮，年纪居中的姑娘背着柳条箱，每个人都带着大件行李。舞女背着太鼓和鼓架。四十岁的女人也开始慢慢和我搭话。

“是位高等学校的学生哟。”年纪稍长的姑娘悄声对舞女说。我回过头，听见舞女笑着说：“是。我知道。常有学生到岛上来的。”

这一行人家住大岛町波浮港。他们从春天离开大岛，开始在各地辗转，如今天气转凉，他们也没有在外过冬的准备，所以打算在下田逗留十余日，从伊东温泉回岛。听到“大岛”，我便感到一层诗意，再次望了望舞女美丽的发髻。我询问了许多关于大岛的事。

“有很多学生过来游泳呢。”舞女对同行的姑娘说。

“在夏天吗？”我扭头问。舞女立刻慌乱了起来，小声答道：“冬天也有……”

“冬天也有？”

舞女仍然看着同行的姑娘，笑了笑。

“冬天也能游泳吗？”我再问。舞女红了脸，认真地轻轻点了点头。

“真傻，这孩子。”四十岁的女人笑着说。

沿河津川的溪谷一路下行至汤野，约有十多公里的路程。越过山岭后，从山色到天色都有南国之感。我和男人一路聊天，彻底熟络了起来。过了荻乘和梨本等小村庄，就在汤野的茅草屋顶出现在山麓的时候，我大胆地提出想和他们结伴前行，一直到下田。他听了分外高兴。

在汤野的柴薪旅馆[1]前，四十岁的女人露出就此作别的表情。这时，男人说：

“这位学生哥说想和我们结伴走呢。”

“好呀，好呀。出门靠同伴，处世靠人情。我们这些人虽说没什么用处，好歹也能给您解解闷儿。那进来歇歇脚吧。”她爽快地应道。姑娘们同时看向我，但并未流露出丝毫意外的表情，只是沉默着，微微含羞地望着我。

我和大家一同走上旅馆二楼，放下行李。榻榻米和隔门又旧又脏。舞女从楼下端茶上来。她刚跪坐到我面前，脸就红了，双手不停地颤抖。眼看着茶碗就要从茶托上倒下来了，为了稳住茶碗，她慌忙往榻榻米上放，茶已经洒出来了。她羞怯不已，我也惊住了。

“哟喂！下作。这孩子动春心了。啧啧……”四十岁的女人仿佛十分错愕，皱着眉头扔过来一条抹布。舞女捡起抹布，局促地擦起榻榻米来。

这番意料之外的话让我一下子开始反省自己。被岭上老婆婆煽动起来的空想也咔嚓一声折断了。

这时，四十岁的女人突然说：“您这身绀飞白的质地真好啊！”

说着，她开始反复打量我。

“这身飞白和民次的那身是一样的纹样吧？是吧，就是。

---

1 只需付做饭用的木柴钱即可住宿的简易旅店。

是一样的吧？”她一再跟身旁的姑娘确认，然后对我说：

“我们家里还留着一个上学的孩子，刚才想起他来了。那孩子的和服纹样和您的一样。如今绀飞白也贵起来了，头疼啊。”

“他在哪里上学？”

“普通小学五年级。”

“啊，才小学五年级……”

“他在甲府上学。我们虽然一直住在大岛，但老家其实在甲斐[1]的甲府。”

休息一小时后，男人带我去了另一家温泉旅馆。在此之前，我一直想着和艺妓们一同住在柴薪旅馆。我们沿街下行，走过百余米的石子路和石板路，经过河畔公共浴池附近的小桥。桥对面便是温泉旅馆的庭院。

我刚走进室内浴池，男人也跟着进来了。他说起，他今年就二十四岁了，老婆流了两次产，又早产一次，没能留住孩子。因为他穿着印有长冈温泉旅馆商号的短褂，我一直以为他是长冈人。而且，无论从相貌还是从谈吐来看，他都相当有教养。我猜想，他要么出于好奇，要么是倾心于卖艺的姑娘，所以才帮她们背行李，一路跟过来的。

泡完温泉，我立即吃了午饭。早晨八点从汤岛出发，吃完饭还不到下午三点。

---

1 日本古代的令制国之一，相当于现在的山梨县，位于伊豆半岛西北方向。

男人要回去时，站在庭院里抬头望着我，闲聊了几句。

“拿这些买点柿子什么的吃吧。从二楼扔下去，失礼了。”我把包好的钱扔了下去。男人推辞，正欲走开，纸袋已经落在院子里，他只好折回捡了起来。

“这可要不得。”他把纸袋扔了上来。纸袋落在茅屋顶上。我再次扔下去，他拿走了。

黄昏开始下起大雨。山峦被染成白茫茫的一片，远近尽失。旅馆前的小河眼看着就变得浑黄了起来，水声渐响。我心想，这么大的雨，舞女们应该不会再出来走街串巷了吧？我坐不住，又去泡温泉，泡了一次又一次。屋里昏暗下来。与隔壁房间之间的拉门上方开着一个四方形的洞，横木上吊着电灯，两个房间共用一盏。

咚，咚咚咚，激烈的雨音深处隐约传来太鼓的声响。我抓扯般拉开防雨板，探出身去。太鼓声似乎近了些。风雨拍打着我的头。我闭眼侧耳细听，想知道太鼓从哪里，又是如何传过来的。不一会儿，我听见三弦的声音，听见女人悠长的喊叫声，听见欢笑声。我知道了，艺妓们是被叫到柴薪旅馆对面的料理店了，那里有宴席。听得出来，有两三个女人和三四个男人。我静静等着，想着那边结束，她们或许就会来这边。但是，那边的酒宴似乎兴致过高，变成了胡闹。女人的尖叫声时不时如闪电般穿透暗夜。我屏气凝神，任窗户开着，一动不动跪坐在原地。鼓声一响，胸间便瞬间明亮。

“嗯，舞女还在酒席上。还在打鼓呢。”

鼓声一停，心烦意乱。我沉入了雨声的深底里。

后来，他们可能在相互追赶，可能在跳舞，总之混乱的足音持续了一阵子。然后，又突然安静了。我睁大眼睛，想透过黑暗看清这寂静究竟是怎么回事。舞女今晚不会失身吧。我很苦恼。

合上防雨板，钻进被窝，我仍然感觉难受，又去泡温泉，粗暴地搅打着池水。雨停了。月亮出来了。被雨水濯洗过的秋夜清澈明亮。我想，就算赤脚走出去，也无事可做。这时，已是两点多了。

三

次日清晨九点多，男人便来找我了。我刚刚起床，邀请他同去泡温泉。晴空万里的南伊豆煦如阳春，涨溢的小河暖暖地晒着太阳。我感觉昨晚的烦恼像做梦一样，但还是对男人说：

“昨晚闹到很晚呀。”

“怎么，你听见了？”

“听见了。”

“都是当地人。这里的人只会胡闹，无聊得很。”

他一副稀松平常的样子，我便沉默了。

“她们在那边的温泉。看，她们好像看见我们了，在笑呢。”

我顺着他指的方向，朝河对面的公共浴场望去，热气中朦朦胧胧浮着七八个裸体。

似乎有个裸女突然从昏暗的浴室深处走出来，以一副准备从更衣室的最前方跳下河岸的姿势站定，高高举起手臂，呼喊着什么。身上连毛巾都没有裹，赤条条的。是舞女。我望着她幼桐般挺拔的雪白胴体，感到心中清澈如水，深呼一口气，嘿嘿笑了。她还是个孩子啊。她发现我们后，喜出望外，赤裸裸地奔到日光里，踮起脚尖，挺直身体，真是个孩子。在明媚的喜悦中，我又嘿嘿笑了起来。头脑像被擦拭过一样清晰。微笑始终未落。

舞女的秀发浓密茂盛，所以看上去像是十七八岁的姑娘。又因为她打扮得像妙龄女子一样，我之前完全想错了。

我和男人一同回到我的房间。不一会儿，年长的姑娘来旅馆的庭院里赏菊。舞女正走到桥中央。四十岁的女人从公共浴场走出来，望着她俩所在的方向。舞女突然缩紧肩膀，笑了笑，意思是“会挨骂的，我回去了”，然后快步折回去了。四十岁的女人走到桥边对我喊道：

“来玩啊。”

“来玩啊。”

年长的姑娘也说了同样的话，她们都回去了。男人一直待到傍晚。

晚上，我正在和一个做纸张批发生意的行商下棋，突然听见庭院里传来太鼓声。我想起身。

“卖艺的人来了。”

“哦，那玩意儿，没意思。快，快，该你了。我这步棋落这儿了。”纸商点点棋盘，正醉心于胜负。

在我心神不宁间，艺妓们似乎已经要走了。男人在庭院中招呼我：“晚上好！”

我走到廊下向他招手。艺妓们在院中低语一阵后绕到了玄关。男人问完好，三个姑娘依次说了声“晚上好”，像艺妓一般朝走廊这边垂手行了礼。棋盘上，我的败局迅速显现。

“没招了。我认输。”

“怎么可能？下得不好的是我呀。怎么说都是细棋[1]。”

纸商根本没有抬眼看艺妓，逐个算着棋盘上的目数，落子时愈发谨慎了。姑娘们把太鼓和三弦放在房间角落里，然后在象棋盘上玩起五子棋来。我原本胜券在握的棋输掉了。

“再来一局怎样？再来一局吧！”纸商执意央求我再下一盘。然而，我只是淡淡地笑笑。纸商不再坚持，站起身来。

姑娘们凑到棋盘旁。

“今晚还去别的地方吗？”

“还去……”男人看向姑娘那边。

“怎么办呢？今晚要不就到此为止，大家一起玩玩吧？”

“太好了。太好了。”

“会不会挨骂啊？”

1 围棋术语，意思是棋势胜负相当。

“怎么会，反正出去也没客人了。”

就这样，她们玩着五子棋，十二点过后才走。

舞女回去后，我怎么都睡不着，头脑清醒得很。

我走到廊下喊道：

“纸老板，纸老板！”

“哎……”年近六旬的老爷爷从房间里飞跑出来，抖擞地说，“今晚下个通宵吧！咱们下到天明！”

我也是一副好战的心情。

四

我们约好次日清早八点从汤野出发。我戴上在公共浴池旁买的鸭舌帽，把高等学校的制服帽塞进书包，朝沿街的柴薪旅馆走去。二楼的拉门和隔窗敞开着，我便没有多想，直接上去了。结果，艺妓们还在被窝里。我不知所措，直挺挺地在走廊里立住了。

我脚边的被窝里，舞女满面通红，猛地捂住了脸。她和年纪居中的那个姑娘睡在一起，昨晚的浓妆还留在脸上。唇上和眼角的红妆微微洇开了。这带着风情的睡姿令我心旌荡漾。她像觉得有些晃眼似的，迅速翻个身，用手遮着脸，从被窝里挪出来，在廊下跪坐好，说：“昨晚谢谢您了。”

说着，她优雅地行了礼，弄得呆立在原地的我惶惶失措。

男人和年纪最大的姑娘睡在一起。在看到这一幕之前，我丝毫不知道二人是夫妻。

“真不好意思。我们原本打算今天出发，但是晚上有宴席，我们想再留一日。您要是今天非动身不可，我们约在下田见吧。到时我们住在一个名叫甲州屋的旅馆，很容易找到。”四十岁的女人从被窝里半抬起身说。我感觉像被人甩开了一样。

“明天再走行吗？我也不知道妈妈想晚一天再走。还是路上有个伴好。明天我们一道走吧。”

男人说完，四十岁的女人也跟着说：

“明天再走吧。难得有您做伴，我却自作主张，真是抱歉。明天就算天上下刀子，我们也会走的。因为我们的小宝宝在路上夭折了，后天是他的七七。我一心惦记着这个日子，一直想着在下田为他圆七。我们匆忙赶路，就是为了在这天前赶到下田。看我还跟您说起这个，真是失礼了，不过，咱们也是有缘，后天您也要来啊。”

我决定缓一天再动身，然后走下楼去。我边等他们起床，边在脏乱的账房与旅馆里的人聊天。这时，男人叫我一同去散步。沿街往南稍走几步，有座美丽的桥。他倚在桥栏上，讲起自己的身世。原来他曾经参加过东京的一个新流派剧团，现在也时不时在大岛港演剧。他们的包袱皮里总会露出一个刀鞘，像一只脚露出来了似的，那是因为他也得在宴席上演几下子。柳条箱里是衣裳和锅碗瓢盆之类的生活用品。

“我耽误了自己，沦落到这步田地。哥哥在甲府继承家业，过得好好的。所以说，我是没人要的主儿啊。”

“我一直以为您是长冈温泉的人。”

“是吗？年长的那个姑娘是我老婆。她比你小一岁，十九岁。我们的第二个孩子在路上早产了，活了大概一周就断气了。她的身子还很虚弱。那个老妈子是我老婆的母亲。舞女是我的亲妹妹。”

“噢，您还有个十四岁的妹妹……”

“没错。我无论如何都不想让自己的妹妹来做这种行当，不过其中也有许多无奈。”

接着，他告诉我自己叫荣吉，老婆叫千代子，妹妹叫薰。另一个姑娘叫百合子，十七岁，只有她出生在大岛，是雇来的。荣吉变得格外伤感，像要哭似的，凝视着河滩。

我们回去时，洗去脂粉的舞女正蹲在路边抚摸小狗的头。我说要回自己的旅馆了。

“过来玩吧。”

“嗯。可是，就我一个人……”

“跟你哥哥一起嘛。”

“我马上就来。”

没过多久，荣吉来了。

“她们呢？”

“她们害怕妈妈管得严。”

但是，我们才玩了一会儿五子棋，姑娘们就从桥上过来，咚咚咚地到二楼来了。她们和往常一样庄重地行礼，然后跪坐在走廊上，有些迟疑。千代子第一个起身了。

“这是我的房间。别客气，进来吧。”

艺妓们在这里玩了约一个小时，然后去泡旅馆的温泉了。她们再三邀请我同去，可是因为有三个年轻姑娘在，我便搪塞说晚会儿过去。很快，舞女又一个人上来了。

“姐姐说，让您过去，给您冲冲背。”她转达了千代子的话。

我没有去温泉，而是和舞女下起五子棋。她的棋术出奇地好。连环对决的话，荣吉和其他两个姑娘立马就会败下阵来。下五子棋一般都能赢的我面对她也要拼尽全力。我不用特意让棋，感觉玩得很尽兴。只有我俩，起初她还伸手绕远落子，下着下着便沉浸其中，专注地俯身凑到棋盘上来了。那头美得不真实的乌发几乎要碰到我的胸口了。突然，她脸一红，说：

“对不起。我会挨骂的。”

说完，丢下棋子跑出去了。原来，妈妈正站在公共浴池前。千代子和百合子也慌慌张张地从温泉里出来，没来二楼招呼一声便逃回去了。

这天，荣吉同样在我的住处从清晨玩到傍晚。看上去纯朴又亲切的旅馆老板娘忠告我说，请这种人吃饭就是浪费。

晚上，我去柴薪旅馆，舞女正跟着妈妈练习弹三弦。她看见我，停了下来，被妈妈一说，又抱起三弦。每次歌声略高一些的时候，妈妈便会说：

“不是跟你讲过了，不能大声。”

荣吉被叫到对面料理店二楼的宴席上，正低声吟唱着什么。从这边可以看到。

“他唱的是什么？”

“唱的……是谣曲。”

“这谣曲好奇怪啊。”

“他什么都会两下子，谁也不知道他会演什么。”

一个四十岁上下的男人拉开隔门，招呼姑娘们过去吃饭。他租借了这家旅店的房间卖鸡肉料理。舞女和百合子拿起筷子一起去了隔壁房间，从他吃剩的鸡肉锅里挑点东西吃。等她们一同起身准备回这边的房间时，那人轻轻拍了拍舞女的肩膀。

妈妈露出可怕的表情，说：

“喂！不能碰这孩子！她还是个小姑娘呢！”

舞女喊着“叔叔，叔叔”，请求鸡肉料理店老板给她读《水户黄门漫游记》[1]。但是，鸡肉料理店老板读了一会儿就起身走了。“给我往下再读读吧！”这话她直接对我说不出口，于是反复对妈妈说，似乎想让妈妈拜托我为她读书。我怀着期待拿起了讲谈书。果然，舞女迅速靠近我。我一开始读，她的脸便凑过来，近得几乎要碰到我的肩了。她一脸认真，眼睛熠熠生辉，专注地凝望着我的额头，一眨都不眨。这似

1 以水户藩藩主德川光国（1628—1701）微服私访为主要内容的讲谈故事。讲谈是日本一种类似中国评书的曲艺形式。

乎是她听人读书时的习惯。刚才，她的脸也几乎贴到老板脸上去了。我一直看着这一幕。那双乌黑、炯然的大眼睛是她身上最美的地方。双眼皮的线条美得无以言表。而且，她笑得像花一样。“笑得像花一样”，这话放在她身上就是真的。

很快，料理店的女佣过来接舞女了。舞女换上衣服对我说：

“我很快就回来了，等着我，给我再往下读读。”

她走到走廊，垂手行礼，说：“我走了。”

“千万别唱歌啊！”妈妈说。

她提着太鼓，轻轻点了点头。

妈妈回头对我说：“她现在正在变声……”

舞女在料理店的二楼端正地跪坐好，打起太鼓。背影看上去如在隔壁房间一样。鼓音让我的心开始欢快地舞动。

“鼓声一起，宴席也热闹起来了。”妈妈也朝那边望去。

千代子和百合子也去了同一场宴席。

大约一小时后，四个人一同回来了。

“只有这点儿……”舞女展开握紧的拳头，哗啦一声朝妈妈的掌心倒出几枚五十钱的银币。我又读了一会儿《水户黄门漫游记》。他们又说起死在路上的孩子。那是一个水般透明的婴儿。连哭的力气都没有，却也活了一周。

不怀好奇，也不抱轻蔑，忘记他们是四处流浪的卖艺人——我身上这种寻常的善意似乎也沁入了他们的胸中。不知不觉间，我已经决定要去一次他们在大岛的家。

他们商量着：“让他住爷爷那边吧。那边宽敞，要是能让爷爷搬出来就好了，那里安静，他住多久都行，还能学习。”

说完，他们又对我说：“我们有两所小房子。山里那所一直空着。”

而且，我们说好了我正月过去帮忙，他们要在波浮港演戏。

我理解到，他们巡游在外的心境并不像我最初以为的那样坎坷艰辛，而是从未丧失乡野的芬芳。正因为他们是母女兄妹，所以彼此被亲情一样的爱牵连在一起。只有受雇的百合子分外腼腆，在我面前总是一言不发。

夜半过后，我离开旅馆。姑娘们出来送我。舞女为我摆好木屐。她从门口探出头来，眺望明朗的夜空。

“啊，月亮。明天就到下田了，真开心。给小宝宝做完七七，再让妈妈给我买把梳子，然后还有好多事要做呢。你带我去看电影，好不？”

对于这些辗转于伊豆和相模[1]的各个温泉场的卖艺人来说，下田港就是羁旅途中的故乡，空气中飘着令人怀念的味道。

五

艺人们各自背起和翻越天城岭时一样的行李。小狗把前

1 日本古代的令制国之一，领域大约为今天的神奈川县，在伊豆半岛东北方向。

足搭在妈妈的手腕上，脸上挂着一副已经习惯路途奔波的表情。出了汤野，又走进山里。海上的朝日照耀着山腰。我们望着朝日的方向。河津川的尽头，河津海滩明亮地铺展开去。

“那边就是大岛吧。”

“看起来真大啊。欢迎来玩。”

也许是因为秋日的天空过于晴朗吧，与旭日相接的海面上如春天般笼着薄雾。从这里到下田要走约二十公里。一时间，海忽隐忽现。千代子悠然地唱起歌来。

他们问我，是走险峻一些但近两公里的翻山小路，还是走平坦的大道。我当然选择近路。

这是一条险峭的林间山道，落叶满地，又滑又陡。我走得气喘吁吁，反而在快要泄气时用手掌按住膝盖，加快了脚步。不一会儿，他们一行人便落在后面，只听得见林间的说话声。舞女高高拎起衣角，啪嗒啪嗒独自跟了上来。她走在后面，离我大约两米，既不靠近也不远离。我回头跟她说话，她似乎很惊讶，微微笑着，停住回应我。我和舞女说话时，等着她跟上来，可她也停下脚步。我不走，她也不走。山路崎岖，愈发险峻，我的脚步也愈发急促，可舞女始终与我保持两米的距离，专注地往上爬。山中很静。其他人远远落在后面，说话声也听不到了。

“你家住东京哪里？”

“不，我住在学校宿舍里。”

“我也去过东京。赏樱时节去那里跳过舞……那时我还小，什么都不记得了。”

接着，舞女又东一句西一句问了各种问题：“你父亲还健在吗？”“去过甲府吗？”等等。她说到了下田要去看电影，还说了死去的小宝宝的事。

我们到了山顶。舞女卸下太鼓，把它放在枯草丛中的矮凳上，拿起毛巾擦汗。她正准备拂去自己脚上的尘土，却忽然蹲在我的脚边，想为我拂去裙裤下摆上的灰尘。我赶忙后退，她扑通一声跪在了地上。她蹲跪着为我掸了一圈尘土，放下掀开的裙裤下摆，对站着大口喘气的我说：“请坐。”

一群小鸟飞到凳子一旁。四下一片静寂，只有小鸟停站的树枝上传来枯叶的沙沙轻响。

“你怎么走那么快？”

舞女似乎感觉很热。我咚咚叩了两下鼓，小鸟飞走了。

“啊，想喝水。”

“我去找找看。”

但是，舞女很快便空着手从泛黄的杂树林间回来了。

“你在大岛时都做些什么？”

这一问，舞女冷不防地提起两三个姑娘的名字，开始没头没脑地对我说起一些话来。似乎不是在大岛，而是在甲府的事。她读到小学二年级，讲的是她在学校的朋友的事。想到什么，就说什么。

等了十分钟，三个年轻人也爬上了山顶。又过了十分钟，妈妈才上来。

下山时，我和荣吉特意走在后面，不慌不忙地边聊边走。才走了二百来米，舞女便从下面跑上来了。

“下面有泉水。快来！我们都没喝，等着你们呢。”

一听说有水，我跑了起来。清水从树荫下的岩石间涌出来。女人们站在泉水周围。

“来，您先喝。我们一伸手，就把水弄浑了。想着在我们这些女人后面喝，水就不干净了。”妈妈说。

我捧起清凉的泉水喝了起来。女人们不舍得离开那里，拧干毛巾擦拭着汗水。

从山上下来，走入下田的街道，看见几处炭烟。我们坐在路旁的木材上休息。舞女蹲在路旁，用桃粉色的梳子为小狗梳理长毛。

“这样梳，梳子齿不就断了吗？”妈妈责备她。

“没事。在下田买新的。”

从汤野开始，我便一直想向舞女讨要这把插在额顶的发梳，所以不想让她拿它梳狗毛。

我和荣吉看到路对面堆放着成捆的矮竹，说起这竹子可以用来当手杖，边说边先一步起身走了。舞女跑着追上来，拿着一根比她还高的粗竹子。

“你这是做什么？”荣吉问她。她犹豫一下，把竹子直直递到我面前。

“给你当手杖。我拣了最粗的一根。”

“不行。这么粗，别人一看就知道是我们偷的。被看见了多不好！还回去。”

舞女回到矮竹堆边，然后又跑过来了。这次递给我一根中指粗细的竹子。随后，她像后背被撞了一下似的，差点儿倒在田埂上，然后喘着粗气等待其他几个女人。

我和荣吉始终走在前头，与她们相隔十来米。

“那个呀，就算拔掉换颗金牙也没关系的。”我无意间听到舞女的声音，回头看到舞女和千代子并排走着，妈妈和百合子跟在后面不远处。千代子似乎没有注意到我正回头看她们，说道：“是啊。要不要跟他说说？”

她们似乎在说我。可能千代子说我的牙齿长得不整齐，所以舞女提起镶金牙的事。她们在议论我的外貌，我却有种亲切之感，不觉得不舒服，也没有特意竖耳细听。低语声持续了一阵，然后我听到舞女说：“他是个好人哪。”

“是啊，看着是好人。”

“真的是好人。好人就是好啊。”

这话带着单纯又坦率的声响。是直爽、天真地表达喜好的声音。连我自己也真实地感到自己是个好人。我愉快地抬眼眺望明媚的山峦。眼睑里微微泛疼。二十岁的我屡屡反省自己因孤儿根性形成的孤僻性格，因为无法忍受令人窒息的忧郁，才来到伊豆旅行。所以，被看作世间寻常意义上的好人，这让我感激不尽。山光明媚，因为快到下田的海边了。我挥舞着那根竹杖，掠过秋日的草尖。

途中，各村的入口处都竖着牌子：

乞讨的流浪艺人不得入村。

六

一进下田北口，便是柴薪旅馆甲州屋。我跟在艺人身后，穿过阁楼般的二楼。这里没有天花板，坐在临街的窗边，头几乎贴到了屋顶。

“肩痛吗？”妈妈反复追问舞女，“手痛吗？”

舞女做出打鼓时的优美手势。

“不痛。能敲。能敲。”

“那就好。”

我拎了拎太鼓。

“哟，真沉呀。”

“比你想象的沉吧。比你的书包还沉呢。”舞女笑着说。

艺人们和旅馆的住客热情地打起招呼。这里住的都是些卖艺人和摊贩。下田港如同这些候鸟的巢。旅馆的小孩啪嗒啪嗒跑进房间来，舞女拿了些铜板给他。我准备离开甲州屋时，舞女抢先走到玄关处，一边为我摆好木屐，一边自言自语似的轻声念叨着：“带我去看电影啊。”

我和荣吉请一个流氓模样的男子为我们带了一段路，然后找到了那家据说店主是前町长的旅馆。泡完温泉，我们一同吃了午饭，有新鲜的鱼。

“明天做法事，拿这个买束花吧。”

说着，我塞给荣吉一份微薄的礼金，让他带走。明天一早我就要乘船返回东京。因为旅费已经花完了。我说回学校有事，艺人们也不好挽留我。

吃完午饭不足三小时又吃了晚饭，然后我独自过桥去了下田北，登上下田富士山眺望港口。回来时顺道去了趟甲州屋，艺人们正在吃鸡肉锅。

“过来尝尝吧。虽说女人已经下筷了，不干净，不过这事以后也能当个笑料。”妈妈说着，从行李里拿出碗筷，让百合子洗干净端过来。

大家又说，明天是小宝宝的七七，能否请我晚一日再走。我拿学校当借口，没有应下。

妈妈反复说：“那等到您放寒假的时候，我们到船上去接您。把日期通告我们一声。我们等着您。别住什么旅馆了，我们到船上去接您。”

房间里只有千代子和百合子时，我邀请她们去看电影。千代子捂着肚子说：“我身体不舒服，走那么远，有些扛不住。”她面色苍白，十分虚弱。百合子紧张地低下了头。舞女正在楼下和旅馆里的孩子一道玩耍。她看见我，便跑去央求妈妈让她去看电影，可是又像有些难堪似的怏怏地回到我身边，为我摆正木屐。

“怎么？让她自己跟着去不行吗？”荣吉一再劝说妈妈，妈妈似乎还是不同意。为什么不能让她单独去呢？我十分不解。要走出玄关时，舞女正在抚摸小狗的头。她表现得很冷淡，我甚至没敢和她搭话。她似乎连抬头看我一眼的气力都没有了。

我独自去看了电影。女解说员在豆洋灯[1]下朗读着解说词。很快，我便离场，回到旅馆。我用胳膊肘顶着窗边的横木，久久凝望着黑夜中的小城。黑压压的。我仿佛听到太鼓声隐隐约约、持续不断地从远处传来。不知为何，眼泪簌簌落了下来。

七

出发的早晨，七点钟刚吃过早饭，荣吉便站在路边呼喊我。他郑重地穿着印有家纹的黑色和服外褂。似乎是为送我特意穿的礼装。不见女人们的身影，我立即感到了寂寞。荣吉走进我的房间，说：

"大家都想来送你，可是昨晚睡得太晚，今早起不来，只能失礼了。她们说，冬天等着你，一定要来啊。"

秋日的城中，晨风冷瑟。荣吉在路上买了四盒敷岛[2]、柿

1 一种小巧的煤油灯。

2 明治三十七年到昭和十八年间售卖的一种香烟。当时，阶级不同，选择的香烟品牌也有差异。"敷岛"一般是公务员、老师、医生、公司职员等常吸的品牌。

子和KOAL[1]口气清新含片给我。

“因为我妹妹的名字叫薫。”他微微笑着说，“在船上吃蜜橘不太好，吃柿子没事，能缓解晕船。”

“这个给你吧。”

我摘下鸭舌帽，戴在荣吉头上，然后从书包里拿出学校的制帽，展平褶皱。我们两个都笑了。

快到乘船的地方时，一个身影突然闯进我心里，舞女正蹲在海边。她一动不动地蹲在那里，直到我走到她身旁。她默默地低下头。昨晚未卸的妆容让我心头更起一层情愫。眼角的红妆为那张似乎带着愠色的脸平添了一抹稚嫩的凛然。

荣吉说：“其他人也来了？”

舞女摇摇头。

“都还在睡？”

舞女点点头。

荣吉去买船票和舢板票时，我跟她搭话，说这说那，可她始终低头盯着运河的入海口，一言不发。每次不等我把话说完，她便一个劲儿地用力点头。

“老婆婆，这是个好人哪。”一个搬运工模样的男人走到我面前说。

“这位学生哥，您是去东京吧？我看您人好，求您帮个忙。能把这位老婆婆带到东京吗？她太可怜了。她儿子在莲

1 日语中“KOAL”与“薫”的发音相近。

台寺的银矿干活儿，染上了这次的那个流感[1]，儿子和儿媳都死了，留下三个孙子孙女。真是走投无路了，我们商量着还是让他们祖孙几个回老家去。她老家是水户的，老太婆什么都不懂，等到了灵岸岛，能不能麻烦您把她送上开往上野车站的火车？给您添麻烦了，拜托，拜托了！哎，您看看他们的样子，肯定也觉得很可怜吧。”

老婆婆呆站着，背上绑着一个婴儿，左右手分别牵着三岁和五岁左右的小女孩。包袱皮很脏，里面包着大饭团和梅干。五六个矿工把老婆婆交给我。我爽快地答应照顾他们。

“拜托了。”

“谢谢了！我们本应该把他们送到水户的，真是没办法啊。”

矿工们纷纷向我道谢。

舢板摇晃得很厉害。舞女依旧紧闭双唇，凝视着一旁。我准备去抓绳梯时，回头望去，她想说再见，却也止住了，只是又点了点头。舢板划走了。荣吉不断挥舞着我刚才送他的那顶鸭舌帽。离岸很远以后，舞女才挥舞起手中的白色东西。

轮船开出下田海面，我一直倚着栏杆，出神地凝望着海上的大岛，直到伊豆半岛的南端消失在身后。与舞女的分别仿佛是久远的过去。我朝船舱里望，想看看老婆婆怎么样了，发现已经有许多人围在她身边，百般安慰她。我放下心来，走进

1 即西班牙流感。日本有两千三百万人感染，三十八万人因此死亡。

隔壁的船舱。相模的海上风急浪高。坐下来，时常晃得东倒西歪。船员过来给大家分发小铁盆[1]。我枕着书包躺下来。头脑空白，感觉不到时间。眼泪簌簌流下来，哭到脸颊冰凉，只好将书包翻了个面。我身旁躺着一位少年。他是河津一个工厂主的儿子，要去东京参加入学考试，所以似乎对戴着第一高等学校制帽的我抱有好感。我们交谈几句之后，他说：

“你是不是遭遇了什么不幸？”

“不是，是刚与人分别。”

我非常坦诚地说。被人看见哭泣的样子，我也不在意。我什么都没有想，仿佛只是在清澈的满足中平静地睡着了。

海上何时暗下来了，我也不知道。网代和热海[2]亮起了灯。我身上发冷，腹中空空。少年打开竹叶包的饭菜给我。我大口吃着紫菜饭卷，几乎忘了这是别人的东西。吃完，我钻进少年的学生大衣里。那是一种美好的空虚的心情：无论别人怎样温柔地对待我，我都能自然地接受。明天一早，我还要带老婆婆去上野车站，替她买去水户的车票。我觉得这也是理所应当的事。一切都融合在一起了。

船舱里的灯熄了。船上载有鲜鱼，鱼腥味和海潮味更浓了。黑暗中，我被少年的体温温暖着，任由眼泪肆流。头脑仿佛变成清澈的水，水簌簌地溢出来，最后只剩下空空荡荡的甘畅。

---

1 供晕船者呕吐用。

2 二者均为伊豆半岛东部沿海地名。

温泉旅馆

A 夏逝

一

她们如走兽一般，赤裸着雪白的身体爬来爬去。

那是丰腴、动作迟缓的裸体——在昏暗的蒸汽底下跪膝爬行的胴体，犹如一头头黏滑的走兽。只有肩上的肉如同在田间劳作时一样强劲地颤动着。黑发色泽中的人性——宛若一滴滴高贵的悲伤，是多么鲜明的人性啊。

阿泷扔掉刷帚，跳马一般倏地翻越高高的窗户，突然跨在水沟上蹲下，水音落在了溪流上。

“秋天了。”

“真是起秋风了。初秋的避暑地冷冷清清，像船都出海后的港口一样……”

浴池传来阿雪娇媚的声音。口吻也模仿着都市里的恋爱女人。

“瞎逞能，小矮子。”阿芳挥起刷帚拍打阿雪的腰，“东京人从八月初就叫唤着秋天了秋天了。人家觉得山里一整年都刮秋风呢。”

“喂，阿芳，我要是那位小姐啊，会说得更好听。初秋的避暑地冷冷清清，像找不到对象的女人一样。”

“不好意思。别看我这样，也风风光光嫁过三次了。我像你们这么大的时候，可都是有老公的人了。”

“既然这样……初秋的避暑地冷冷清清，像离婚三次回娘家的女人一样。这么说，怎样？”

阿雪说着，朝河滩跑去。

阿泷伸伸腰，依然跨在小水沟上，凝望着都市人的“秋”。但是——故乡的山脉只是浮在月色里。即便进城，她也不曾想起温泉村里的溪声。月光从栎树枝叶间透过来，将她紧致的肚皮染得像斑马一样。她的肚子没有等到第五个月。

阿芳探头到窗边，说：

“阿泷，你怎么还是这坏毛病。河水可是用来洗餐具的！”

“什么餐具？”

“水下有养香鱼的鱼笼，还有人淘米，不是吗？”

“都会流走的。”

“你个死女人。”

但是，阿泷头都不回一下，说：

“阿雪，你会游泳吗？”

说着，她抓住小姑娘的手腕，走过河滩上的小桥。阿雪还裸着身体，羞得绷紧小腹。阿泷瞧见她这副模样，用力推了一下她的头，喝道：“喂！”

“我脚疼。光着脚呢。”

浴池里，不用说，都在议论她俩。两人的头发又粗又密，十分惹眼。其他女人最近都感觉到，那湿漉漉的乌黑中散发着两人与生俱来的风情。加之，两人整整一夏都同床共寝。还有，今夜要分八月攒下的赏钱。

“那俩人肯定给账房报了虚账。看她们幸灾乐祸的样子，一定是偷偷商量去了。”

“然后呢，说平分，还不服……”

但是，对“平均分配”这种正义之举，七个人其实各怀怨愤。就连承认自己得到的赏钱最少的乡下姑娘阿时都——对了，她就是因为自己的这点短处，才特意从浴池底下抬起头来，说：“人家俩和我们这些人不一样。一个在肉铺当过帮工，一个在艺妓馆看过孩子，会耍滑，多正常。”

阿泷像抱一捆菜似的抱起阿雪，走过桥对面的踏脚石。桥通向溪中岛，岛上建有亭榭，这就成了旅馆的庭院。溪水周围，月光如成群溺死的银色候鸟般溃乱。岩石的白，与对岸杉林中的秋虫声化为一片，逼近她赤裸的身体。

浴池似乎打扫完了，响起水桶落在水泥地板上的声音。

阿泷在亭榭的柱子旁发现了烟花。阿雪从百日红的枝条上取下客人的泳衣，伸脚进去。

“咦？这——都到膝盖了。”

“那是男人的。”

其余几个女人穿着睡衣走过桥来。换作平日，她们已经直挺挺地倒头睡去了。今夜，连平日里两人一组轮流完成的浴池打扫工作，七个人都一起做了。手中有钱的她们仿佛身在欲望节的前夜，嘲笑身穿宽大泳衣、头梳桃瓣形顶髻的阿雪，回忆夏天与男客许下的诺言，饥肠辘辘间，又恶毒地数落起客人的毛病来。然后，阿泷说：

“阿时和阿谷到明天就不干了。我们放个烟花，就当告别吧。”

烟花是湿的。

“阿雪。像潮湿的烟花一样。我是说秋天。”第二次，她粗暴地划了十五六根火柴，随后一声爆响，火球穿过长满嫩叶的樱树树梢。

她们一齐欢呼着抬头仰望，却看到晾衣台上垂挂着一个穿浴衣的男人。旅馆建在溪岸旁的斜坡上，与前面的玄关高度持平，后面的晾衣台却高出一截。垂挂在上面的男人踢腾着双脚，好不容易夹住圆木柱，笨拙又吃力地爬了上去。

“哟，是鹤屋老板。”

“那人生着病，还能这样，真厉害。”

她们高声笑起来。阿芳嘘了一声，扬手示意大家：

“我把走廊的门锁了，他绕到后面去了。”

男人发疯似的扯拽着防雨板，终于双手抬起，正准备卸掉时，扑通一声连人带板跌进了女佣房间。窗内一片漆黑。阿芳霍地朝桥的方向跑去。大家慌忙站起身来。阿雪开始脱泳衣。

“别管她们。都担心着钱包呢。”阿泷紧搂住阿雪的肩，倒了下来，“还有烟花呢。”

上游暗娼旅馆的两个女人摇摆着腰肢，跳过岩石，偷偷来这里泡澡。没过多久，男人们跟了过来。阿泷猛地站起身，膝上的阿雪差点儿掉下来。

“畜生。让我去教训教训那些女的。”

二

阿泷家的院子里长着成片的大波斯菊。可惜，花田被竹篱笆围起来，养了鸡。纤长的花茎东倒西歪，沾满泥土。一间孤房，立在从村子的墓山到山谷间的一坡梯田中间。所以，这里的阳光和风都很充足。屋后有竹林，荫蔽着茅草屋顶。竹子总是轻轻摇曳，如游弋的沙丁鱼群。然而，阿泷和母亲却从未听到过竹叶摩挲的声音。

阿泷从十三四岁开始便骑着无鞍马四处飞奔。她背着满满一筐山葵，从山上策马奔下，山葵叶青翠欲滴：她就是碧绿的晨风。

十五六岁时，她开始在正月和夏天的两个月来旅馆帮忙，只在人手不够的时候来。只要她裸着身子出现在浴池，温泉里的男客便瞬间静默了。四肢修长、看上去已是妙龄的她，是块白的铁。

阿泷的腹部和她母亲的腹部，展露着两个女人各自不同的境遇。母亲邋里邋遢地倒头便睡，女儿坐在母亲层层叠叠又松弛的肚子前面，一直目不转睛地盯着，突然啐口唾沫，然后酣然入梦。自从她们母女被父亲抛弃以后，母亲的腹部突然变得刺眼了起来。

阿泷的父亲和小老婆住在同村的街道上。路上遇见父亲，他问：

"你妈怎么样？"

"睡得香着呢。"

说完，她快步走开了。

十六岁的阿泷赶着马，使唤母亲下田耕地。在往田里引水、准备插秧之前，母亲给马套上了横杠上装有稀疏铁齿的水田耙。阿泷在田埂上看见，扑通一声跳进水田，不由分说地扇了母亲一耳光。

"笨蛋。没耙到地，不是吗！耙子！"

母亲还是手握水田耙的扶杠，踉踉跄跄地走了起来。阿泷用胳膊肘撞开母亲，一把夺过耙子，说：

"给我好好看着！"

母亲单膝跪在泥田里，仰脸望着女儿，对一旁稻田里的人说：

“我呀，这回的老公，凶着呢。之前的老公还是好说话的。”

说着，她像小姑娘似的红了脸颊。

夜晚，阿泷背对着母亲睡下。母亲面朝她的后背睡了。

女儿骑着无鞍马，扛着锄锹的母亲跟在女儿后面，一路小跑着回到家。洗衣煮饭全是母亲的活儿。母亲被女儿来回使唤，越被使唤，越容易忘掉丈夫。而且，她的心跳也更乱了。她只要呆呆地想起丈夫的事，就会挨女儿一顿痛揍。一哭，女儿便摔门离去。

“等等，阿泷，你的草鞋后跟都断了，穿着多难看。”母亲紧追上来。

母亲辛勤劳作着。她的眼睛变得像猫一样温顺，女儿的眼眸却波光流转，黑如豉虫。

阿泷身穿和服出现在旅馆的宴席上时，虽然她又高又壮，足以按住客人的胸膛，可那双明润的眼睛却让客人惊奇不已。

那是在温泉旅馆。在十六岁那年的年末。阿泷正在独自打扫浴池。暗娼旅馆的女人们带着三个醉醺醺的客人，从后门进来了。

“阿泷吗？我们泡个澡。哟，没水了呀。”

“水在热的那边存着呢。”阿泷握着刷帚，僵在浴池一角。

浴池就是地板下面的石窑。巨大的水槽被木板隔成三段。温泉水从第一层溢出，流到第二层，再到第三层。如此一来，水温渐次降了下来。

暗娼旅馆的两个女人哗啦哗啦洗着难闻的脂粉，同时高声议论起阿泷的身体来。三个男人被少女裸体那娇嫩欲滴的美打动，沉默了许久。两个女人争论起阿泷还是不是处女之身，言辞露骨。男人们咂摸着那些话，阿泷感受到了落在自己赤裸身体上的目光。女人们支起一条腿坐在男人身后，为他们冲洗后背。一个女人说：

"阿泷，还缺一个人，你也过来帮忙洗洗？"

阿泷仿佛猛地吞下了某种硬物，起身过去，跪在男人身后。他好像是山对面银矿上的矿工头子。阿泷抚摸着那副结实的、散发着矿石味道的肩膀，双手颤巍巍地哆嗦了起来。她并紧膝头，却还是感到一股恶寒从脖颈处直冲下来。她慌忙泡进了温泉里。

那两个女人瞧不起良家姑娘，带着娼妇居心不良的骄傲，冲着阿泷一通恶言毒语。阿泷怒目相向，眼睛一动不动，闪着亮光。

其中一个男人边穿浴袍，边轻轻拍了拍阿泷的肩膀。

"姑娘，玩会儿？"

"嗯。"她刚应声，肩膀已经被一把搂过去了。

夜空雪云密布，河滩上寒风呼鸣。阿泷只穿着一件绒布睡衣，出浴后的一双赤脚紧紧吸在冰冷的岩石上。寒气从脚底冲上来。双腿变僵时，她悲愤地喊道："畜生，畜生。"

对岸杉山上的雪，雾一般地落了下来。

刚开始——阿泷双手掩面，后来把右手拇指放进嘴里，用力咬了起来。

起身时她才看到，齿形的伤口上流着血。

她迅速把右手藏进怀里，摇摇晃晃地站起来，想哗啦一下拽开与隔壁房间相隔的拉门……然而，她知道三个女人和客人正在拉门那边屏气静听。她只是将手搭在拉门上，心中一遍遍地痛骂着"畜生，畜生"，看也不看男人一眼，便从暗娼旅馆的后门出来，朝山谷间的小路走去。

走了不足百米，身后便传来两个男人飞快追来的足音。女人们在他们后面尖声谩骂。她赢了。阿泷如倒地般扑到岸边，大口大口地喝起冰凉的河水。男人们赤脚奔来，她瞥了一眼他们呼出的白气，继续喝水。

那夜，回到家的她用粗野的男人搂抱她的方式，死死地抱住母亲睡着了。

三四个月后，已经是春天了。一天夜里，阿泷从比自己高一倍的石崖往街道上跳，扭伤了脚腕。住进城里医院的第二天，她流产了。她只在医院待了十天便回到村子，一回去竟发现父亲住进家里来了。她大闹一场：踢倒母亲，和父亲扭打在一起，摔倒在地。

"龌龊！趁女儿不在家，干出这么龌龊的事。这种龌龊的家，谁爱住谁住！”

当天，她便乘公共汽车进城，在肉铺做了帮工。

今年夏天，她在肉铺生意清淡的七月末回到村里，来温泉旅馆帮忙打杂。两年前发生过的那件事又在阿泷心中掀起波澜，她特别想去嘲笑一番暗娼旅馆的女人。

三

为了避免室内聚集水汽，无论冬夏，浴室的后门和窗户都彻夜敞开。

暗娼旅馆的女人常常带着客人沿溪流过来，偷偷从后门进来泡澡。两年前的冬天如此，现在依然如此。然而，对阿泷来说，冬天的裸体和夏天的裸体，程度大不相同。

“怎么，还拿着那些湿烟花哪？”阿泷一边过桥，一边对阿雪说，“咱俩去泡个澡，压压那些人的气焰。就那些女的，跟阿雪你比，简直就是土鳖在和月亮比。真的，阿雪。你这张漂亮的脸，只要在那些男人面前露一下，就够那些女的哭了。”

“耽误人家做生意可不好。”

“呵，不愧是艺妓屋的女佣。穿男人的泳衣和这有什么不一样？不过，我一个人去足够了。你先回去睡？”

“鹤屋老板在屋里呢。”

鹤屋老板是这一带做化妆品和饰品批发生意的商人。月中和月末，每月两次，他会过来挨家讨账。毛栗似的短寸，从脸颊到下巴长满毛栗似的胡须，毛栗似的肤色，人长得圆溜溜、胖乎乎的。他一喝醉，便发疯似的用筷子敲打碗盘，乱吵乱闹，然后睡上两三个小时。一睡醒，哪怕费尽周折，也一定要……爬上晾衣台便是其中一件，他还有别的壮举。总而言之，不闯入女佣房间，他就睡不着觉。那是不折不扣的"闯入"，无所忌惮，十年不变，每月两次，几乎成了传统的献媚。

可是，阿雪还是个青涩的姑娘。

"他醉成那样，很快就睡成烂泥了。"

即便阿泷这样说，阿雪仍坚持：

"不。我在河边温泉等你。"

河畔还有一个用白圆木搭成的、像防火小屋一样简陋的浴室，她们叫它"河边温泉"。

阿泷从浴室的后门进去，沿着石阶咚咚咚走下去，冷不丁地来了一句：

"河里真冷！"

说完，扑通跳入温泉里。暗娼旅馆的女人一边躲避溅起的水花，一边打招呼：

"晚上好。"

"晚上好。"

阿泷把身子沉入水中，温热的泉水哗啦啦地漫了出去。

“我们借用一下你们的温泉。”

“哦。还以为是我们的客人呢。”

两位男客似乎都是学生。阿泷大胆地当着两人的面跳入水中时，他们感觉到一阵温热的风扑面而来，于是走出浴池，坐在池边低下了头。

“本来应该事先打声招呼的，但想着你们已经休息了。”

“没关系。我也正想找阿笑借样东西呢。”

跟阿泷打招呼的人叫阿清，外号“黄瓜”——她像黄瓜一样清瘦，略微驼背，脸色苍白，常常因病卧床，很喜欢孩子。她时常帮忙照顾附近的小宝宝，带三四个幼童去公共浴池洗澡，似乎只有陪孩子玩乐才是她的乐趣所在。暗娼旅馆的女人与村子有约：绝不染指当地的男人。只有阿清一人严格遵守着这项约定。当然，她是外地人。不过，她的身子是在村里垮掉的，她便一直想着死在这里。自己疼爱的孩子们结成长队跟在灵柩后面，为自己送殡——每次卧病在床时，阿清都会幻想这幅图景。

所以，即便是阿泷，遇见如冬日薄阳般的阿清，也会立即被她感染，与她聊几句家常。

但是，另一个女人却连看都不看阿泷一眼，只说了句“晚上好”，便像睡着了似的一语不发。睫毛的浓影遮住眼眸，桃瓣形的发髻像浸了油似的，颓唐地歪着。白皙、扁平的脸上挂着蒙眬的睡意——这层睡意之上，含苞待放的丹唇和长长的睫毛犹如另一种生命体，鲜明地凸显出来。眉毛如胎发般蓬乱。耳、颈、手指，无论哪里，只要看上一眼，就让人涌起想要轻咬一口的冲动。那种柔软的感觉让阿泷立即意识到，这应该就是阿笑。

村里有十多个斟酒的女招待，只有阿笑数次被派出所的警察以尤为伤风败俗之名勒令离开村子。因为她频频与村会议员的儿子私通。阿笑是天生的女招待……因为她太过放荡了。

即便在阿泷凌厉的盯视下，阿笑依然像被人搂在怀里似的带着一脸陶醉，赤条条地从温泉里走出来，在浴池边坐下。湿漉漉的肌肤，宛若雪白的蛞蝓——柔软，圆润，浑身上下仿佛无一根骨头，无一处斑痕。她是如蜗牛类动物一般凭借伸缩自如的脂肪蠕动的爬兽。阿泷恨不得在她雪白的肚子上踩几脚——阿泷突然被男人般的情欲击中，猛地将手伸到阿笑的膝头。

“借你的毛巾用一下。”

阿笑如蛞蝓一般使劲缩起身体，试图用胸脯挡住小腹……然而，失去毛巾的遮挡后，一小块伤痕——雪白肌肤上的瘢痕露了出来。

但是，阿笑的耳朵却变得通红，红得几近透明。那红又晕染开来，从乳房蔓延到腹部。阿泷望着那美丽若仙的血色，妒火中烧的同时，又生出难以遏制的快感。

“借个手巾都这么难。上面是有毒吗？”

过了一会儿，阿泷探头朝河边温泉里望了望，说：

“阿雪，只有两个帅气又稳重的学生哥。咱们去瀑布那边玩会儿？”

阿雪趴在浴槽边缘的水泥板上，两只胳膊围成一个圈，湿漉漉的脸颊紧贴在胳膊上。

“哟，睡着了。行吧，你……珍重。”

阿泷回到旅馆时，树干和河滩都还泛白，但天边已经露出鱼肚白了。阿雪仍旧在河边的浴槽里睡觉，胳膊仍旧围成一个圈，仿佛要紧紧抱住自己的贞操道德……

四

阿雪把《修身教科书》的外皮，像雏鸡屁股上的蛋壳一般可爱地，又像蜕去的蛇皮一般可憎地粘在身上的某个地方。

她不愧是在城市附近的海边温泉村为艺妓馆效过力的人，虽然大家都梳着一模一样的桃瓣形发髻，但她颈后的发际线却分外妩媚动人。雏妓的早熟和海边少女的健康都集中在这个小姑娘身上。脸颊红似苹果，双眼皮线条分明，圆眸里秋波流盼。山中尤物——古老的表达用在她身上却让人感觉耳目一新。

所以，即便在温泉旅馆里，也总有各色的男人半认真半开玩笑地向她示爱。她也半认真半开玩笑地巧妙搪塞过去了。

并且，她从不像其他女人一样对这种事大肆渲染，四处张扬。虽然如此……有一次，某个学生失口说了句：

“阿雪你挺成熟呢。”

她立即沉下脸。

“侮辱人呢！一个书生，竟然这么狂妄！我可是在艺妓馆待过的人！”

说完，她扔掉上菜的托盘，气冲冲地走掉了。学生在这里住了一个多月，她再没跟他说过一次话。

但是，比如轮到她和阿芳两个人打扫浴池时，她就故意打瞌睡。等阿芳拿扫帚敲醒她时，她便说：

“我看你的脸都重成三个了。喂，我先回去睡，行吗？我给你暖被窝。”

就这样，阿雪如娼妓般被所有女人宠爱着，脸上是坦然自若的明媚。

“哟，这围裙真好看。”有一次，一位女客人看见阿雪，十分惊叹。

她也不知从什么时候从哪里收集来五颜六色的碎布，全部裁成三角形，缝在一起，做成了漂亮的围裙。

她最初来这家温泉旅馆，是某年夏末，正值旅馆缝制新棉袍的时候。她缝了二十件左右的棉袍，同时做出了一件同样纹样的男式夹衣。是用剩布头缝的。说是给弟弟的。

旅馆的老板听到老板娘夹杂着惊讶的赞叹，说：

“这人可不能大意。多提防点儿。”

阿雪还收集客人吸剩的烟蒂，掐头放好。等积攒到一定的数量，便拆开，把烟丝用报纸包起来，寄给港町的爷爷。

长年以来，旅馆老板娘都亲手从烟灰缸和运炭锅里挑出烟蒂，挨个掐掉滤嘴，攒在大纸箱里。等村里的老人来的时候，便拿出来招待他们。老人们用烟管抽着烟丝，长时间地东聊西扯。有人甚至是特意奔着这些烟蒂来的。

但是，旅馆老板娘这个由来已久的喜好，因为阿雪的关系戛然而止了。

阿雪的母亲是她的继母，在港町做过斟酒的女招待。每隔五六天，继母便浓妆艳抹地带着阿雪的弟弟出现在这家旅馆，一边狠命地奉承旅馆的人，一边偷偷缠着阿雪讨要零花钱。

阿雪的父亲是靠卖力维生的日工，为了揽活儿来到当地。他们借用邻村村民家的仓库，铺上旧榻榻米，便住了下来。在故乡港町，从海边的温泉村到另一个温泉村之间，公共汽车道的中途有一个渔港。爷爷独自留在那里，等着孙女寄来的烟草和腌山葵。

公共汽车在微微隆起的岬角上穿行，眼前忽然浮现一片暖色——海岸旁绵延的山茶林正在盛放，种满蜜柑的山岭点点金黄，一条笔直的道路从两者之间穿过，朝下延伸，通向海湾。三四十艘船停靠在港口，整齐、悦目地泊在一起。透过树木，只能看见青瓦大屋顶和土仓的白墙。在小城富饶的景致里，没有人会相信这里还住着像阿雪家那样贫苦的人家。况且，据说这里还是不征收地方税的模范村落。

在这座小城里，阿雪的母亲在生弟弟时发了高烧，虽然一时保住了性命，人却疯了。白天，父亲和爷爷都要外出干活。阿雪留守家中，趁着母亲发病停歇的间隙，悄悄把婴儿抱到母亲的乳下。父亲清晨出门时将母亲的手脚捆绑起来，阿雪总会帮母亲解开草绳。产后仅四十天，母亲就死了。

那年，阿雪十岁，上小学三年级。她背着婴儿上学，还要照顾父亲他们的吃穿用度。唯一的奢侈，是捡到了一只野狗，开始养狗。少女夜半外出讨奶时，狗总是忠实地跟在她的身后。

“我不想跟小保姆做同桌。”

阿雪邻座的小孩在教室里哭起来。

每次背上的婴儿啼哭时，阿雪只能离开教室。十分钟的课间休息时间，她要给弟弟换尿布，或出去讨奶。

即便如此，她仍以第一名的成绩升入四年级，震惊了全校。升级仪式上，她走到校长面前领取奖品，依旧背着婴儿。家长们目睹此景，忍不住落泪。据说校长曾请求县知事对她进行表彰。这个传闻，阿雪也听说了。但是，孩子们对她……（那完全不是孩子式的、针对孩子弱点的恶意攻击。）四年级暑假时，阿雪辍学了。

不管怎样，阿雪一手将弟弟拉扯到三岁。这时，继母来了。然而，洗衣做饭仍旧是阿雪的事。阿雪背着弟弟下田除草时，继母揪着她的头发，在泥田里来回扯拽她。这种场景，乡邻们天天可见。

“这里，这里，这里，这里……全都是那时留下的伤疤。”

阿雪有时会在旅馆的温泉里指着手腕和胸口给人看。如今她边指边轻佻地笑着，仿佛强行给男人展示自己的裸体，举手投足间都暗含引诱的技巧。

不过，她当时确实可怜，温泉村的伯母就来把她领走了。在小学校长等人的多次催促下，县厅终于下发了表彰通知。这时的阿雪已经人在艺妓馆，父亲则去山区干活了。

伯母家的一层用来卖假花，二层是艺妓馆。

“说是在艺妓馆，我也只是做做假花，照看一下孩子而已。”

她在温泉旅馆的这番说辞，是假话，虚伪得像她的《修身教科书》一样。其实，她是为艺妓拿三弦和衣服的——是见习艺妓。

因此，县厅撤销了表彰。她的脸颊眼看着红润起来，圆溜溜的眼睛不再发愣，走起路来飞快，还边走边说话——颈上的肌肤沁出白皙的风情，体内燃起温暖的火。

但是，她预感自己快要被迫去接客了，便果断离开了伯母家。这也许是因为她忘不了表彰的传闻吧。

阿雪来到父亲打工的地方，继母一反常态，奉承起她来。

“我现在不管去哪儿，都能靠自己吃饱饭。这种破家，谁稀罕待！”

这是艺妓馆期间牢牢扎根在阿雪身上的自信。她自己并未察觉，但和继母正面对视时，哪怕只有一眼，这种自信便尽显无遗。继母撞上那目光，也不由得后退一步。阿雪犹如一个手持新武器的人，仗着这胆量，开始蔑视人生。在她们的命运里，这是迈向从娼之路的第一步。

但是，小姑娘对人生的蔑视，归根到底不过与嫁入富贵人家的美梦一样虚妄。她相信自己是被命运青睐的姑娘，怀着骄傲拼命想往上爬，越狂妄，便越轻佻。

所以，阿泷对在河边温泉里睡着的阿雪说：

“行吧。那，你……珍重。”

她给那件事标上了喜人的身价，珍重以待。“身价”和《修身教科书》融为一体，这种危险性，正是她身上招人憎恨的魅力所在。

继母来旅馆说的奉承话，阿雪也巧妙地奉承回去。继母一去泡温泉，阿雪便偷偷过去窥视一番，然后对老板娘说：

“老板娘，千万别信那个女人的鬼话。她还是打我弟弟，我弟弟身上有五六处紫红的血道子呢。”

十六岁的阿雪，同样能识破男客的花言巧语，能分毫不差地从他们的话里看出紫红的血道子来。

五

第二百一十天，天晴，连炭烟都清晰可见。成群的红蜻蜓飞来溪边。

但是，第二百一十三天，风雨交加，电灯刚亮就灭了。她们趁着天光合上防雨板，东倒西歪地躺在女佣房间里。掌柜身披雨衣，手掌蜡烛走进来。阿泷接过蜡烛，对正透过防雨板上的缝隙朝外窥望的阿时说：

“阿时，你都看多少遍了。下这么大的雨，肯定走不了了，你知道的嘛。赶紧拿着蜡烛去二十六号房间。”

她们一齐拍起手来。阿时呼一下吹灭阿泷递过来的蜡烛，一屁股坐了下来。

她们原本有七人，九月二号以后只剩四人了。仅在夏天过来帮忙的姑娘都走了。旅馆老板的侄女——近视眼的高子，从女子学校毕业，正准备上助产士学校。她从十四岁到十七岁一直在旅馆做女佣，因为家离得近，一到忙季，便会立即被叫过来帮忙。踏实能干的阿谷对旅馆的情况了如指掌，深得老板娘的喜爱，据说她用在旅馆得来的赏钱置备了全套嫁妆。然后还有乡下姑娘阿时，她早上过来玩，结果碰上了暴风雨。

河里的大石头被急流冲走，哐当哐当的声音在她们枕边回荡。半夜，女佣房间的板门吱吱呀呀地开了，阿时走了。廊下传来擦火柴的声音。

阿雪爆发似的喊道：“啊，万岁！”

她边喊，边骨碌一下从阿芳的肚子上滚过去，抱住墙边的阿娟。

“太痒了，小矮子。你们这群人都是狸子吗？真坏啊！”

“这是知道体谅人。所以我才让阿时睡在门边的。”阿芳刚说完，阿雪就站起来摇着她的膝盖，边笑边说：

“不过呀，她那种人，真可怜。”

“因为是乡下人嘛，阿雪，别说了。耽误人家嫁人。”阿娟貌似一本正经地说。

阿泷顶回来：

“让她走不是挺好的吗？又不耽误她当乡下人。她不像你，光论不图钱这点，人家就比你强。”

“我？我，我什么时候图钱了？”

阿娟摸黑爬过来，猛扑上来抓住阿泷。阿泷使劲将她的双手反拧过去。

“哼。要不是图钱，你用得着那么迷那个人吗？”

说着，阿泷将她撞倒在地。

“今天喜欢明天不喜欢，弄得跟烫了又凉的酒似的，你赶紧消停消停吧。”

阿娟在东京的艺妓町做过梳头师。她常挂在嘴边的话是：等在温泉旅馆攒够钱，要去梳头师那里做住家学徒。她总是梳着艺妓一样的发髻，一旦得到客人的认可，便喜滋滋地到处宣扬。她个子矮小，皮肤黝黑。逢上打扮得像城里人的年轻男客的宴席，她总是抢着去招待。

这年夏天，有位神经衰弱的学生哥在旅馆住了约半个月。她不顾账房的呵斥和嘲笑，整日整日泡在学生的房间里。

这个阿娟，还有阿时，在宾客如流的整个夏天，她们和客人间的韵事也仅此两桩。在她们这群人中间，她俩都不算漂亮，却反而是有故事的人。

阿时的相好，是辗转于各个旅馆、为隔门添画的江湖画师。阿时虽是个双眼凹陷、略显愚笨的乡下姑娘，在浴池中却肤若凝脂，别有一番美丽。

暴风雨过后的翌日清晨，晾衣台上落满绿叶。河边温泉的浴槽也被沙土掩埋。河水裹挟着红土从岩石上翻腾而过，成群的孩子在河岸上站成一排，一人拿着一个小抄网，忙着打捞被激流冲晕的小鱼。一对流浪艺人母子站在一旁观望。

搭在两侧岩石上的板桥全塌了。不过，因为桥板两端钻孔，用铁丝固定在岸上，所以木板被冲到了岸上。

河水下降后，也不见有人用友钓法[1]钓香鱼。她们聚在测量技师的房间里玩乐。江湖画师在空房间里为隔门添画。

在这冷清的季节里，村子里却热闹起来，听得见人们高声说话的声音。

在全村第一的温泉旅馆做女佣的姑娘们商量好了一起休息。村里人聚在阿泷等人做工的全村第二的温泉里，像说新闻似的列数起全村第一的温泉旅馆老板的旧闻。

“那家伙把矿山技师采到的矿石偷换成了稍微含点儿金的

1 即用香鱼钓香鱼的方法。香鱼在同类进入自己领域内时会以身体撞击对方。友钓法即利用香鱼的这一习性，以香鱼作鱼媒，等待其他香鱼上钩。

石头，换了好多，被人家告了，不是吗？”

“对，对，也不知道那官司是怎么判的。听说技师被炒了，那家伙白赚了好几万。”

“这种骗人的勾当，他不知道搞过多少出了！你们还记得不，之前不是有大臣和一些有来头的军人来猎鹿，在他那里住了好一段时间吗？他请人家题了些字。他那个老头写字也还行，就模仿别人的字迹伪造了一二十张赝品，卖出去了。他说，是人家住他那里时请人家写的。人听了都会信呀。听说，他靠这个发了一笔财。凭这种山里的温泉旅馆，就算好好干，也不太可能富成那种样子……这边的旅馆就是最好的证明。”

他们借着酒劲儿，继续议论道：

“干脆去把他家温泉堵上吧。”

“咱们现在就冲过去，把那老头弄到河滩上活埋了。”

这条紧邻山谷的小路将被扩成公路。最为受益的便是温泉旅馆。可是，全村第一的温泉旅馆却断然拒绝分摊修路钱。

十几个警察住进那家旅馆，每天拉大弓。还没等他们厌倦拉弓这件事，村里已经安静了。

阿泷正在昏暗的走廊上关防雨板，突然惊叫一声，跳了起来。原来是踩到了一大片青桐叶。

不知为什么，她不想再回城里的肉铺了。

老板娘挺着七个月的肚子，辛苦地打扫着厕所——唯独这件事，她不肯用女佣——身影显得莫名寂寞。

一个赌徒模样的男人在旅馆住下来，每天指挥工人修缮上游空置的房屋。

一支朝鲜建筑工队也移居到这里。

“看，看，锅碗瓢盆都带来了。”阿娟跑进女佣房间。

朝鲜女人穿着皱巴巴的白色裙裤，脚踩布鞋，正弓背向前走，身上扛着装满生活用品的大包袱。

下游回荡着炸药的声响。

上游破旧的空房变成了整洁的卖淫旅馆。连她们都大感惊讶的是，阿娟居然去那里了。那个赌徒模样的男人不厌其烦地挨个游说过她们……回想起当时他承诺过的诱人价格，她们便满口污言秽语地辱骂起阿娟来了。

B　深秋

一

夏天客人落下的十四五把扇子，被她们收到了房间里。

阿雪一手握一把男用折扇，缓缓打开，如舞妓一般，有板有眼地紧闭着双唇跳起舞来。

“我就说嘛，要不是来这儿，阿雪你早就成艺妓了。”仓吉倚着古香古色的漆木斗柜，抱住支起来的膝盖。

“要真那样的话，像我这种人，就看不到阿雪的舞姿了。”

“我哪里成得了艺妓啊。我啊，就是个看孩子的。”阿雪唱吟道。连仓吉也用目光紧追着阿雪的手势，一下下拍打着裸露的大腿，为阿雪打拍子。如此一来，阿雪只好和着他混乱的节拍舞蹈。她的腿肚周围开始发热，舞步越来越乱。她摇摇晃晃地正欲转身，却一下子跌坐在堆叠的坐垫上，朝斗柜倒去。

“你说，我就这样走街串巷去唱法界调[1]，行吗？”

“你唱什么法界调啊……”

“就是这么一说……”阿雪把右手上的扇子朝仓吉的肩头扔去，“我啊，就是连艺妓都不愿意当，所以才逃到这里的。”

她想说：所以像你这种流浪汉，我才看不上呢！但是，那双圆溜溜的眼睛即便在侮辱人时也流转着妩媚。阿雪又高举扇子跳起舞来。仓吉淡淡地窘笑着，用阿雪扔过来的扇子拍打着大腿。他的脚，像臃肿的四十岁女人，堆着苍白的肥肉。另外，他嘴唇厚，脸颊发红。印有商号名的短褂虽然不合身，却又让人感觉到他的肉身里藏着钝兽般的力量。

从三四年前开始，在夏冬两季温泉旅馆开始忙碌的时节，仓吉就会突然从什么地方回来，回到这家旅馆。确实是“回来”。之所以说“回来”，是因为他总选在旅馆最忙乱的时候

1 明治到昭和初期，由名为法界屋的卖艺乞讨者边演奏月琴边唱的歌曲。

出现，而旅馆缺人手，便顺势让他去帮厨，或者送客迎客。这样，他就能待上一段时间。所以，每到这个时节，旅馆的人甚至开始惦念他，说："今年仓吉也会来吧。"

也是在某个忙碌的夏天，旅馆老板的亲戚——一个叫加代的姑娘过来帮过忙。一入秋，房间便空出不少来。每晚仓吉和加代一起去关防雨板。两人还曾在深夜跑去泡河边温泉。

于是，他被撵出旅馆。可到了正月，他又若无其事地回来了。有人不明就里，仍旧让他帮忙。

春天，消失三个月的他从城里的寿司店寄来一封信。是写给十六岁的少女阿雪的，信里像告知天气一般，说自己从那边的女人身上染了病。

夏天，他又回到她们所在的这家旅馆。今年秋天，他粘在阿雪身后，寸步不离。他陪阿雪一起关防雨板，帮她打扫浴室，收拾客人的床铺。阿雪跳起在艺妓馆看人跳过的舞，他也当起观众。

但是，阿泷闯进了舞场。

"喂，阿雪，当心脚，别把榻榻米跳破了。都破了一点了！"

"可是，仓吉说想吸吸灰尘啊。说要感受都市的味道。"

"哦，哦。原来这里住过一个装腔作势的学生，特别招人厌。说是让人来打扫房间，却直勾勾地盯着人家看。我请他让开。他说，偶尔吸吸灰尘也不错。还说山里的空气太清新了，这才有都市的味道。刚巧阿雪趴在廊下擦地板，这个坏姑娘可真会说话。她说：‘那这桶里的脏水是什么味道？’我说：‘仓吉，看你挺舒服的，看着这样的阿雪，品到什么味道？’”

“他这个人凭张嘴就想讨好人。想得美！”阿雪说着，把剩下的那把扇子又啪一声扔到仓吉的膝上。

“最近他一直说，看，阿雪会跳舞吧。念叨有十五遍了。”

“喂，阿雪，女人头一回动情，就被这种人诓骗，可是一生的耻辱。好歹让他等到第十五回。”

仓吉依旧苍白地笑着，边笑边起身。

“喂，老板娘说了，得打扫晾衣台。”

“晾衣台？”阿雪拉开隔窗一看，“哎呀，全是落叶。”

晾衣台上，黄了一片。其实还是绿叶居多。昨夜又是秋风疾劲。

晾衣台在她们房间的窗外。

她们的房间里立着大斗柜，黑漆上醒目地绘着桐纹，但是铁壶把手似的拉环已经生出红锈。这是旧时农家的家具，如今用来放置换洗的衣物。客人的浴衣和床单也收纳在里面。十叠[1]大小的房间里，每个角落都堆放着客人的被褥和坐垫。她们的包袱皮同碎布以及空箱子一起胡乱塞在壁橱里。斗柜上、钉在墙面的架子上被堆得满满当当，损坏的梳妆台、空肥皂盒做的化妆品盒、旧三弦、破伞，什么都有，却都不知

1 一叠即一张榻榻米大小，十叠约合十七平方米。

主人是谁。这时节开始缝制冬天的棉袍了，榻榻米上散落着线头和糖纸，剪刀闪着银光。

扫完落叶，她们从晾衣台翻进房间。厨师吾八盘腿坐在屋里，右手一张接一张地翻开左手的纸牌。

“你还有工夫看这玩意儿？多忙啊！”阿泷坐下捡针。

“不忙。我不干了。”

“你要开店了吗？”

“不是。是我也被炒了，被炒了。”

“被炒了……就是被撵走了呗？”

“也不算是，是我干腻了。这事本来我不想提了，就是因为这个！”

说着，吾八从围裙里掏出一样东西，扔到地上。

阿泷捡起来，问：

“什么东西？这不是干鲣鱼的尾巴吗？”

“是这样……今天早上我打开行李一看，发现新晒的干鲣鱼被换成这玩意儿了。”

“哦，想栽赃你，说你偷了干鲣鱼。明白了。阿芳那个畜生。那个婆娘，平时就有爱翻别人行李的坏毛病。”

“阿芳发现新晒的干鲣鱼后，就拿去给老板娘了。老板娘当时正在削鱼花，把剩下的鱼尾递给阿芳，告诉她拿这个换回去。我一听说是这么一回事，就感觉待不下去了。”

“哎呀，不就是一条鱼的事吗？”阿雪站在吾八身后，伸出双手搭在他的肩上。

“账房也好，阿芳也好，可都瞒着我呢！”

“这点儿破事，何必呢。他们既然没说，你也装作不知道不就行了。不干可不行啊。”阿雪摇着吾八的肩膀，“这么脆弱，可怎么在世上混呀！”

“胡扯什么呢，小矮子一个。吾八怎么能忍气吞声呢？”

阿泷走出房间，直奔厨房，进去后揪住阿芳的前襟，把她拖拽到廊下，拉回到房间。“喏！”阿泷将她一把推到吾八面前，然而吾八只是呆坐着。于是，阿泷又把阿芳拖到玄关，双手掐住她的脖子，同时压住她，不让她乱打。

“畜生！畜生！给我滚！”

她抬起只穿着袜子的脚狠狠地踢阿芳的肚子。阿芳只是翻过身，一言不发。

“喂！”

有人猛撞了阿泷一下，是仓吉。阿泷踉跄一步，差点跌倒在装木屐的大箱子上。

“你干什么！你们串通好的吧！要抢吾八的饭碗。”

她死死盯住仓吉的脸，突然骂了一句“畜生”，便猛地低头扑到仓吉的胸口咬了起来。

二

大约比朝鲜人晚一周，日本建筑工人也来了。监工在旅馆的侧屋住了下来。据说过去在城里跟军人做生意的两个女人，现在也到隔壁的暗娼旅馆来了。另一方面，阿笑被挖到上游新开的妓馆，身价激涨了三倍。工人来后不足五天，阿清便又卧床不起了。

阿清生病的事，村里人也立即觉察到了。她背着暗娼旅馆的婴儿，牵着一个四岁的小女孩，从山谷里上来，走进大道旁的村庄。今夏以来，天天如此。还没走到大道上，就会有三四个小孩围拢到她的裙边。她领着孩子，苍白清瘦的面容和整齐的银杏叶发髻透出凄寂的温和。村民遇见她，总会先打招呼。尽管常年卧病在床……或许正是因为经常卧床，她的头发总是拢得整整齐齐，两鬓和脑后不见一丝乱发。她恐怕极少讲话。可孩子们很愿意亲近她，所以人们总觉得不可思议：她和孩子们都说些什么呢？

多亏这些孩子，虽然阿清一直卧床，她却没有被赶走，因为暗娼旅馆的孩子不肯离开她的枕边。但是，因为长年的生活习惯，男人们蜂拥而至，她自然一身风情，难以清静下来。

“不等公路修好，我恐怕就不行了吧。”

她虽这样想，却像等候节日到来的马戏团姑娘一样生机盎然地活着。另一方面，她又习惯性地幻想着自己的葬礼：疼爱的孩子们结成长队跟在灵柩后面，一直把她送到山上的墓地。

仿佛完全融入山间温泉的阿清与上游新旅馆的老板形成

绝妙的对照。他从一个工地转到另一个工地，走到哪里，便在哪里经营妓馆。温泉旅馆的客人还穿浴衣的时候，他已经穿棉袍了。

村里的姑娘碰到他，犹如看见过去的“人贩子”，赶忙避道而行。

但是，建筑工人们只能透过庭院的树木窥见温泉旅馆的二楼。因为那里太过高雅和昂贵了。

江湖画师画完所有隔门，便乘马车翻山离去。他似乎是不告而别，阿时并不知情。阿泷她们送他到马车旅馆，他笑着说：

“跟阿时说一声，要是想我了，挨个把隔门戳破就行。”

回到旅馆，是无客的时节，她们缝着冬衣，安心待在自己房间里，阿时和画师的故事仿佛已被忘却。客房里丢下不少旧杂志，她们收集回来，却没人读。她们漫无头绪地想着故乡和婚事，从周六到周日，直到赏红叶的观光团来，都没察觉到山间的秋色。

吾八才走四天，她们已经不再议论他了。

村里鱼店的老板曾经来过一次，是为他的事道歉。

“我也没说让他走……”老板娘吞吞吐吐地说，“不过，他那个人也太懒散了。正是忙得不可开交的时候，他赖在客人的房间里，又总是夜不归宿。着急用人时，总是找不到他。要说他在这里也好多年了，我们彼此都不见外，相处很好的……”

的确，吾八已经年近五十，在这家旅馆做了八年。前半生，他凭一把菜刀浪迹于各个滨海小城。那期间，他似乎切掉了左手中指的指尖，还娶了三次老婆。说“似乎”，是因为这家温泉旅馆让他忘记了过去。他在这里从不提起过去。并非隐瞒。只是没兴趣回忆而已。

闯荡码头的过去，自然是刀的味道。但是，来到这山村后，他讨了一个带孩子的女人做老婆，然后又对孩子生出爱意。不知不觉间，他觉得这片土地就是死后的归处，于是安下心来过日子。

这种心境，在阿清身上变成对葬礼的幻想，在吾八这里则是希望开一家小料理店。不过，他的愿望也极为懒散……死前实现就行。他以同等的懒散安心留在这家旅馆。所以，他心血来潮地跑去挖山芋，钓鱼，想回家时就回一趟邻村的家……可以说，他把厨子的工作干成了晚年的乐趣。昔日残存的锐气仅仅表现在全旅馆里起床最早这件事上。

他长年穿着白布衫、印着商号名的短褂和细筒短裤。这就够了，不需要更整齐的衣物。他年轻时参过军，如今仍旧保持着挺拔的身姿，加上皮肤黑红，好似一个用柿漆纸糊成的大稻草人。晚酌一回合，他便去熟识的客人房间聊天，不到十分钟就会打起盹来。

正因为个性如此，所以一条干鲣鱼就让他待不下去了。

在宽敞、铺着木地板的厨房里，仓吉正麻利地干着活。说是麻利，他其实和吾八一样，长着一双乡下人的手，指节十分粗壮。女佣们都看不起仓吉，不愿接近他。不过，这只是暂时的。她们最终还是挤在他身后，为了满满吞上一口切生鱼片时剩下的碎肉。

观光团离开的早晨，她们把餐桌上剩下的生鸡蛋藏到客房的橱柜里，然后趁打扫走廊的时候，用铁壶将蛋煮熟。

另外，她们要是喜欢上某位长住的客人，就会把他剩下的饭菜拨到自己盘里吃。但是，仅限于“男”客。也许是出于本能吧，女客人的饭菜，她们看都不看一眼。

“明知他没病，又不脏。”她们中的一人冲着其余几人说，一边动起筷子。

而且，也许是为了毫无保留地表露这种女人式的、家庭般的情感吧，一个男人的残羹剩饭，从头到尾只能由她们中的一人来吃。不知从何时开始，这成了她们之间默认的规则。这是她们之间的秘密，绝对不能透露给客人。不过，在吃剩饭这件事上也朝三暮四的，仍是阿娟。阿娟搬到上游的旅馆之后，便是阿雪。

但是，最先对监工的餐食下手的，竟是极少染指这种事的阿泷。这是她以她们的方式坦承：她愿意做他的女人。

三

清晨打扫庭院时，她们也结结实实地感受到了秋意的深浓。娇小的阿雪摆弄着一把长长的竹扫帚，左右拿不好。身姿宛若一位贵小姐，透出莫名的天真。

她拖着装饰品一般的扫帚，寻着朝鲜女人的声音走去。她们租借了温泉旅馆门前的空屋，合住在一起。那是一间农舍，连一扇隔门或隔窗都没有。温泉旅馆打扫庭院的时候，朝鲜女人们总是鼓着白裙在井边洗刷早晨的餐具。阿雪望着这一幕，猛地一回头，透过古杉的间隙看见了旅馆外的玄关。竹帚啪一声倒向杉树，她迅速走开了。

阿泷正跪在玄关那里，为监工缠黄色的护脚带。那男人坐在玄关处，她白皙的脖颈和桃瓣形的发髻在他膝旁犹若悲伤的失物。

“阿泷……”

阿雪说不清阿泷怎么了。

“那个阿泷……”

可她念叨着，脸颊冰凉，怔怔地朝内院走。

她将两肘靠在小桥的栏杆上，一只脚摇来晃去。清晨的阳光透过清浅的溪流落在水底。阿雪的眼泪缓缓流下来。她对阿泷那种难以言说的依恋从胸中汩汩涌了上来。

她们的棉被，没有被褥之分。也就是说，被子硬得像褥子一样。阿泷从壁橱里拽出脏兮兮的棉被，突然说了一句：

“今天我又去看爆破了。炸药把岩石炸得粉碎，那一下子真带劲！”

阿雪扑哧一声笑开来，同坚硬的棉被一并倒了下去。

“你闻不到炸药味，都睡不着觉吧。”

她双手捂脸趴在棉被上，发疯似的笑个不停。

“喂！”阿泷挺起胸脯站着，抬起一只脚猛踩阿雪的背，“是啊。是又怎样？”

阿雪仿佛没有感觉到那只脚，依然笑得肩膀直抖。

“好了，去打扫浴室，打扫浴室……阿泷，你还有活儿要干呢，不快点，眼睛又熬红了。”阿芳吧嗒吧嗒铺着被褥说。

她们总是抱着用细带捆起的睡衣，下去打扫浴室。现在时间到了。

“行，我去干，你们赶紧睡吧。”阿泷独自走出去，粗鲁地关上了女佣房间的板门。

阿芳和阿吉立即睡着了。浴室传来水声。阿雪听见，揣着浴衣的袖子，好像感觉很冷似的，到下面的浴室去了。最近，她总像个孩子似的紧跟在阿泷身后。

“阿泷！阿泷！”

河滩上传来呼喊声。打开拉窗，只见阿娟无精打采地站在外面。

阿泷走到晾衣台上，问：

“有何贵干？”

“你好。”

“我回去了啊。”

“哎，别，”阿娟朝晾衣台走过来，仰头问，“大家都好吗？”

“还大家，反正没人打扮得花枝招展的。”

“我啊，过来是有事求你。”

“我回去了啊。”

“我吧，”她微微侧头，拨弄着披肩说，“我借了一点钱给工人。”

“哦。”

“现在要不回来了。”

“这不挺好。人家没钱，你就当白给了嘛。”

“哪有这种理呀。”

“大家都说，你们那里是最贵的。”

“哪儿是啊。那是因为老板精明能干，不交定金，不能进门。”

“净是胡扯！那你回去给我好好宣传宣传，说没钱的人，都去阿泷那儿。”

“我呀，借出去的是真钱。”

“真钱？”

“嗯，我在这里干活，攒不着钱，所以才去那家的。但是，我也没打算长干。明年我无论如何都要去东京学梳头。我想着多少能赚一点，就把钱借给工人们了。”

“哟，真是想不到啊。原来他们是用向你借的钱来买你的身子啊。而且，这钱还有利息呢。”

“可是，很多人都不还呀。所以，我才想托你去跟监工说说，让他们把钱还给我。或者从工钱里扣出来……”

“什么？净是胡扯。你真有一套！”

阿泷说着从晾衣台跳进房间里，砰一声合上窗子，久违地大笑了起来。

那的确是久违的大笑。阿泷最近睡眠严重不足，根本大笑不起来。她夜夜光着冰凉的脚丫从侧房出来，穿过长长的走廊回到房间。白天眼睛布满血丝，却忙得不可开交，好似一头猛兽。

就算穿过走廊时悄无声息，打开她们的房门时也总会闹出些响动。

“阿泷。”阿雪娇媚地唤了一声。

阿泷吓了一跳，呆立住了。

“阿泷。”

阿泷沉默着，脱掉浴衣外的和服短褂。

“阿泷，大家都睡了。我在给你暖被窝呢。给你留的鱼汤，刚才都冻住了。”

“嗯，谢谢。”阿泷突然将冰凉的手伸进阿雪的胸间。

“你寂寞了吧。”

这样的夜晚没有持续多久，阿雪就在仓吉的房间里被旅馆老板娘给摇醒了。

她惊坐起来，慌忙站起身，又端正地跪坐好，规规矩矩地双手伏地致歉：

“实在对不起。”

说完，一边揉眼，一边朝她们的房间走去。

“过来。”阿泷从被窝里起身，将阿雪搂到膝边，“阿雪，你得学聪明一点，是不是？你那么珍视的东西，明明打算凭它出人头地呢，却给了仓吉那种畜生。阿雪，千万别被仓吉这种男人骗了。赶紧换人。找谁都行。真的。一旦被骗，你就输了。输给这种男人，就完了……烦死了。别哭了，别哭了。……你无所谓吗？什么，无所谓？无所谓也行，不过赶紧找别人去，否则要吃大亏的。”

但是，第二天仓吉被辞退，阿雪离开旅馆追随他去了。

大约半个月后，阿雪不知从什么地方给阿泷寄来一封信：

“……啊，真怀念山里的温泉啊。我羁旅悲愁，昨日东今日西……”

这一定是她在温泉旅馆看讲谈杂志时记下的佳句。

山里风传她跟着那男人四处流浪，最后被卖掉了。确是风传。

C　冬来

一

水车上的冰柱在月下闪着银光。马蹄踏在结冰的桥板上，发出金属般的铮响。这是寒冬，黢黑的山影如利刃般清晰。

阿笑独自坐在公共马车里，用白色围巾将脸颊围得严严实实，双手揣怀，脸埋在长袖后面。她坐在车厢一角，深深低着头。

从停车场到温泉村近十六公里。阿笑乘晚七点的火车过来，公共汽车和马车里已没有其他乘客。末班马车到达时，乘车的都是些村民，他们泡了很久的温泉，泡得浑身通红，提着灯笼从山谷里爬上来。即便在月夜，树影也分外浓重。大路旁，家家户户大门紧闭。

但是……阿笑纵身从马车里跳出来，立即缩着脖子飞也似的钻进山茶林，穿过浓密的树荫朝竹林跑去。她从怀里掏出一瓶酒，对着瓶口咕咚咕咚喝起来。

“啊……”她痛快地舒口气，将脚深深缩进衣摆里，重新围紧围巾，用两袖捂住脸，扑通一下趴到地上。

阿笑知道，冬日的竹林里积着厚厚的枯叶，还残存着暖意。她虽然穿着两层人造丝的和服内衬，但没有穿外套。

等了不到二十分钟，林中响起男人的足音。

“哟，吓我一跳。睡着了？”

男人说着，弯下腰。阿笑将男人的手从自己的肩头直拽进胸间。男人倒下来。她攥着那手，在地上翻滚了起来。

“啊，真高兴。你不知道人家有多想你。滚一滚就暖和了。”

“没人看见你吧？”

“我注意着呢。喂，那可是晚八点的停车场。再说，人家坐了两个小时的马车。喏，你看……”

阿笑说着，脱下袜子，把脚晾在倾洒下来的月光里。

“看这脚红的。”

她把两只脚庄重地搭在男人的膝头，揉着通红的脚趾。

“跟冰浸过的红辣椒似的。”

男人握住她的脚趾，立即感受到这就是阿笑：肌肤细腻如雪白的蜗牛，脚趾似冰凉的蛞蝓一般湿润地粘在他的掌心。刚把脚趾交给男人，她便像丰厚的脂肪一样软塌塌地倒了下来。

“咱们去村里泡温泉吧，暖暖身子。”

“不嘛。人家跟团火似的，大老远跑来找你。你也得像团火似的对人家……”

男人转过身来。但是，她伸开双手撑住男人的胸脯，挺胸后仰，摆起架子说：“不行。我又不是白来的……再说，火车、马车都要花钱的。”

“那点儿钱，我给你。随时都能给。”

“不行。先给了再说，否则人家就不给你。”

男人的耳畔，忽然传来冰冷的溪声。

阿笑从城里赶来，并不是会情人，而是为了做买卖。

村里斟酒的女招待中，唯有阿笑尤为伤风败俗。村里的权贵早就对此有共识。派出所的警察忠心耿耿地遵照他们的意思，屡次勒令她离开村子。事情发生在一个月前：他们在一次宴席上哀叹自家的儿子品行不端。哀叹完，阿笑终于被警察送到城里去了。阿笑是天生的女招待……因为她太过放荡了。

但是，只需一张明信片的呼唤，阿笑就会来到情人身边，从不爽约。坐火车，乘马车，还要避人耳目，然后藏进夜晚的竹林……尽管如此，她也想得到这趟“远途”的旅费。但也许，比起金钱，她更对卖身怀着不可思议的热情，所以才会赶八十里夜路来这里吧。与传说中涉海找男人幽会的女人一样……

即便到了城里，阿笑自然也是待在专做军队生意的店里。她那张脸又白又平，像是蒙蒙眬眬、迷迷糊糊地睡着了。她照旧活着，仿佛并未察觉到换了地方。只要有男人，哪里都是乐土。正是因为这份安逸的心态，她好像从来也没想过擦擦头油，润润头发，把头发梳整齐些。

此刻也是，竹叶粘在头上，她也不管。

男人一边下山一边逐片拿掉阿笑和服上的竹叶，就这样一路走到山谷。他们踏过河滩上的踏脚石，偷偷钻进温泉旅馆泡澡。

阿泷正独自坐在浴池边，一看见阿笑，便拿起湿毛巾哗哗洗了洗眼睛，然后对男人说：

“喂，隔壁的阿清昨晚死了，你知道吧？”

“好像听说了。想着你们都睡了，也没打招呼就过来泡澡了。”男人不好意思地解开腰带。

“今天晚上是要为阿清守夜的。你们这些男的，全是缩头乌龟，没有一个人去。太欺负人了。”

“在她生前受过她恩惠的人，不是不好露面吗？可大家心里都可怜她。”

“她真可怜。让阿清减寿的人里，你也算一个吧？”

“修路的工人不来就好了。村里的话，她总帮着照顾孩子，大家会关照她的。”

“可你看看，灵堂多冷清！还有你，阿清的鬼魂不怎么去竹林，是吧？那边那位，不好意思，请止步。我们这里可不是供人洗脏身子的地方！”

但是，阿笑只是脸颊泛红，一直红到乳房。她一言不发，垂着头，踩着台阶向浴池走去，脚底如新鲜的面筋一般柔软。

二

阿清也是斟酒的女招待，又因为阿笑是女招待中的模范，这样想来，可以说阿清是被阿笑害死的。

阿清十六七岁时流落到这深山里来，身子很快就垮掉了。于是，她认定这里便是自己死后的安身之所。男人像搂抱一片苍白的影子一般对待这个思虑着生死的小姑娘。即便如此，她还是屡屡卧病。只要有空闲，她便陪村里的幼童玩耍。

修路工人进山后，自从听到炸山石的声音，她便清楚地感觉到：

“不等公路修好，我恐怕就不行了吧。”

果然，才不足五天，阿清便再次卧床不起。暗娼旅馆里那个四岁的小女孩和小婴儿缠在她枕边，所以她才没被赶出去。但是，村里的每个女招待都从老板嘴里听到过那句：“瞧瞧人家阿笑！”这句话也一直萦绕在她枕边。她就睡在腌菜房一侧的小屋里。这间屋仅两叠大小，可是有时也得用来接客。

阿清勉强起身，决心自杀。不，这念头听上去并不像“决心自杀”四个字那般决绝，只是没指望了而已。从结果来看，接待修路工人这事就是一种自杀。

她的同伴——孩子们还都分不清她的死与修路工人有什么关系。

阿笑出浴后，若无其事地对男人说：“再见。喂，下次什么时候找我？”

阿清死了也好，被阿泷侮辱也好，仿佛她都不知道。

“开玩笑！说什么再见，三更半夜的，你上哪儿去？”

“回去呀。走路的话，天亮之前应该就能走到停车场。”

“十六公里呢！还是山路。”

“没事。夜晚和男人多宝贵，没什么好怕的。我不会让你送我。再见。”她慵懒地双手揣怀，朝大路走去。

“喂，别走啊。别这么无情嘛。天亮了再走吧。”

“被人看见了怎么办?”她头也不回地走了，月光冻在大路上。

男人怔怔地伫立在原地。

然而，等男人不见的时候，阿笑立即小跑着折返回来，走到溪谷沿途的温泉，在暗处躲了起来。说不定相熟的男人还会来泡温泉。她缩身等着。

麦苗染上霜色。山峰上空明亮起来，候鸟不知为何不愿栖身竹林，朝山麓流去。第二个男人踩灭竹林中的火堆，突然蹲下身来，说:“喂，有人来了。”

枕着胳膊的阿笑坐起来。

“啊，知道了。是给阿清送葬的。”

“小声些。”

送葬的人爬上梯田，渐渐朝竹林走近。阿笑扑通一下趴在地上，双手托着扁平的面颊，冷笑着观望。

说是送葬，其实只是两个男人抬着一副盖着漂白布的棺材。大概是暗娼旅馆的老板和掌柜吧。棺材上放着两把铁锹……算是装饰吧。这个村庄实行土葬。

可是，孩子们呢?疼爱的孩子们结成长队跟在灵柩后面，爬到山上的墓地为她送葬——这幻景难道不是阿清活着的乐趣吗?难道不也是她死后的乐趣吗?

孩子们还在睡梦中。

阿清被抬到竹林一侧，然后朝山上的墓地去了。

“太惨了吧。”

“是啊。”

“看样子是要趁天还没亮偷偷把她扔掉。”

“我也趁天没亮回去吧。现在走，半路还能赶上头班马车。”

“喂，拍拍身上的竹叶啊。”

“再见。哎，下次找我也寄明信片啊。”

她捡起酒瓶，用力扔出去。酒瓶砸在眼前的竹子上，玻璃碎了一地。

抒情歌

与死人说话，是多么可悲的人间习俗啊。

不过，我不禁想到，人在死后的世界里竟然也得以生前的姿态活着，是更可悲的人间习俗。

“植物的命运与人的命运相通，这种感受是所有抒情歌的永恒主题。”

这是一位哲学家说的。我连他的名字都忘了，也不知道前后文，只是记得这句话。所以，我不知道植物是只有开花落叶的心思，还是怀着更深的情意。对于觉得佛教的各种经文就是非凡、宝贵的抒情歌的此时此刻的我来说，尽管与逝去的你说着话，但比起面对在彼世仍是此世模样的你，也许还是对着壁龛里的红梅，想象着你转世变成了眼前早早吐蕾的它，会更让我高兴吧。哪怕不是眼前人尽皆知的花也无妨。我想象着你变成某种完全陌生的花，生在遥远的法国，长在不知名的山上，与它说话也是一样的。直到现在，我依然如此爱你。

说到这里，我忽然觉得自己真的在眺望着一个遥远的国度，可惜什么都看不见，只闻到屋里的香气。

这香气死了啊。

我低喃着笑出声来。

我是个从不用香水的姑娘。

还记得吗？四年前的一个夜晚，在澡堂里，一股浓烈的香气突然扑鼻而来。我不知道那是什么香水，但是赤身裸体地闻着那股浓香，感觉分外害羞，闻着闻着便头昏目眩，失去了知觉。那也是你抛弃我，背着我结婚，开始新婚旅行的第一个夜晚。那一刻，新娘的香水恰好洒在旅馆洁白的床上。我并不知道你结婚的事，可日后一联想，发觉两件事就发生在同一时刻。

你往新床上洒香水的时候，会不会突然对我生出歉意？

会不会忽然想，新娘若是我呢？

西洋香水是浓烈的现世的香气。

今晚，五六个旧友到我家里玩歌牌[1]。说是正月，但是已经过了装饰门松[2]的那段时间，不是玩歌牌的时候了；加上我们已经有夫有子，也不再是玩歌牌的年纪了。或许是这些缘故吧，大家感觉到彼此的呼吸让屋中愈发沉闷。就在这时，父亲为我们点起了中国香。屋里清新起来，可我们依旧沉溺

1 日本人在正月时常玩的一种纸牌游戏，由各一百张的“咏唱牌”和“夺取牌”组成，咏唱牌上印有和歌与歌人肖像，夺取牌上是用假名书写的和歌下半部分。唱牌的人吟出咏唱牌上的和歌，其他人争抢对应的夺取牌。

2 日本人在正月摆放在门口的装饰物，通常用毛竹、松枝等制成。

在各自纷乱的回忆中，热闹不起来。

我相信，回忆很美。

但是，倘若四五十个女人聚在一个屋顶有温室的房间里，同时开始较量回忆这件事，那么房间里就会升腾起强烈的恶臭，温室里的花朵也会枯萎殆尽。并不是说这些女人有过什么丑恶的行径，而是与未来相比，过去这种东西如动物一般，更加生动真切。

我想着这些莫名其妙的事情，同时又想起了母亲。

我最早被誉为神童，就是在歌牌会上。

那时我才四五岁，一个平假名和片假名都不认识。双方战意正酣时，不知母亲怎么想的，突然盯住我的脸问："看懂了，龙枝？你怎么总跟个小大人似的盯着看。"她抚摸着我的头，跟大家说："让龙枝也试试吧，她应该也能抢到牌。"对手是个年幼无知的孩子，大家缩回正欲伸出的手，一动不动地盯着我。

"妈妈，这张？"

我随手，真的是随手，用比纸牌还小的手按住了母亲膝前的一张牌，仰起脸望着她。

"啊！"最先惊讶的是母亲，紧接着大家也连声赞叹起来。母亲说，这是歪打正着，这孩子连假名都还没学过呢。但是，大家是来做客的，都开始说奉承话，不再在意胜负。连唱牌的人都问"小姐，准备好了吗？"，然后放慢语速，单独为我反复吟了三四次。我又抢了一次牌。也中了。接着，抢一张，中一张。我完全听不懂和歌的意思，一首和歌都不会背，也不认字，之所以全中真的只是因为母亲抚摸着我的头，我在随手抢牌时从母亲的掌心里感受到了强烈的喜悦。

这件事立即传得尽人皆知。有客人上门拜访时，或是母亲应邀带我去别人家做客时，年幼的我总要一遍又一遍地玩起这个象征着母女情深的游戏。后来，我不仅会抢歌牌，还渐渐展现出更加惊人的神童奇迹。

今晚的我已经熟记《百人一首》[1]里的和歌，也认得纸牌上的平假名和片假名，可是与随手就能抢到牌的神童时代相比，如今反而很难得手，反应也迟钝了。

妈妈！可是此时的我，反倒觉得那般执着寻求爱的证明的妈妈像西洋香水般令人生厌。

你，我的恋人，之所以抛弃我，也是因为你我之间只有满满当当的爱的证明吧。

我在远离你们酒店的澡堂里，闻见了你和新娘婚床上的香水味，我的灵魂自此关上了一扇门。

你离世后，我再也没有看见过你的身影。

再也没有听到过你的声音。

我的天使翅膀折断了。

为什么呢？因为我不想飞去你所在的死界。

并不是不舍得为你弃生。倘若死后能变成一茎野菊，明

1 镰仓前期诗人藤原定家（1162—1241）选编的和歌集，收入百位杰出歌人每人一首作品，歌牌上的和歌便来自此集。

天我就追随你而去。

这香气死了啊。我低喃着笑出声来，也是在笑自己的习惯——除了葬礼和法事，我几乎没有闻过中国香。不过，我无意间想起前几天到手的两本关于香气传说的书。

其中一本说的是《维摩经》中提到的众香国：圣人们坐在散发着各式芬芳的各种树下，闻着各种香气悟出真理——从一种香气悟出一种真理，再从另一种香气中悟出另一种真理。

普通人读物理书就知道，香气、声音、颜色之所以不同，只是因为人们用来感知它们的器官不同，其实它们本质上都一样。科学家编出听起来像真事一样的故事，说灵魂力与电力、磁力也是一样的。

有些恋人用信鸽当爱情使者。男人出门远行，鸽子是怎样从遥远的地方飞回到女人身边的呢？那些恋人相信，那是因为系在鸽子脚上的情书暗含爱的力量。有些猫见过幽灵。许多动物能比人更敏锐地预感到人的命运。记得我曾跟你讲过，小时候，父亲去伊豆的山中狩猎，那只英国猎犬走丢了。结果到第八天，它蹒跚着回来了，瘦得皮包骨头。那只猎犬平日只吃主人喂的食物，他人递来的东西一概不吃。它靠什么从伊豆走回东京的呢？

人从各种香气中领悟各种真理，我不认为这只是美好的象征诗。正如众香国的圣人们把香气当作精神食粮一样，莱蒙特所说的天国里的人是把颜色当作精神食粮。

陆军少尉莱蒙特·洛奇是奥利弗·洛奇[1]爵士的小儿子。一九一四年，他作为志愿兵入伍，随南兰开夏第二军团出征，在一九一五年九月十四日进攻霍格高地时战死了。死后不久，他通过灵媒莱纳德夫人和阿·沃特·彼得斯，详细地讲述了天国的各种情况。他的父亲洛奇博士将这些来自天国的消息编纂成了一本大书。

莱纳德夫人的宿灵[2]是一位名叫菲达的印度少女，彼得斯的宿灵则是一个名叫穆恩斯通的意大利老隐士。所以，他们都说着蹩脚的英语。

有一天，一直住在天国第三界的莱蒙特去了第五界，看到一座雄伟的殿堂，似乎是用雪花大理石建造的。

雪白的殿堂亮着缤纷的灯火。红一片，然后……蓝一片，正中央映出橙色的光。这些颜色不像我描述的这般鲜明，而是一种非常柔和的色调。那个人（菲达把莱蒙特称为“那个人”）仔细眺望，想弄清这些颜色从哪里来，然后发现了许多大窗，窗上镶嵌着彩色的玻璃。殿堂里的人经过红色玻璃窗走到粉色光亮处站住，或走进蓝光中站住。也有人沐浴着橙色或黄色的光。那个人心想，他们为什么这样呢？于是有人告诉他，粉色是爱的光，蓝色是治愈心灵的光，橙色是智慧的光。每个人都走向各自向往的光，站在那里。向导说，这

1 奥利弗·洛奇（Oliver Joseph Lodge，1851—1940），英国物理学家，凭借对电磁波和无线电的研究而闻名，晚年痴迷于灵异学研究。

2 灵媒可以控制其精神、使其与死者灵魂通话的人。

些光的作用远比世人所知的重要。即便在现世，终有一日，光的各种作用也会得到更深入的研究。

你在笑吧。正是借助光的这种作用，我们为人间的爱巢装点上色彩。精神病医生也很在意色彩。

莱蒙特讲的关于香气的故事，也和色彩的故事一样幼稚。

说是地上的花凋谢了，香气便会升到天上，开成花，与地上的花一模一样。天国的物质都是由从地上升起的香气变成的。仔细注意就会发现，地上死去的东西也好，腐烂的东西也好，都有自己的香气。这种香气升到天上。香气在变成香气之前的原始物质也是由香气变成的。金合欢的香气和竹子的香气不一样，腐烂的麻布的香气和腐烂的呢绒的香气也不一样。

人的灵魂也不是像鬼火似的一下子从尸体上燃起来，而是如香烟般袅袅升起，烟积聚在天上的某处，像临摹残留在人间的肉体一般，再变成那个人的灵体。所以，人在彼世与此世一模一样。莱蒙特也是如此，不止睫毛和指纹与生前别无二致，连原本长蛀牙的地方，在那边的世界都又长出了漂亮的牙齿。

盲人在那里重见光明，瘸子在那里双腿健全，那里一样有马，有猫，有小鸟，有红砖房子。更让人会心一笑的是，连雪茄和威士忌苏打都是由地上升起的香精或香醚之类的东西凝集而成的。夭折的孩子到了天国茁壮长大。莱蒙特也见到了年幼离世却在那里长大成人的哥哥。不过，那些几乎不谙世间事的精灵的仙姿之美，尤其是那个名叫莉莉的少女，身穿用光织成的衣裳，手捧百合，那身纯洁，在诗人的笔下会被怎样歌颂呢？

与大诗人但丁的《神曲》和大心灵学者斯维登堡[1]的《天堂与地狱》相比，莱蒙特的灵界通信真的只是婴儿的牙牙学语。正因如此，它才会让人会心一笑，因为故事听起来像真事一样。在这些冗长的记录中，比起那些听着像真事一样的部分，我更喜欢听上去像故事的篇章。对于洛奇来说，他其实并不相信灵媒所说的那个世界真实存在，只不过是通过与死去的儿子对话这件事来证明灵魂是不死的，然后将这本书献给几十万在那场欧洲大战中痛失心爱之人的母亲和恋人。真的，我读过无数的灵界通讯，但没有哪个记录像莱蒙特一样如此现实地讲述灵魂的永生。与你永别后，这本书安慰了我，同时我万万没有想到，自己只在其中找到了一两个故事。

不过总体来说，但丁也好，斯维登堡也好，西洋人对彼世的幻想与佛典中关于佛陀世界的幻想相比，显得格外现实，而且弱小又卑俗。在东方，也有孔子将生死问题简明地归纳为“未知生，焉知死”，但此时此刻的我觉得，佛教经文中关于前世和来世的幻想曲就是非凡、可贵的抒情诗。

既然莱纳德夫人的宿灵是那位名叫菲达的印度少女，那么莱蒙特为什么说过在天上见到上帝的喜悦，却没有提及见

1 斯维登堡（Emanuel Swedenborg，1688—1772），瑞典科学家、哲学家和神学家，晚年专研神学，投身《圣经》解释。

过世尊释迦牟尼呢？他为什么从未提起过佛典中关于彼世的丰富幻想呢？

莱蒙特说，圣诞节那天魂灵们会回一趟人间的家。他感慨魂灵的寂寞，因为魂灵的家人们认为，人死后，魂灵便也随之消散。我想起，你走后，我从未像在盂兰盆节时祭奠你的魂灵那样迎接过你的归来。

你也会觉得寂寞吗？

我也喜欢记述目犍连尊者的故事的《佛说盂兰盆经》。《睒子经》中也有道丕法师因诵经的功德而使父亲的骷髅跳起舞来的故事。世尊释迦牟尼的前身——白象的故事，我也喜欢。从燃麻秆迎魂灵到放河灯送魂灵，精灵祭的形式也是一种美好的过家家。日本人为了祭祀野鬼，不忘川施饿鬼[1]，甚至还有供养针[2]的仪式。

一休禅师在精灵祭上赋歌："山城瓜与茄，加茂川中水，原样供神佛。"我觉得他的心灵是最美的。

那是多么盛大的精灵祭啊。今年结的瓜是精灵，茄子是精灵，加茂川的水是精灵，桃、柿乃至所有果实都是精灵，亡者是精灵，生者也是精灵，众精灵拥到一起，无心无念地彼此相对，只是想着"哎呀，太难得了"，只是一场同心合意的精灵祭，即所谓的一心法界。法界即一心，所以一心即法

---

1 日本人为超度溺死者的亡灵在河边或船上举办的法事，比如在水中建塔，或者将刻有亡者法名的牌子投入水中等。

2 日本的一种祭祀风俗，将弯曲、折断或生锈的绣针供奉在神社中。

界，草木国土皆成佛祭。

松翁[1]便是这样理解一休那首和歌中的意味的。

《心地观经》中写道："一切众生轮转五道经百千劫，于多生中互为父母。以互为父母故。一切男子即是慈父。一切女人即是悲母。"

经书中用了"悲母"一词。

经书中还写道："父有慈恩，母有悲恩。"

把"悲"字仅理解为"悲伤"，未免肤浅。在佛法中，母恩是重于父恩的。

你还清楚地记得我母亲去世时的事吧？

当时，你突然问我：想妈妈了吗？我听了万分吃惊。

那是初夏，雨水似乎一下子被什么东西吸走了，天空新晴，阳光明亮得仿佛世界空净一片。游丝般的热气缓缓从窗下的草坪上升起时，夕阳已经西下。我坐在你膝上，眺望着西面的杂树林——它们枝叶分明，仿佛刚刚被重新绘出了线条。这时，草坪的一边开始微微泛红，那应该是热气被夕阳染红了吧，我正想着，却看见母亲从那边走了过去。

我未经父母同意便和你住在了一起。

但是，看到母亲时，我并无羞愧之情，只是感到意外，正要起身，却见她似乎有话想说，用左手按着喉咙，忽一下消失了。

1 布施松翁，生卒年不详，著有心学著作《松翁道话》。

目睹这一幕，我身体的重量完全压在了你的膝上。于是，你问：想妈妈了吗？

“啊，你也看见了吗？”

“看见什么？”

“我妈妈刚才到那边去了。”

“哪边？”

“那边。”

“没看见啊。她没事吧？”

“嗯，她死了。她来这里，是为了告诉我她死了。”

我立即赶回父亲家中。母亲的遗体还没有从医院运回家里。我与家中音信断绝，甚至不知道母亲生病的事。母亲死于舌癌。所以，她才按着喉咙给我看吧。

我看见母亲的幻影和母亲断气，发生在同一时刻。

我甚至不愿为这位悲母布置盂兰盆节的祭坛，更不可能请女巫召唤母亲的魂灵，听她讲那个世界的事。我更愿意把杂树林中的一棵小树当作母亲，同那棵树说话。

释迦牟尼对众生说：“摆脱轮回，入涅槃，不退转。”所以，一次次转世的魂灵仍是迷途的哀魂。但是，我觉得轮回转世的故事编织出了最缤纷的梦境，世上没有任何神话能与之相比。那就是人类创造的最美的爱的抒情诗。在印度，自《吠陀经》诞生的时代便有这种信仰，所以这原本就是东方的精神吧。不过，希腊神话中有明快的花草物语，同时以《浮士德》中格雷琴的牢狱之歌为代表，西方世界里关于人变为动植物的传说也多似繁星。

古代圣贤也好，近年的心灵学者也好，思考人类灵魂问题的人大多只尊重人的魂灵，却轻视其他动植物。人历经数千年时光，始终盲目地想要从各种意义上将人与自然万物区分开来。

难道不正是这种自以为是的、徒劳的步伐让人的魂灵至今仍在寂寞游荡吗？

也许有一天，人会折返逆行，回到来时的路上吧。

你是不是在笑，说这是太古先民或未开化民族的泛神论。但是，科学家详细地探究所谓的物质本原，探究得越深，便越发现，那种东西就流转于万物之间。难道不是吗？此世的某种东西失去了形状，它的香气在彼世又形成物质。这只不过是科学精神的象征诗而已。既然物质的本原和力都是不会消失的，为什么我这个驽钝的年轻姑娘用半生便领悟到的灵魂力就要消失呢？灵魂这个词，不过是一个描述天地万物流动力的形容词而已，不是吗？

灵魂不灭这种想法，大概是生者为了表现自己对生命的执着和对死者的依恋吧。所以，相信彼世的灵魂仍拥有此世的人格，或许是人情中悲伤又虚幻的习俗。人不仅把生前的身姿，甚至把此世的爱憎也带到彼世去，而且即便生死相隔，父子仍是父子，兄弟仍是兄弟。西洋的死灵说，冥间大体也像现世的社会一样。我听后，反倒觉得这种只尊重人且执着于生的习俗太寂寞了。

比起成为白色幽灵世界的居民，我死后更想变成一只白鸽，或一株银莲花。这样想的人在活着的时候，心中的爱是多么地宽广和从容啊。

古时的毕达哥拉斯一派也认为，恶人的魂灵会被塞进鸟兽体内，苦不堪言。

十字架上血迹还未干的第三天，耶稣基督升天，主的尸骸消失了。忽然有两人站在一旁，衣服放光。妇女们惊怕，将脸伏地。那两个人就对她们说："为什么在死人中找活人呢？他不在这里，已经复活了。当记念他还在加利利的时候，怎样告诉你们，说：'人子必须被交在罪人手里，钉在十字架上，第三日复活。'"

莱蒙特在天上见到的耶稣基督也穿着发光的衣服，像那两人一样。不仅仅是基督，天国里的人也都穿着用光织成的衣服。那些魂灵认为那是用自己的心灵做成的衣服，也就是说，他们在人世间的精神生活变成了死后魂灵的衣服。这个魂灵衣服的故事里蕴含着此世的伦理教义。如同佛教中的来世一样，莱蒙特的天国里也有七界，魂灵的修行越高，便升得越高。

佛法中的轮回转世说似乎也象征着此世的伦理。前世是鹰，今世为人；今世为人，来世成蝶或成佛。这些全都是为了教诲人今世所行的善恶是有因果报应的。

这是可贵的抒情诗上的污点。

古埃及广为流传的抒情诗——《亡灵书》中的转世歌更

为纯朴；希腊神话中伊利斯的彩虹衣散发着更明亮的光芒，阿莲莫莲的转世也带着更畅快的喜悦。

在希腊神话里，月亮也好，星星也好，甚至是动物与植物，都被看作神。这些神会哭，会笑，拥有与人完全相同的感情。这样的神话多健康，像赤条条地在晴空下的青草地起舞一样。

众神像玩捉迷藏似的，不经意间就变为花草。森林中美丽的宁芙[1]——已有夫婿的维利吉丝为了躲避一个年轻人含情脉脉的目光，变成了雏菊。

达芙妮逃脱荒淫的阿波罗的追赶，为了守住少女的纯洁，变成了月桂树。

美少年阿多尼斯死后为了安慰悲痛的恋人维纳斯变成了侧金盏花。阿波罗哀叹美少年雅辛托斯[2]的死，于是把恋人变成了风信子。

这样看来，我把壁龛处的红梅当作你，与它说话，也可以吧？

“火中生莲华，爱欲中得正觉，是可谓稀奇。”

这句话说的不正是被你抛弃、懂得银莲花之心的我嘛。风神不知不觉间爱上了美丽的森林女神阿莲莫莲。这件事不知怎么传到风神的恋人花神的耳中，花神妒火中烧，将毫不知情的、清纯美丽的阿莲莫莲赶出了宫殿。阿莲莫莲在原野

1 希腊神话中居于山林水泽的仙女。

2 希腊神话中斯巴达王之子，阿波罗的恋人，被阿波罗投掷的铁饼误伤而死。

上彻夜哭泣，连哭好几晚后忽然悟到：既然如此，干脆变成花草吧。当一株花草，活在世上，以花草那颗纯真的心接受天地的恩泽吧。

与其做一个悲伤的女神，变成美丽的花草会更快乐吧。想到这里，女神的心才微微明亮起来。

我对弃我而去的你的恨意，以及对夺走你的绫子的嫉妒夜夜折磨着我。我不止一次地想过，与其做一个悲伤的女人，不如干脆变成银莲花那样的花草，那该多幸福啊。

人的眼泪多可笑。

要说可笑，今夜我向你念叨的这些话，全是可笑的。但是，想想看，我说的，只是几千年来几千万乃至几亿人梦过、希冀过的事。难道我恰恰就是作为一首宛若泪滴的象征抒情诗生在了这世上？

拥有你这个恋人时，我的眼泪在夜晚入眠前顺着脸颊淌下来。

失去你这个恋人时，我的眼泪却在清晨醒来时顺着脸颊淌下来。

睡在你身旁时，我从未梦过你。与你分开后，我反而夜夜梦见你，梦到被你拥在怀中，边做梦边流泪。就这样，早上醒来，满心伤悲。入眠前落泪是喜悦的，醒时恰恰相反。

香气也好，颜色也好，在魂灵的世界里不都成了精神食粮吗？恋人的爱成为女人心底的清泉，有什么不可思议的呢？

当你属于我时，我在百货商店买一件和服衬领，或在厨房提刀收拾一尾方头鱼，都觉得自己是一个幸福的女人，与你爱意相通。

可是失去你后，连花色与鸟语都变得空洞乏味。天地万物通向我灵魂的道路彻底被阻断了。失恋固然悲伤，但失去一颗懂爱的心更让我悲伤。

于是，我读到了轮回转世的抒情歌。

它告诉我，在禽兽草木中可以找到你，找到我，还可以慢慢找回广博地去爱天地万物的心。

所以，我领悟的抒情诗，只是因人间爱欲悲痛欲绝后产生的结果吧。

我依然如此爱你。

此时的我依照初识你、还未吐露爱慕之情时的习惯，全神贯注、一动不动地望着含苞待放的红梅，强烈地祈愿，希望我的灵魂像某种看不见的波流一样，流向不知身在何处的、死去的你。

我看见母亲的幻影时，还未开口说话，你便问："她没事吧？"那一刻，我觉得我们已融为一体，任何力量都无法将我们分开。于是，我安心与你告别，前去参加母亲的葬礼。

我坐在父亲家的那张三面镜梳妆台前，给你写下分别后的第一封信。

父亲因为母亲的死心软了，同意了我们的婚事。作为表示吧，他为我准备了黑色的丧服。我现在一脸悲痛的妆容，这是我和你在一起之后第一次穿礼服，虽然有些憔悴，但真的很美。多想让你看到镜中的我啊。所以，我偷空写信给你。一袭黑衣虽然也很美，但为了我们，我无论如何都要穿上华丽的结婚礼服。我也想尽快回去，可是当初那样离家出走，想着这是表达歉意的好机会，就坚持到母亲的五七吧。绫子去了吧。平日里的事，你就托她来打理吧。弟弟最向着我，小小年纪，却总在亲戚面前护着我，真的很可爱。这张梳妆台，我也会带回去的。

你的信是在次日黄昏寄到的。

你要守夜，恐怕得强撑着忙前忙后，千万注意身体。我这边，绫子来了，会帮我照顾好生活。龙枝，你说过，你在教会学校时的好朋友，那个法国姑娘在她回国时送了你一张梳妆台作为礼物。你留在家中的东西里，那是你最舍不得的一件。抽屉里的白粉肯定都结成硬块了，不过它应该没变，还是原来的样子吧。镜中映出身穿黑衣的你，我身在远方，你的美丽却近在眼前。我想让你早些穿上华丽的婚服。在这边裁衣也可以。不过，你要是央求你父亲来做，他一定会很高兴的。我觉得你父亲会心软，会同意我们结婚的，虽然这么想好像有些趁人之悲。把你当作救命恩人的弟弟，他还好吗？

我的信并不是写给你的回信。你的信也并不是给我的回信。

我们两个人在同一时刻给对方写了同样的内容。这种事在我们身上并不罕见。

这也是我们相爱的一份证明。从我们还未同居开始，便一直如此。

你常说，和龙枝在一起，不会有意外之灾，所以很安心。我跟你讲起自己预感到弟弟将会溺死的事时，你也说了这样的话。

那是在夏日海岸租住的别墅，我正在井边洗家人的泳衣，忽然感觉到年幼的弟弟的呼喊、波涛间弟弟挥舞的一只手、船帆、落雨的天空以及惊涛怒浪。我大吃一惊，抬头望去，天空晴朗。可我还是慌忙跑进屋，喊道："妈妈，弟弟出事了。"

母亲大惊失色，拽起我的手朝海边跑去。这时，弟弟正准备爬上一艘帆船。

准备上船的是我的两位女同学、八岁的弟弟，还有一个负责驾船的高中生。三明治、哈密瓜，甚至连挖冰激凌的工具都已经被运上船。他们准备一早出发，驶往离海滩约八公里的避暑地。

果然，这艘船在返航时遭遇海上的狂风暴雨，转帆的瞬间，船就倾翻了。

船上的三个人一起抓住倒下的桅杆，在翻涌的浪涛中漂荡起伏。这时，机动船赶来救援，她们只是喝了一些海水，并无大碍。倘若年幼的弟弟也在船上，便只有他一个男孩。那三个女学生又不擅长游泳，后果不堪设想。

母亲立刻赶到海边，是因为她相信我的灵魂有预知未来的能力。

我因抢歌牌而声名大振的时候，小学校长说想见见这个神童，母亲便带我登门拜访。那时我还未上小学，刚刚能勉强数到一百，也不认识阿拉伯数字，却可以轻松地算乘除法。龟鹤算题[1]也能迅速得出答案。对我来说，那些题不过是小菜一碟。我无须列式，也不用演算，随口就能说出答案。简单的地理题和历史题，我也能应答。

但是，倘若母亲不在我身旁，神童的能力便发挥不出丝毫。

校长夸张地拍膝赞叹。母亲对他说："我们家要是什么东西找不到了，只要问这孩子，立马就能找到。"

"是吗？"校长打开桌上的一本书给母亲看，"难不成她也知道这是第几页？"

我又随口说出一个数字，恰好就是翻开的页数。校长指着书页上的一行字给我看，问这行写的是什么。

水晶念珠，紫藤花。雪落在梅花上。漂亮的婴儿在吃草莓。

"啊！不敢相信！这是千里眼的神童啊。那这是什么书？"

---

1 已知龟、鹤的总数与龟脚、鹤脚的总数，求龟、鹤各有多少的算术题。

我歪歪头，说:“清少纳言的《枕草子》。”

我所说的“雪落在梅花上。漂亮的婴儿在吃草莓”与原文的“雪落梅花，可爱稚子食草莓”并不一致。但是，当时校长的惊讶和母亲的骄傲，我至今记忆犹新。

那时的我除了会背九九乘法表以外，还能说出第二天的天气、家犬腹中小狗的数量以及雌雄数目、当天的来客、父亲回家的时间、新来女佣的容貌以及别人家病人的死期。无论何时，无论何事，都要预言——这成了我喜欢的习惯。而且，我基本都能说中。如此一来，周围的人纷纷奉承着我，我不免得意扬扬，愈发喜欢预言未知的事情了。不过，我只是因为孩子的天真烂漫才沉迷于这些语言游戏。

随着我渐渐长大，渐渐失去童年的天真烂漫，预知未来的能力也渐渐从我身上消失了。或许是住在孩子内心的天使弃我而去了吧。

在我的少女时代，她只是如反复无常的闪电一样，时不时来探望我。

刚才我说了，这位反复无常的天使，在我闻到你和绫子新床上的香水味时，折断了翅膀。

当我还是年轻姑娘时，前半生所写的书信中，最不可思议的便是写雪天的那封。我再也没有力气写出那样的信了，它只能成为令人怀念的回忆。

东京下大雪了吧。你家玄关前，那只颇有王子风范的牧羊犬拖着锁链，朝扫雪的老汉狂吠，几乎把绿色的狗屋都要拽倒了。如果它也这样冲我乱叫，就算我千里迢迢跑去看你，也是不敢进门的。真可怜，扫雪老汉背上的婴儿都开始哭了。你走出大门，温柔地哄着孩子。那老汉衣衫褴褛的，孩子怎么会那么活泼可爱呢？不过，老汉其实并没有那么老，只是生活艰辛，显老而已。起初是女佣在扫雪，对吧。正扫着，一个乞丐模样的老汉走过来，点头哈腰地说："您看我一把老骨头，还背着孩子，哪家都不愿意雇我扫雪，孩子从早上到现在都没喝上奶，求您可怜可怜我吧。"女佣走进客厅，想问你如何办好。留声机开着，你正在听肖邦。房间里墙壁雪白，古贺春江[1]的油画和歌川广重[2]的《木曾雪景》相对而挂，墙上装饰着极乐鸟图案的印度印花布，椅套是白色的，里面却是绿色皮革。煤气暖炉也是白色的，两端好像装饰着袋鼠之类的动物；一本相册摊在桌上，打开的那页是伊莎多拉·邓肯[3]表演的希腊古典舞。房间一角的装饰架上仍然摆着圣诞节的康乃馨，一定是某位美丽的姑娘送的，所以，新年都过了，你也不舍得扔掉吧。还有，窗帘……哎呀，我从未去过你的客厅，却随意幻想了这么多它的样子。

---

1 古贺春江（1895—1933），日本西洋画家，作品富有超现实主义色彩。
2 歌川广重（1797—1858），日本著名浮士绘画家，《木曾雪景》是其晚期代表作。
3 伊莎多拉·邓肯（Isadora Duncan，1877—1927），美国舞蹈家，西方现代舞先驱。

结果，第二天一看报纸，我大笑了起来：周日的东京哪里下过什么大雪啊，是个温暖的大晴天。

信中所写的房间的样子，并不是幻想中所见，也不是梦中所见。

我只是把写信时不经意浮现的语言连缀在了一起而已。

但是，后来我决心成为你的人，抛弃了家庭。坐火车去找你时，东京的确下起了大雪。

在走进你的客厅之前，那封写雪天的信已经被我彻底忘记。

我们之前明明连手都没有握过，可是一看到那个房间，我便猛地扑到了你的怀里。啊，原来你这么、这么爱我啊。

嗯，收到信那天，我立刻把狗屋挪到屋后去了。

你还把房间布置得跟信里一模一样。

你犯什么糊涂呢。房间一直都是这样。一下都没动过。

啊，真的吗？

我环视一遍，仿佛才反应过来。

不可思议，龙枝你居然会觉得不可思议。我看到那封信时震惊极了。心想，你竟然这么爱我。我相信，你的灵魂一定来过许多次，所以才这么熟悉这个房间。如果真是这样，明明灵魂都来了，只留身体不来怎么能行呢？于是，我生出自信，鼓起勇气，写信让你离家出走来找我。你在见我之前就梦到了我，我们两个不正是被这种命运连在了一起吗？

我和你果然是心心相通的。

这也是我们相爱的一份证明。

第二天清晨，果然如我信中所写那样，老汉来扫雪了。

我每天去迎接从大学研究室回来的你。你回家的时间时早时晚，从郊外的停车场到家又有两条路——一条经过热闹的商业街，一条紧沿寂静的杂树林，可我们总能在半路相遇。

我们总是不约而同地说出同样的话。

无论我在哪里，无论我在做什么，你需要我时，无须开口，我就会到你身旁。

很多次，你在学校想着晚饭吃什么，我在家里就做了你想吃的饭菜。

我们之间满满都是爱的证明吧。多到除了分开，别无他法。

有一次，我把绫子送到玄关时，忽然想：她现在回去的话，总觉得有点不放心，让她再待一会儿吧。结果不到十五分钟，她就流了许多鼻血。如果在路上发生这种事，肯定很难办吧。

我这么做，也是因为知道你喜欢绫子吧？

我们如此相爱，我又曾预感到我们会相爱，为什么却没有预料到你会和绫子结婚，以及你会死呢？

为什么你的灵魂没有告诉我你的死讯呢？

我做过一个梦：海岸边有一条小路，路旁立着白色木制路标，盛放的夹竹桃将枝叶伸向碧海，林梢处可见温泉的氤氲水烟。我在这条路上遇见一个青年，他身穿飞行服一样的衣服，戴着皮手套，浓眉，笑的时候左嘴角微微上扬。我们一起走了一会儿，我胸中便涌起爱意，这时梦醒了。我睁开眼睛后，心想，不会是要嫁给空军军官了吧？这梦让我久久难忘。我清楚地记得，沿岸行驶的轮船上写着“第五绿丸”几个字。

过了两三年，在与梦中风景一模一样的小路上，我遇见了你。那个温泉浴场是叔叔带我去的，那天早晨是生平第一次到访，之前从未去过。

你一看到我，便像得救了似的，像一眼就被我吸引了似的，说：请问去城里该怎么走？

我满脸通红，随意瞟了一眼海面：啊，一艘船正在航行，船尾赫然写着“第五绿丸”。

我浑身颤抖，默默往前走。你跟着我，问：你是要回城里吗？能告诉我哪里有自行车铺或汽车行吗？突然这么问，有些冒昧。我其实是骑摩托车出来旅行的，路上碰到一辆马车，马听见摩托车的声音受惊了，横冲直撞。我想闪开，结果撞在岩石上，摩托车撞得不成样子了。

我们才走了不足二百米，已经无话不谈。

我感觉好像原来见过你。我甚至说出了这样的话。

我在想，怎么没能早点遇见你呢？和你说的是一个意思。

后来，在温泉小城里，每次我望着你的背影在心里呼唤你时，不管相隔多远，你都会立即回过头来。

和你去过的每一个地方，我都感觉曾经去过。

和你做过的每一件事，我都感觉曾经做过。

尽管曾经如此，你我心间的那根线却似乎啪一声断了……真的，就像按下钢琴的B音，小提琴的B音会回应，就像音叉会共鸣，我们的灵魂也是如此。而我甚至都不知道你死了。所以，或者是你，或者是我，我们中一方的灵魂接收站应该出了故障。

还有个原因可能是，我害怕自己的灵魂会超越时空发挥力量，为了你和新娘的安宁，关闭了灵魂的大门。

以亚西西的方济各为首的一些教派讲，虔诚的少女们挂念着十字架上的基督，肋下像被枪扎伤了一般鲜血直涌；日本也有一些故事无人不知无人不晓，生灵死灵一心诅咒某人，便能将其置于死地。我听闻你的死讯，感觉毛骨悚然，更想变成花草了。

心灵学家们说，此世的魂与彼世的魂组成了一个热烈的灵魂兵团，他们破除死生两隔的固有观念，在生死间架桥开路，为消除人间死别的悲痛战斗着。

但是，此时此刻的我聆听着你从天国传来的爱的证明，觉得你我都变成红梅或夹竹桃，让运送花粉的蝴蝶助我们成婚，远比在冥界或来世做你的恋人美好。

那样的话，我就不用因循悲伤的人间旧习，这样对着死人说话了。

禽 兽

小鸟的叫声，将他从白日梦中惊醒。

一个比戏剧舞台上运送重刑犯的圆筒形竹笼还要大两三倍的巨大鸟笼，已经被运上一辆破旧的卡车。

他乘坐的出租车不知什么时候混进了送殡的车队里。后面那辆车，司机前方的挡风玻璃上贴着一张“二十三号”的纸牌。他回头望望道旁，已经到禅寺了，一块刻着“史迹太宰春台[1]墓”的石碑立在寺门前。寺门上还贴着一张纸，上面写着：“山门不幸，津送执行[2]。”

车在坡道上。坡下是站着交警的十字路口。那边同时拥来三十多辆车，交通陷入拥堵，他望着放生鸟笼，心里焦急了起来。年轻女佣端坐在他身旁，正小心翼翼地抱着花篮，他问她：“几点了？”

但是，女佣没有表。司机代她回答：

1 太宰春台（1680—1747），江户时代的儒学家，师从荻生徂徕，与服部南郭同为古文辞学派的双璧。

2 指僧人圆寂，正在举办葬礼。

"差十分钟到七点，我这表慢六七分钟。"

初夏的傍晚，天色仍旧明亮。花篮里的玫瑰香气浓郁。不知是哪种六月的树，从禅寺的庭院中散发出恼人的花香。

"那就赶不上了，能开快些吗？"

"可是，现在只能抄右道，那边也开不出去的话……日比谷公会堂有什么活动吗？"司机应该在琢磨着等散场时也拉些客人。

"有舞蹈演出。"

"啊？……放生那么多鸟，得花多少钱哪？"

"一般来讲，路上碰见葬礼不吉利吧。"

一阵混乱的振翅声响起。卡车一启动，鸟群便骚动了起来。

"吉利。都说这是再好不过的事了。"

司机滑行至右道，开足马力赶超送殡的车队，仿佛想用车来展现这番话。

"奇怪。说法完全相反。"他笑着回应，但心里想：人当然会习惯这么想。

明明是去看千花子的演出，却介意起这种事来，也是奇怪。若论不吉利，把动物尸体随意扔在家里不管，应该比途中碰见葬礼更不吉利。

"晚上回来，别忘了把戴菊扔掉。还在二楼壁橱里吧。"他宣泄似的对年轻女佣吩咐道。

那对戴菊已经死去一周了。他嫌把尸体从鸟笼中拿出来麻烦，直接将鸟笼塞进了壁橱里。那是楼梯尽头的壁橱。每次家中有客人时，他和女佣都要去鸟笼下面拿坐垫，还要再放回去，却懒得扔死鸟，对小鸟的尸体也习以为常了。

戴菊与煤山雀、褐头山雀、鹪鹩、蓝歌鸲、长尾山雀一样，是最小巧的一类宠物鸟。上身橄榄绿色，下身是淡淡的黄灰色，头部也是灰色，翅膀上有两条白带，飞羽端部是黄色，头顶上一圈黑色粗线里嵌着一条黄线。冠羽耸起时，黄线清晰可见，犹如头戴黄菊花瓣。雄鸟头上是更深的橙色。圆溜溜的眼睛精灵又亲切。它们高兴地在笼中蹦来蹦去，一举一动都透着活泼，惹人怜爱，又气质高雅。

鸟店老板送它们过来时是晚上，他直接把鸟笼放在昏暗的神龛里，过了片刻再看，小鸟的睡姿真美。两只鸟依偎在一起，各自将头钻进对方身体的羽毛里，圆滚滚的，像一团毛线球，分不出彼此了。

年近四十又始终独身的他感觉胸口被童心温暖着，伫立在餐桌旁，久久凝望着神龛。

他想，世间的某个国度里，或许也有一对稚嫩的初恋恋人正以如此美好的姿态沉浸在梦乡里吧。他渴望有人陪他一同欣赏这睡姿，却没有呼唤女佣。

从第二天起，他吃饭的时候也把鸟笼放在餐桌上，边吃饭边欣赏戴菊。会客时，他心爱的动物们也总在身旁。他无心听对方讲话，要么忙着朝幼小的知更鸟挥手，伸出手指为它递食，着迷于挥手训练知更鸟，要么耐心地为膝上的柴犬捉虱子。

“柴犬有些地方像宿命论者，我很喜欢。它不管是这样趴在我腿上，还是蹲在房间角落里，都能老老实实待半天。”

他经常如此，直到客人起身，都不抬眼看一下。

夏天，他把绯青鳉和鲤鱼的鱼苗放进会客室桌子上的玻璃缸里。

“我大概是上年纪了吧，越来越不喜欢见男人。男人真烦。看见就累。吃饭、旅行这种事还是约女人同去好。”

“那结婚不是挺好？”

“结婚的话，最好找一个看着薄情的女人，所以不行啊。心里知道这女人薄情，装作不知道跟她交往，最后是最轻松的。雇女佣，我也尽量找薄情的。”

“所以你才养动物的吧。”

“动物可不薄情……我身边得有点儿会动的活物，没有就寂寞得难受。”

他心不在焉地说着话，同时出神地望着五颜六色的小鲤鱼在玻璃缸中游来游去，它们的鳞片随着身体的游动闪现出各色光泽。这般狭仄的水中居然也有一个奇光异彩的世界，来客的事已被忘记。

鸟店老板只要弄到新鸟，就默默送过来。他书房里的鸟已经有三十种之多。

“鸟店老板又来了？”女佣厌烦地问。

“这不是挺好的。买只鸟就能换来四五天好心情，想想哪儿有这么便宜的东西！”

“可是，鸟一来，老爷您就一脸认真地只顾着看鸟，就……”

“就瘆得慌？就跟疯了似的？家里就没一点儿声，太冷清？”

但是，在他看来，新鸟初来的两三天里，生活完全被新鲜的感受填满。他感受得到天地间的珍贵。或许是他自身的原因，他从人身上感受不到这种东西。比起贝壳与花草的美，活蹦乱跳的小鸟更能让他理解造化的美妙。即便成了笼中鸟，这小小的生灵也充分展现着生命的喜悦。

这对小巧活泼的戴菊夫妇尤其如此。

然而，才一个月的光景，其中一只便趁喂食时飞出笼外。女佣慌忙去追，它已飞到库房上方的樟树枝上。樟树叶上结着晨霜。两只鸟一只在屋内，一只在屋外，高声和鸣。他立即将鸟笼放在库房的屋顶上，摆好粘鸟的竹竿。它们悲切地鸣啼不已。然而，等到中午，脱笼的那只竟远远地飞走了。它们是日光山中的鸟。

剩下的那只是雌鸟。两只鸟明明睡得那般美好……他不厌其烦地催促鸟屋老板再找来一只雄鸟。他也亲自跑了许多家鸟店，一无所获。不久，鸟店老板从乡下找来一对，给他送了过来。他说，自己只想要雄鸟。

“它们是成对生活的。单留一只在店里也不行，雌鸟就当是送您的吧。”

“但是，三只鸟能一起生活吗？”

“能吧。把两只鸟笼靠在一起，四五天它们就熟悉了。”

但是，他养鸟跟孩子摆弄玩具似的，等不及。鸟店老板一走，他便把两只新鸟挪进原来那只的笼子里。哪想到，闹得异常厉害。两只新鸟不肯停在栖木上，在笼中扑棱扑棱地来回乱飞。原来的那只戴菊惊恐不已，呆立在笼底，惶然地仰望着两只闹个不停的鸟。两只新鸟则像一对遭难的夫妇，对着彼此呼鸣。三只鸟都十分害怕，胸口激烈地一起一伏。他把鸟笼放进壁橱里，新鸟夫妇鸣叫着依偎到一起，落单的那只雌鸟却形单影只，平静不下来。

既然这样不行，他便将三只鸟分笼安置。可是，看看一旁的夫妇，另一旁的雌鸟就显得很可怜。于是，他把原来的雌鸟和新来的雄鸟放在了一起。新来的雄鸟依然与分离的妻子你呼我鸣，并不亲近这只雌鸟。不过，不知从什么时候开始，它俩也依偎在一起睡着了。第二天傍晚，三只鸟再次同笼，并没有像昨天那样格格不入。两只雌鸟分别从两边将头钻进雄鸟的身体，三只鸟缩成一团睡着了。他把鸟笼放在枕边，也睡了。

但是，次日清晨起床一看，两只鸟依然睡得宛若一团温暖的毛线球，另外一只则躺在栖木下的笼底，翅膀半开，两腿蹬直，眼睛眯成一条细缝，死了。他悄悄把死鸟从笼中拿出来，好像害怕另外两只鸟看见似的，然后背着女佣，将鸟扔进垃圾箱里。他觉得自己仿佛参与了一场残杀。

“到底是哪只鸟死了呢?”他端详着鸟笼,出乎意料的是,活着的好像是原来那只。比起前天才来的雌鸟,他还是更怜爱养了一段日子的雌鸟。或许是自己的偏爱促使他这么想的吧。孤身生活的他憎恶自己的这种偏爱。

“既然爱有差别,为什么非要跟动物一起生活呢?世上明明还有人这种不错的东西……”

戴菊格外柔弱,很容易死去。那两只鸟后来却十分有活力。

他先是得来几只别人偷猎来的伯劳幼鸟,随后又买来了从山中捕获的各种雏鸟。又到了忙着给幼鸟喂食连门都出不了的季节。他把洗脸盆放到檐廊下让小鸟洗澡,紫藤花飘落到水上。

他边听小鸟振翅拍水的声音,边清理笼中的鸟粪。这时,围墙外传来孩子的吵嚷声,似乎在忧心某种小动物的安危。他心想,也不知是不是短毛猎狐㹴的幼犬在中庭迷路跑出去了,于是踮脚朝围墙外张望,结果发现是一只小云雀。它还站不稳,孱弱的羽翼在垃圾箱里胡乱拍打。“拿回来养吧。”他忽然动了念。

“怎么了?”

“对面那家人……扔掉的。”一个小学生指着梧桐幽翠的那户人家说,“快死了吧。”

“嗯,快死了。”他冷淡地离开了围墙。

那家人养了三四只云雀。应该是把日后不会鸣唱的雏鸟扔掉了。“这种废鸟，捡回来也没用。”他的慈悲心转瞬便消失了。

有些雏鸟一时分不出雌雄。鸟店的老板先将一整窝雏鸟从山中带回来，等分辨出哪只是雌鸟时便扔掉。因为雌鸟不会鸣唱，卖不出去。说是爱动物，最终变成了择优弃劣，这也是理所当然的事。而另一方面，人很难阻挡这种冷酷在身上扎根。无论看到哪种可供玩赏的小动物，他都想拥有。可是他凭经验知道，多情最终都是薄情。另外，他也考虑到这会招致自己在生活情绪上的堕落。所以，无论名犬还是名鸟，只要是别人一手养大的动物，即便求他养，他也不想养。

“所以，人真讨厌啊。”孤独的他胡乱思量着。人一旦成为夫妇，成为兄弟，不管对方多无趣，都很难斩断牵绊，只能认命一同生活下去。况且，人人都带着一个“我”。

相比之下，把动物的生命或生态当作玩物，以一种理想模式为目标，人为地、畸形地去养育它们——这种方式是悲哀的纯洁，也有神圣的爽快。那些动物爱好者不惜虐待动物，朝良种、良种狂奔，他觉得他们是天地间以及人类的悲剧性象征，对其报以冷笑，也给予原谅。

去年十一月的某个傍晚，狗店老板顺路来到家里。这人得了肾病之类的病，像只干瘪的橘子。

“刚才坏事了。我进公园后松开了牵绳，因为有雾，灰蒙蒙的，片刻工夫没看住，它就跟野狗搭上了。我赶紧把它拽开，这个畜生，我使劲踢它的肚子，想好好教训教训它，踢得它都不动弹了。这时我心里有点打鼓了，哪能想到啊，它怀孕了。这下可好了。”

“真窝囊。你不是个生意人吗？”

“唉，多不好意思，都没法儿跟人说。畜生，一眨眼的工夫让我损失四五百。”狗店老板抽动着两片蜡黄的嘴唇。

那只精悍的道伯曼犬没出息地缩着脖子，时不时怯怯地斜瞟一眼肾病患者。雾，飘了过来。

经他多方游说，那只母狗应该被卖出去了。母狗在买家那里生下杂种狗崽，他会声誉扫地。他反复掂量过这件事，不过狗店似乎缺钱，未过多久，在他没有直接出面的情况下，狗被卖掉了。果然，两三天后，买家带着狗来找他。说是买回去的第二晚，狗就产下了死胎。

“说是女佣听见痛苦的呻吟声，打开防雨板一看，它正在吃产下的狗崽。女佣又惊又怕，天才蒙蒙亮，也看不清生了几只。女佣看见的时候，它正在吃最后生下来的那只。他们立即叫来兽医。兽医说，怀孕的狗，狗店一般不会不告知实情就卖掉。它一定是搭上了野狗，被狠狠踢过或打过才被送走的。它产崽的样子不太正常，说不定有吃幼崽的习惯。他们家里人非常愤慨，说，要是这样，那得把狗退回去。狗被这样对待，也太可怜了。”

“喏，”他随手抱起狗，拨弄着它的乳房说，“这可是喂过狗崽的乳房。这次是死胎，它才吃的。”

他气恼狗店老板的缺德行为，也可怜狗，说话时却一脸淡漠。

他家里的狗，也产过杂种狗崽。

他外出旅行不与男伴同住一室，不喜欢男人在家中留宿，也不用学仆[1]。这与他嫌弃男人太阴沉的心情无关。但是，他养狗也只养母狗。公狗若不够优秀，便当不了种狗。买名犬得花重金，还要捧星似的大肆宣传，所以品种的流行也是兴衰不定。况且，这种事不仅要卷入进口竞争，还跟赌博似的。他去某家狗店看过一只作为种狗而闻名的日本狸。那只狗整日蜷在二楼的被窝里。只要被抱下楼，它就习惯性地以为母狗来了，犹如老练的娼妇。它的毛很短，那根异常发达的器官赫然可见。连他这种见过世面的人看了都觉得可怕，不由得移开视线。

但是，他并不是因为拘泥于这些才不养公狗，而是对他来说，看母狗生产和育崽，是无与伦比的快乐。

那是一只古怪的波士顿狸。它在围墙下刨土，咬坏旧篱笆，交配期被拴在家里，也依然咬断绳子跑出去，所以他已经料到它会产下杂种狗。然而，女佣叫醒他时，他却像一个医生醒了似的，说：

"拿剪刀、脱脂棉。还有，赶紧割开酒桶的绳子。"

中庭的地上，只有被初冬的朝阳染过的地方，才呈现出

1 旧时日本有些贫穷男学生寄宿在人家里，代为料理家务等，称为学仆。

淡淡的新鲜生气。狗横卧在阳光里，一个茄子似的袋状物从它的肚子里钻出头来。它摇着尾巴辩解，诉说般地仰望着他，他突然感觉仿佛受到了某种道德谴责。

这只狗初来月经，身体还未真正成熟。所以，从眼神能看出来，它还不明白分娩是怎么一回事。

“我身上刚刚发生了什么？虽然不知道怎么了，但好像很难受。怎么办啊？”它有些难为情，有些害臊，却又天真无邪地任人摆布，似乎对自己的所作所为不负任何责任。

所以，他想起了十年前的千花子。当年，她卖身给他时，脸上的神情与这只狗一模一样。

“听说一做这种生意，慢慢就没感觉了。真的吗？”

“也不全是，见到喜欢的人就有感觉。再说，如果只是固定见两三个人，也谈不上是生意。”

“我很喜欢你。”

“喜欢也不行了。”

“怎么会不行？”

“谁知道呢。”

“我嫁人时，你就知道了。”

“会知道吧。”

“我要怎么做才行呢？”

“你怎么了？”

“你太太什么样？”

“呃……”

“说说嘛。”

“我没有妻子。”他不可思议地凝视着她认真的脸庞。

“你跟她真像，所以我会觉得愧疚吧。”他抱起狗，把它移到了产箱里。

母狗很快便产下了被胎衣包裹的幼犬，却仿佛不知如何对待它才好。他拿剪刀剪开胎衣，剪断脐带。第二个胎衣很大，浑浊的青绿色羊水里，两只小狗已经面呈死色。他迅速拿报纸将尸体包了起来。紧接着是第三只。每一只都裹着胎衣。第七只，也是最后一只，在胎衣里蠕动着，却蔫巴巴的，没了生气。他稍微看了看，果断用报纸包起来了。

“找地方扔掉吧。在西方，他们为了精简数量会杀死幼崽，残弱的那些就被弄死了。这样才能培育出好品种。日本人讲究人情，是不会那么做的。给母狗喂点儿生鸡蛋吧。”

说完，他洗洗手，又蜷进了被窝。他胸中充满新生命诞生时的那种水灵灵的喜悦，恨不得上街转几圈。亲手杀死一只幼崽的事，已被抛在脑后。

但是，在幼犬刚刚会半睁开眼的时候，某天清晨，一只小狗死了。他把死狗捏出来，揣在怀里，早上散步时顺手扔掉了。两三天后，又一只没了温度。母狗为了造窝，把稻草扒拉得乱七八糟。那只小狗被埋进稻草里。它还没有力气扒开稻草。母狗非但没有把孩子叼出来，还躺在压着小狗的稻草上睡觉。小狗要么被压死，要么在夜里被冻死了。世间有些愚笨的母亲，用乳房压住孩子，导致孩子窒息而死。母狗也是如此。

“又死了一只。”他随手将第三只死狗揣进怀里，吹口哨召集来一群狗，带它们去附近的公园。波士顿狸兴高采烈地窜来跑去，似乎根本不知道自己压死了一个孩子。他望着它，忽然又想起了千花子。

千花子十九岁时和一个投机商跑去哈尔滨，在那里待了三年，跟随一名白俄学习跳舞。那男人连连栽跟头，生活潦倒，于是让千花子进入一个巡回演出的乐团，最后两人终于辗转回到国内。然而，刚在东京安顿下来，千花子便抛弃投机商，与从中国开始便一直同行的伴奏师结了婚。随后，她开始登上各种舞台，并举办起个人舞蹈演出。

那时，他与乐坛也有些关联，是个数得上的人物。谈不上多懂音乐，只是因为每个月给某音乐杂志出资罢了。不过，为了与熟人闲扯几句，他还是常去音乐会。千花子的舞蹈，他也看了。她的身体所呈现出的野蛮的颓废吸引住了他。到底是怎样的秘密唤醒了她身上的野性呢？想想六七年前的千花子，他深感不可思议。他甚至想，自己当初为何不与她结婚呢？

但是，第四次舞蹈演出的时候，她身体的力量骤然变迟钝了。他鼓足劲走到后台休息间，拽住她的衣袖，把还带着妆、穿着舞服的她拉到昏暗的舞台后面。

“放开我。我的乳房一碰就痛。”

“你怎么能这样？为什么干这种傻事？”

“因为我一直都很喜欢孩子啊。真的很想要个自己的孩子。”

“你能养吗？娇娇弱弱的，能靠一技之长活下去吗？现在要孩子怎么办？早就该注意的。”

“可是，现在也没办法了。”

“胡说八道。女艺人要是个个都像你这么诚实，都还怎么混？你丈夫呢，他怎么想？”

“很高兴，他很喜欢孩子。”

“哦。”

“我原来是做那行的，现在还能有孩子，多高兴啊。”

“不跳舞也行？”

“好烦哪！”

那声音出乎意料地激动，他沉默了。

但是，千花子没有再生第二胎。生下的孩子后来也没在她身边出现过。或许是因为这些缘故吧，据说她的夫妻关系日渐黯淡、冷漠。流言也传到了他的耳中。

千花子不会像波士顿狸一样一直对孩子无情。

那些幼犬，倘若他想救，也是能救活的。第一只死后，把稻草切碎些，或者在稻草上铺上布，都能让后面的幼犬活下来。他知道这些。但是，最后一只也和其他三只一样死掉了。他并不觉得幼犬死掉无所谓，不过也没想过设法让它们活下去。他如此冷漠，也许是因为它们是杂种狗吧。

流浪狗常常跟他回家。他一路和狗说着话，回家后给它们喂食，让它们睡在暖和的被窝里。他感激狗能理解他内心的温柔。但是，等他自己养狗后，就再也不理睬路边的杂种狗了。人对人也是如此吧。他蔑视世间那些拥有家庭的人，同时也嘲笑自己的孤独。

他对那只小云雀也是一样。想救活它、饲养它的慈悲心很快便消失了，想着把人家扔掉的鸟捡回来也没用，于是任由孩子们把它折磨致死。

就是在看那只小云雀的时候，真的只是一眨眼的工夫，他的戴菊溺水了。

他惊慌地从水盆里拎出鸟笼，两只戴菊已经躺在笼底，一动不动，像两块湿透的破布。他把小鸟放在掌心，只见它们的爪子轻微抽动了几下。“谢天谢地，还活着。”他刚振奋起来，小鸟已经合上眼睛，小小的身体也凉透了，看样子怎么都救不活了。他手握小鸟，将它们放在长火盆上方烘烤，又吩咐女佣添炭扇火。羽毛上冒出水汽。小鸟抽搐似的动了动。他想，哪怕小鸟只是被身上的热气吓到，惊吓也能化为对抗死亡的力量。可是，他的双手已经耐不住火气的炙烤，于是他在笼底铺了块毛巾，把小鸟平放上去，然后再悬在火上烤。毛巾都被烘焦了，变成狐色。小鸟时不时像被弹了一下似的，呼哧呼哧扇扇翅膀，滚动两下，却站不起来，并且仍旧闭着眼睛。羽毛彻底干了。但是，一离开火，它们便躺在那里，仿佛活不过来了。女佣去养云雀的那户人家打听，说小鸟特别虚弱时，可以给它喂点粗茶，用棉花包裹起来。

他双手捧着被脱脂棉包裹起来的小鸟，晾凉粗茶，再将茶喂到小鸟嘴里。小鸟喝了下去。过了一会儿，又把磨碎的鸟食递过去，小鸟伸伸头，啄了起来。

“啊，活过来了。”

多么舒畅的喜悦啊。这时他才发觉，为了救小鸟，已经足足折腾了四个半小时。

可是，两只戴菊想站在栖木上，却站不稳，掉下来了好多次。似乎是因为爪子伸不开。他抓住小鸟，用手指碰了碰鸟爪，爪子紧攥在一起，十分坚硬，像干枯的细枝，仿佛一折就断。

“是老爷刚才给烧的吧？”女佣这么一说，他心想，坏了，怪不得爪子变成这种干巴巴的颜色。这一想，更生气了。

“鸟明明在我手里，在毛巾上，怎么可能烧到爪子！明天要是还没好，你去鸟店问问该怎么办。”

他钻进书房，锁上门，把小鸟的爪子含进嘴里暖着。舌尖的触感足以催下哀怜的泪。不一会儿，掌心的汗润湿了小鸟的羽翼。鸟爪被他的唾沫滋润着，稍稍变软了一些。鸟爪那么脆弱，仿佛一碰就断，经不起粗鲁的触碰。他先轻柔地掰开一根趾，试着让它勾住自己的小拇指，然后又将鸟爪含进嘴里。他拆掉栖木，把鸟食挪入小碟，放在笼底。不过，鸟爪不灵活，小鸟站着啄食似乎还很艰难。

“鸟店老板也说，应该是老爷您烧到鸟爪了。”第二天，女佣从鸟店回来说，“他还说，可以用粗茶暖暖小鸟的爪子。

不过，一般鸟自己啄啄就好了。”

果然，小鸟开始频繁地啄爪子，或者衔着一块撕扯。

“爪子，你怎么了？给我振作起来。”它们以啄木鸟般的气势，抖擞地啄个不停，毅然决然地要靠不灵活的爪子站起来。它们似乎想说：“我身上竟然有残缺，实在是太不可思议了。”小小生命所呈现出的明亮感，让人甚至想高呼几句鼓励的话语。

他也用粗茶给小鸟泡了爪子，但似乎还是含在嘴里更有效。

这两只戴菊十分怕人，过去只要一抓住它们，它们的胸脯就会剧烈地起伏。然而，在爪子受伤的那一两天里，它们十分习惯他的掌心，非但不害怕，还会快乐地鸣唱，啄食时也习惯被抱着。这样一来，更加惹人怜爱了。

但是，他照顾小鸟一向三心二意，很容易懈怠。小鸟紧攥的趾爪上沾满粪便，第六天早晨，戴菊夫妇便依偎着死去了。

小鸟的死确实无常。早晨在笼中意外发现死鸟是常有的事。

他家中最早死去的鸟是红雀。那对红雀夜里被老鼠咬破尾翼，鸟笼里染满血迹。雄鸟第二天就倒下了。雌鸟随后迎来了一只又一只雄鸟，它们都接连死去了，唯独屁股红得像猿猴一样的雌鸟活了许久。不过最终，它也年老体衰，死掉了。

“看来家里养不了红雀。以后不养了。”

他原本并不喜欢红雀这种讨少女喜欢的小鸟。西洋鸟吃谷物，日本鸟吃碾碎的混合鸟粮，他更爱后者的雅致。即便是鸣禽，他也不喜欢金丝雀、黄鹂、云雀这类呖呖鸣啭的鸟。最初养红雀，也只是因为那是鸟店老板送的。一只死了，就又买来新的，仅此而已。

但是，换作狗就不同了，比如一旦养了柯利牧羊犬，便不想让它绝种。有人思慕与母亲相像的女人，有人爱上酷似初恋情人的女人，有人渴望同颇像亡妻的女人结婚。这些感受与养狗不是一样吗？他与动物相伴而生，是为了让自由的傲慢更加孤寂。想到这里，他便不再养红雀了。

继红雀之后死掉的黄鹡鸰，从腰至背呈黄绿色，腹部为黄色，柔柔淡淡的身姿透出疏竹般的清趣。它与他尤其亲密，不肯吃食时，只要是他伸手去喂，它便会喜悦地颤动起半展的羽翼，可爱地鸣唱着，欢欢喜喜地啄食，甚至淘气地去啄他脸上的黑痣。后来，他把鸟放出来，它大约在客厅啄食了仙贝屑之类的东西，撑死了。他本想再买一只，但还是断了念头，把平日从未亲自照料过的歌鸲放入了空笼。

可是，戴菊的死，无论因为溺水，还是因为鸟爪受伤，都是他的过失，所以格外让他挂心，难以释怀。很快，鸟店老板又送来了一对。仍是洗澡，仍是小巧玲珑的鸟儿，这次他一刻不离地守在水盆旁，却还是迎来同样的结果。

他将鸟笼从水盆里拎出来时，小鸟虽然颤颤巍巍地闭上了眼睛，但还能站住，比上次好多了。这次，他也会十分小心，不让小鸟被火烧伤。

“又没看好。把火生起来。”他沉着地、带着愧疚似的吩咐道。

“老爷，干脆让它们死了吧。”

他大惊，如梦醒一般。

“可是，你想想上次，又不费力，能救过来的。”

“救过来，也活不长。上次就是，爪子变成那样，还不如早死了舒坦。”

“能救就要救。”

“还是死了好。”

“是吗？”他蓦然感到肉体的衰竭，仿佛知觉尽失，一言不发地走到二楼的书房，把鸟笼放到窗边的阳光里，呆呆看着戴菊死了。

他祈祷着阳光能帮助小鸟活下来。但是不知为何，他仿佛怀着一种异样的悲伤，仿佛正索然地目睹着自己的凄惨，没能像上次那样费尽周折去救小鸟的性命。

小鸟最终没了气息，他从笼中拿出湿漉漉的死鸟，托在掌心捧了一会儿，然后又把它们放回笼中，将鸟笼塞到壁橱里。他走下楼，淡淡地对女佣说了句：“死了。”

戴菊正是因为个头小，所以体弱，很容易死。但是，长尾山雀、鹪鹩或煤山雀这类鸟是同样大小，却活得很欢实。况且，两次都因洗澡而死，他觉得这似乎就是因缘。比如，家里死了一只红雀，就很难再养活红雀。

“我和戴菊没缘分。”他笑着对女佣说，在起居室里横躺下来，任由小狗扯拽着他的头发。他从地上排列的十六七个鸟笼中挑出一只角鸮，提着走进书房。

角鸮看见他便怒目圆睁，不停转动原本缩紧的脑袋，不仅呼鸣，还噗噗吹气。只要他看着，它绝不肯吃东西。他用手指夹着肉片递过去，角鸮虽然会愤然叼住，但它总是把肉晃晃荡荡地挂在喙边，不肯吞下去。他也执拗地与它较过劲，彻夜对峙到天明。只要他在一旁，它连看都不看鸟食一眼，身体也一动不动。但是，等到天色发白，它还是饿了。这时，栖木上传来鸟爪朝鸟食方向挪动的声音。他扭过头看。角鸮收紧头上的羽毛，眯着眼睛，表情无比阴险狡猾。它原本正朝鸟食探头，看见他，陡然耸首，厌恶地朝他呼气，摆出一副不认识他的表情。他看向别处。这时又传来角鸮的足音。四目一相对，它又掉头不吃了。如此反复，伯劳已经叽叽喳喳地抒发起清晨的喜悦了。

他非但不讨厌这只角鸮，还觉得它是一份愉快的安慰。

“我正在找有没有这样的女佣。”

“嗯。你倒也有谦逊的一面。”

“啾啾，啾啾。”

他面露不悦，扭过脸去，呼唤一旁的伯劳。

“啾啾啾啾啾啾啾啾。”伯劳像要吹散周围的一切似的，高声回应着。

这只伯劳和角鸮同属猛禽，却喜欢被投喂的亲密，宛如爱撒娇的小姑娘，十分依恋他。无论是他回家的脚步声，还是他故意的咳嗽声，只要听见，它都会鸣叫。一旦出笼，便飞到他的肩头或膝旁，喜悦地震颤着翅膀。

他把这只伯劳放在枕边，用它代替闹钟。天一明，无论他翻身、动了动手还是调整枕头，它都“唧唧唧唧”地对他撒娇。连听到他咽唾沫的声音，它也“啾啾啾啾”地回应。到后来，它奋勇呼鸣，将他唤醒，那声音清脆得犹如划破生活之晨的闪电。等他彻底醒来，它便开始模仿各种鸟儿的音色，轻声鸣啭。

伯劳最先让他有“今天也是好日子”的心情，紧接着，各种鸟儿也开始鸣唱烘托。还穿着睡衣的他伸出手指为伯劳递食，腹中空空的伯劳猛烈地啄了起来。他把这也理解为爱情。

即便是外宿一晚的旅行，他也会梦见动物，半夜惊醒，所以他很少在外留宿。也许是习惯太过顽固了，访友也好，购物也好，只要他独自出门，便会在中途感觉乏味，于是折返回来。没有女伴时，他只好带着矮小的女佣一同出门。

去看千花子的舞蹈便是这样，让女佣带着花篮随同前往，就不能想着“算了，回家吧”，然后折回来。

那晚的舞蹈演出由某家报社主办，十四五个女舞蹈家同台竞技。时隔两年，他再次看到千花子的舞台，她在舞蹈上的堕落令他不忍直视。残存的一点儿野蛮力量已经只是恶俗的媚态。舞蹈的基础形态连同她的肢体张力一道彻底崩塌了。

虽然司机那么说，但他还是借口“路上碰上送殡，家里还有戴菊的尸体，不吉利”，让女佣把花篮送到后台去。可是，她说过很想见他，刚才看了她的舞蹈，又很难与她细聊，他想着不如趁休息时间稍见一面吧，于是走去后台。刚到入口处，还没站住，他便赶忙躲到了门后。

一个年轻男子正在给千花子化妆。

她安静地闭着眼睛，微微仰脸，伸长脖颈，任由对方摆弄，煞白的脸纹丝不动，唇、眉、眼都还未画，看上去犹若没有生命的人偶。像一张死人的脸。

大约十年前，他想过和千花子一同殉情。那时，他整天把“想死，想死”挂在嘴上，但是没有任何非死不可的理由。他始终独身，整日与动物为伴。这种想法不过是浮在生活上的泡沫罢了。千花子茫然地任人摆布，仿佛她在这世上的希望是由他人从别处带来的，算不上活着。所以，他觉得这样的千花子可能适合陪他去死。果然，千花子依旧是一副惯有的表情，似乎根本不知道自己正在做的事意味着什么，懵懵懂懂地点点头，只提了一个要求：

“把我的脚绑紧些，否则到时候裙子下摆会吧嗒乱响。”

他用细绳为她绑脚时，才惊觉她的双足那么美。

“那家伙居然也能跟这么美的女人一同赴死？别人肯定会这么议论吧。”

她背靠他躺下，天真地闭上眼睛，微微伸长脖颈。然后，双手合十。虚无的珍贵如闪电般击中他。

“啊，不能死。”

他当然不想死，也不想让她死。不知道千花子是真心，还是做戏。看她的表情，似乎两者都不是。那是一个盛夏的午后。

但是，他似乎深受震动，自此以后不再做自杀的梦，也不再说类似的话了。当时，他心里回响着这样的声音：“不管发生什么事，都得活着，要永远感激这个女人。”

任由年轻男子为她化舞台妆的千花子让他想起了昔日她双手合十时的脸庞。刚才也是，坐进车里便浮现的白日梦亦是这一幕。即使在夜里，只要想起那时的千花子，他便会生出一种错觉，仿佛周身裹着盛夏炫目的日光。

“可是，自己为什么立刻就躲到门后去了呢？”他喃喃自语着，刚折回到走廊，便碰上一个男人热情地向他打招呼。他一时还没认出来这人是谁，男人却异常兴奋地说：“还是千花子好啊。这么大的场面，明显还是千花子跳得好。”

“啊。”他想起来了。这是千花子的丈夫，那个伴奏师。

“最近可好？”

“哎呀，一直想着上门拜访的。去年年末，我们离婚了。还是千花子出类拔萃啊。跳得真好。”

他想，自己也得找几句好话说说才行啊，不知为何却胸闷发慌。这时，一句话浮上心头。

他怀里恰巧有一本十六岁离世少女的遗稿集。最近，读少男少女的文章成了他最大的快乐。十六岁少女的母亲似乎曾经给女儿的遗容化过妆。在女儿去世那天的日记里，文末有一句：

“你生平第一次化妆的脸庞，宛若新娘。”

山音

山　音

一

尾形信吾微蹙眉头，微张着嘴，似乎在想事情。在旁人看来，他或许不是在想事情，是在悲伤。

儿子修一注意到了，但习以为常，并未放在心上。

儿子更清楚，父亲不是在想事情，而是在努力回忆什么。

父亲摘下帽子，右手指尖捏着，放在膝头。修一默默拿起帽子，放到了火车的行李架上。

“嗯，我说……”

这种时候，信吾说话也有些吃力。

“最近走的女佣，叫什么来着？”

“加代吗？”

“啊，加代。她什么时候走的？”

“上周四,五天前吧。”

“五天前啊。五天前辞工的女佣，我居然都记不清她的相貌和衣着了。怎么回事！”

父亲多少有些夸张了，修一心想。

“加代啊，她走前的两三天吧，我出门散步，准备穿木屐时嘀咕了一句：‘长脚气了吗？’加代却说：‘您这是磨伤的吧。’她说出这么雅致的话来，我非常佩服呢。我的脚是上次散步时被木屐带磨伤的。她说‘磨伤’，还用了敬语。我听了真佩服。不过，刚刚才发觉，她说的不是敬语，就是‘木屐带造成的磨伤[1]’。根本没什么好佩服的。加代的语调真怪。我被她的语调骗了。刚才忽然反应过来了。”信吾说。

“敬语的‘磨伤’，你说给我听听。”

“磨伤。”

“木屐带造成的磨伤呢？”

“磨伤。”

“嗯。我想的果然没错。加代的语调有问题。”

父亲出身小地方，对东京的语调没有自信。修一则是在东京长大的。

“‘您这是磨伤的吧。’我还以为她用了敬语，听着又温柔又动听。她送我出门，就跪在玄关那里。原来她说的只是磨伤而已，我才反应过来，什么事嘛。可我就是想不起她的名字。相貌、衣着，也都记不清了。加代来家里也有半年了吧。”

“对。”

1 加代所说的“磨伤”（おずれ），并不是加敬语前缀“お”的表达，而是“木屐带磨伤”（はなおずれ）一语中的“おずれ”。

修一对此已经习惯，丝毫没有表露同情。

信吾自己也习惯了，但心里仍有轻微的恐惧。他竭力回忆加代的模样，却怎么都想不起来。这种头脑空白的焦灼被感伤攫住，有时反倒会让心绪平静下来。

此刻便是如此。信吾似乎想起了加代双手撑地的样子。她微探着身子，说：

"您这是磨伤的吧。"

女佣加代在家里半年，记忆里总算留下了她在玄关送自己出门的一幕。想到这里，信吾仿佛感知到了正在丧失的人生。

二

妻子保子六十三岁，比信吾年长一岁。

两人育有一儿一女。长女房子有两个女儿。

保子外表年轻，看不出比信吾年长。信吾也不是特别显老。只是一般情况下，丈夫往往年长于妻子，他很自然地像是年龄大的一方。这也跟妻子矮小矫健、身体健康有关。

保子并非美人，加之年轻时当然显得比信吾年长一些，所以不喜欢和信吾一同出门散步。

从什么时候起，两人开始有了惯常的夫长于妻的模样呢？信吾怎么也想不起来了。大约是五十五岁过后吧。按理说，女人应该老得快，然而事实恰恰相反。

去年花甲，信吾轻微咳过血，似乎是肺有毛病。但他没有去仔细检查身体，也没有特别注意养生，后来倒也没事了。

他并没有因此衰老。皮肤什么的反倒更有光泽了。卧床半个多月，眼睛和嘴唇的气色似乎也恢复到了年轻时的模样。

信吾过去没有结核病的症状。六十岁第一次咯血，确实有凄惨之感，所以不愿去看病。修一认为这是老人的固执，但信吾不这么想。

或许是因为身体健康，保子睡眠很好。信吾有时想，自己半夜是被保子的鼾声吵醒的吧。保子从十五六岁开始就有打鼾的毛病，父母费心为她矫正过，但一结婚就好了。过了五十岁，老毛病又犯了。

信吾会捏住保子的鼻子扭一扭。还止不住的话，便会抓住她的脖子摇一摇。这是心情好的时候。心情不好的时候，他就会在这个长年相伴的肉体上感觉到老丑。

今晚便是心情不好的时候，信吾打开灯，斜眼瞟了一眼保子的脸。他抓住她的脖子摇了摇。自己稍稍有些冒汗。

“毫不犹豫地伸手触碰妻子的身体，恐怕都是她不打鼾时的事了吧。”一想到这里，信吾便感觉到一种无底的哀悯。

他翻了翻枕边的杂志，因为闷热，又起身去打开一扇防雨窗，蹲在那里。

这是一个月夜。

菊子的连衣裙挂在窗外，耷拉出一片惹人厌的浅白。她大概是洗完忘收了，信吾望着心想，但也可能是有意让夜露打湿衣服，驱散汗味。

“吱呀，吱呀，吱呀。”院子里传来虫声。那是左侧樱树上的蝉鸣。蝉会发出这么可怕的声音吗？信吾有些疑惑，但确实是蝉。

蝉也会做噩梦惊醒吗？

蝉飞进屋来，落在蚊帐的下摆处。

信吾抓住这只蝉，它却不叫。

“是哑巴呀。”信吾喃喃自语一句。这不是那只“吱呀”鸣叫的蝉。

为了避免蝉再次被灯光误导飞进屋来，信吾用力将蝉朝左侧的樱树高高抛去。蝉没有反应。

信吾抓着防雨窗，朝樱树的方向望去，也不知道蝉有没有落到树上。月夜仿佛很深。深邃一直横向延伸至远方。

再过十天就是八月了，虫鸣不断。

夜露从一片叶子落到另一片叶子的声音也听得见。

然后，信吾意外听见了山音。

没有风。月亮皎洁，几乎如满月时一样，绘在小山上的树木轮廓在潮湿的夜气中显得模糊不清。但是，它们并未被风摇动。

信吾所在的走廊下面，羊齿叶也一丝不动。

在镰仓的山谷深处，夜晚有时也能听见波浪声。信吾怀疑那可能是海的声音，但确实是山音。

它似遥远的风声，又潜藏着地鸣般深邃的力量。那声音仿佛在颅内回响，所以信吾以为是耳鸣，摇了摇头。

声音止息了。

声音止息后，信吾才感到恐惧。难道这是在告知死期？他周身发寒。

信吾本想冷静地想想那究竟是风声、涛声，还是耳鸣，可又觉得那种声音似乎没有响过。不过，他的确听到了山音。

如同魔鬼经过引发了山鸣。

尽管坡陡，但是因为夜里水汽氤氲，山前仿佛立了一道幽暗的墙壁。那是一座信吾家的庭院就能容下的小山，所以说是墙壁，其实看上去犹如半切开的椭圆立在那里。

山旁和山后仍有小山，声音似乎来自信吾家的后山。

山顶的林隙间，透出点点星光。

信吾关上防雨窗，想起一件怪事来。

大约十天前，他在新开的酒馆等客人。客人没来，艺妓也只来了一个，后面的一两个艺妓都来得很晚。

“我帮您把领带解开吧，多闷啊！”艺妓说。

“嗯。”

信吾听任艺妓为自己解开领带。

信吾的外套放在壁龛一侧。他们并不相熟，但艺妓把领带放进他的外套口袋后，便说起了自己的遭遇。

两个多月前，艺妓曾和建造这家酒馆的木工一道殉过情。但是，在他们准备吞食氰化钾的时候，艺妓却怀疑药的剂量是否足以致死。

“他说，绝对是能致死的量。人家一服一服包好的，不就证明足量吗？肯定装够了！”

但是，艺妓不信。疑心一起，便愈来愈重。

“谁装的？人家会不会是为了惩罚你和你的女人胡乱配的药？我问他找哪个医生或药房拿的药，他却不说。太奇怪了吧。两个人都要一起死了，为什么不能说？现在不说，以后也不可能知道了呀。”

“你是在说落语[1]吗？”信吾想说却没说出口。

艺妓坚持说，要找人算算药的分量再去殉情。

“我把药带过来了。”

信吾心想，真是怪事。只有那句“建造这家酒馆的木工”留在了他的耳朵里。

艺妓从钱包里拿出包好的药，打开给信吾看。

“哦。”信吾应了一声，望了望。是不是氰化钾，他也无从知晓。

他关着防雨窗，想起了那个艺妓。

信吾钻进被窝，却不能唤醒六十三岁的妻子，对她诉说听到山音的恐惧。

---

1 日本传统曲艺形式，类似中国的单口相声。

三

修一和信吾在同一家公司工作。修一还要承担帮父亲记事的任务。

保子当然也是，连修一的妻子菊子也分担着同样的职责。他们三个共同填补了信吾遗失的记忆。

信吾办公室里的女办事员也在帮信吾记事。

修一走进信吾的办公室，从角落的小书架上随意抽出一本书，哗啦哗啦翻了几页。

“哎哟！”他说着，走到女办事员的办公桌前，将翻开的那页给她看。

“怎么了？”信吾微笑着问。

修一拿着敞开的书走过来，书里写着：

> 这里的贞操观念并未遗失。男人苦于只能爱一个女人，女人苦于只能爱一个男人，双方都不堪其苦。为了愉快地、更持久地爱下去，他们开始寻找爱人以外的对象。这种方法可以巩固彼此的爱……

“‘这里’是哪里？”信吾问。

“巴黎呀。这是小说家的欧洲纪行。”

信吾的头脑早就对警句和异说感觉迟钝了。但是，他觉得这既非警句，也非异说，而是真知灼见。

修一并不是对这段话有所触动。他无非是迅速给出暗示，想邀女办事员下班后一同外出。信吾已经嗅到这层意思了。

从镰仓站下车后，信吾心想，要是和修一约好一同回家的时间，或是比修一晚些回家就好了。

从东京回来的人很多，公共汽车也很拥挤，信吾就步行回家了。

他在鱼店门口驻足瞧了一眼，老板便过来招呼，于是他顺势走进店里。一只桶里装着斑节虾，里面的水微微发浊泛白。信吾用指尖碰了碰伊势龙虾。应该是活的，但它却一动也不动。现在正是海螺当季的时节，信吾决定买海螺。

“要几个？”老板一问，信吾有些拿不定主意了。

“呃。三个。挑个儿大的。”

“好嘞。我给您收拾一下。”

老板和儿子将刀尖刺入螺壳，剜出螺肉，刀刃擦碰螺壳时嘎嘎作响。信吾讨厌那声音。

老板在水龙头下洗净螺肉，麻利地切着。这时，两位姑娘站在了店铺前。

“要什么？”老板边切螺肉边招呼。

“竹荚鱼。”

“几条？”

“一条。”

“一条？”

“嗯。”

那是一条略大的小竹荚鱼。姑娘并未在意老板露骨的态度。

老板用纸包好鱼，递给姑娘。

躲在这位姑娘身后的那个姑娘，捅了捅前面的姑娘的胳膊肘，说：

“明明不用买鱼嘛！”

前面的姑娘接过竹荚鱼，朝伊势龙虾那边看了看。

“那边的龙虾，到周六应该还有吧。我那位很喜欢吃龙虾。”

后面的姑娘一言未发。

信吾惊讶地偷瞟了姑娘两眼。

这两个姑娘是新来的妓女。她们身穿露背装，脚踩布凉鞋，身材曼妙。

鱼店老板将切碎的螺肉堆在砧板正中，然后将肉分别塞入三只螺壳里。

他宣泄似的说：“这种人在镰仓也多了起来哪！”

鱼店老板的语气让信吾颇感意外。

“可是，挺得体的呀。没想到啊！”信吾否认了些什么。

老板草草将碎肉塞回螺壳里。信吾奇怪地察觉到一件细微的事：螺肉被混在一起塞入螺壳中，它们已经不是原来的那三只海螺了吧。

今天是周四，离周六还有三天。信吾心想，最近鱼店里经常有龙虾卖。那位野性的姑娘会怎么做龙虾给洋人吃呢？

但是，龙虾不管是煮、是烤还是蒸，都是野蛮又简单的料理。

信吾的确对那姑娘心怀好感，但随后又感到深深的寂寞。

家里明明四个人，信吾却买了三只海螺。他知道修一不回家吃饭了，顾忌着儿媳妇菊子的感受，不想明显地表现出来。鱼店老板问要几只时，他只是下意识地就把修一的那份省去了。

途经菜店，信吾又买了些白果回去。

四

信吾破天荒地买了海鲜回家，保子和菊子却都没有表现出惊讶的神色。

可能是因为本应一同回来的修一并未回来，她们要掩饰一下这方面的情感吧。

信吾把海螺和白果递给菊子，然后跟着她进了厨房。

“给我倒杯糖水。”

“好，这就给您端过去。”菊子说着，信吾却兀自拧开了水龙头。

水槽里放着伊势龙虾和斑节虾。信吾感觉跟自己想到一处去了。他在鱼店里想过买龙虾，但是没有想起来两种都买。

信吾看看龙虾的颜色，说：

“这龙虾真好啊。”虾很新鲜，色泽发亮。

菊子用出刃刀[1]的刀背敲打着白果，说：

"您也是特地买回来的白果，可是都不能吃啊。"

"是吗？我想着已经过季了。"

"您给菜店打个电话吧，就这样说。"

"好。不过，海螺和龙虾都是差不多的东西，买多余了。"

"江之岛的茶屋。"菊子微微吐了下舌头，"海螺带壳烤，伊势龙虾炭烤，斑节虾就做成天妇罗吧。我出去买点儿香菇。爸爸，您能趁这会儿帮我去院子里摘个茄子吗？"

"好。"

"要小个儿的。再摘几片嫩紫苏叶。对了，天妇罗只炸斑节虾行吗？"

晚饭的餐桌上，菊子只端来了两只烤海螺。

信吾有些不解。

"不是还有一只海螺吗？"

"啊，我想着爷爷、奶奶牙口不好，您两位共享一只。"

"什么……这说的是什么话。家里又没有孙子，哪来的爷爷！"

保子低下头，扑哧笑了。

"对不起。"菊子轻轻起身，又端来了一只海螺。

"就照菊子说的，两人共享一只多好哪。"保子说。

信吾理解到菊子话里的机敏，心里很赞叹。她那样一说，

1 日本传统厨刀，刀身厚，多用于处理鱼类。

大家就不用再纠结海螺是三只还是四只的问题，由此便帮他解了围。看似天真的一句话，其实不容小觑。

菊子可能是考虑到给修一留一只，自己就不吃了，或者和婆婆一起吃一只。

但是，保子并没有察觉到信吾心中的这点芥蒂，又愚笨地重提一嘴：

“只有三只海螺吗？家里明明四个人，怎么就买了三只啊？”

“修一不回来吃饭，用不着啊。”

保子苦笑了一下。但是，兴许是年龄的缘故吧，看不出那是苦笑。

菊子没有阴脸，也没有追问修一的去向。

菊子是兄弟姐妹八人中的幺女。

上面的七个兄姐都已成家，儿女成行。信吾有时会想，菊子父母遗传下来的旺盛的繁殖能力应该……

菊子经常抱怨公公到现在都记不住自己兄姐的名字。众多侄子外甥的名字就更别提了。

菊子的父母怀上她时，坚决不想要这个孩子，也认为不能要。她的母亲觉得一把年纪了还怀孕太丢人，甚至不惜诅咒自己的身体，还尝试过堕胎，可是都失败了。菊子是难产，是被产钳夹着脑门夹出来的。

菊子说，她是听母亲说的，然后原原本本地告诉了信吾。

信吾不理解一个母亲为什么对孩子讲这种事，也不明白菊子为什么要告诉自己。

菊子撩起刘海，给信吾看自己前额上淡淡的瘢痕。

从那以后，信吾一看到菊子额上的伤疤，就会瞬间对她心生爱怜。

不过，菊子是像小女儿一样长大的。与其说备受宠爱，不如说她是在家人的亲密呵护下长大的。她也有略显柔弱的一面。

菊子刚嫁过来的时候，信吾注意到菊子不经意间耸动肩膀的样子很美。他清晰地感受到一种崭新的妩媚。

从身材苗条、皮肤白皙的菊子身上，信吾想起了保子的姐姐。

信吾年少时曾爱慕过保子的姐姐。姐姐死后，保子就去她的婆家帮忙，照顾遗孤，全身心地付出。保子想做姐夫的填房。她虽然也喜欢英俊的姐夫，但这么做还是因为倾慕姐姐。姐姐是个大美人，美到让人不敢相信她和保子竟是亲姐妹。在保子心里，姐姐和姐夫就是理想国度中的人。

保子尽心照顾着姐夫和姐姐的孩子，姐夫却对保子的真心始终视而不见，整日在外花天酒地。但是，保子却心甘情愿牺牲自己，打算终生为其付出。

信吾得知这件事，和保子结了婚。

三十多年后的今日，信吾也并不认为自己的婚姻是一场错误。漫长的婚姻生活未必受制于起点。

不过，保子的姐姐的音容笑貌始终留在二人心底。信吾和保子从不曾提起姐姐的事，但是谁都没有忘记。

儿媳菊子过门后，闪电般的亮光照进了信吾的回忆，这也不是什么病态的心理。

修一与菊子结婚不足两年，便另结新欢。这让信吾大为震惊。

和出身农村的信吾不同，修一的青春时代没有情欲和恋爱方面的烦恼。他从未有过苦闷的表现。他什么时候初尝女人的滋味，信吾也无从推断。

信吾估计，修一现在的情妇不是艺妓，就是娼妇之类的女人。

信吾怀疑，他约公司的女办事员出去也不过是一起跳跳舞，或者可能就是为了蒙蔽父亲的耳目。

那个女人应该不是这种小姑娘。信吾莫名从菊子身上感受到了这一点。自从修一另结新欢之后，他和菊子的夫妻生活似乎突然变融洽了。菊子的体形也有了变化。

吃完烤海螺的那夜，信吾半夜醒来，听到了不在跟前的菊子的声音。

信吾觉得，菊子应该不知道修一另有女人的事。

“那个海螺，是父母表达的歉意吧。”他似乎喃喃自语了一句。

但是，在菊子不知情的状况下，那个女人又会给菊子带来怎样的冲击呢?

蒙蒙眬眬间，天已微亮。信吾拿来报纸。月亮仍高悬在天上。他草草翻了翻报纸，又睡着了。

五

在东京车站，修一快步挤进火车，占下一个座位。等信吾进来，他便起身把座位让给父亲。

他把晚报递给父亲，然后从口袋里掏出信吾的老花镜。信吾也有一副老花镜，只是他经常忘带，于是让修一随身带着一副备用。

修一俯身从报纸上方凑到信吾面前，说：

“今天，谷崎说她有个小学同学想出来做女佣，拜托我帮帮忙。”

“是吗？谷崎的朋友不太方便吧？”

“为什么？”

“那个女佣说不定会从谷崎那里听说你的什么事，然后告诉菊子啊。”

“净瞎想。有什么好说的。”

“总之，还是知根知底些好。”说完，信吾看起了晚报。

到了镰仓站，修一下车便问：

“谷崎跟你说什么了吗？”

“什么都没说。她的嘴好像挺严的。”

“啊？真烦。我要是对你办公室里的那个女办事员做了什么，岂不是让爸爸你难堪，招人笑话？”

“这还用说。但是，别让菊子知道！”

修一似乎也不准备隐瞒了，问：

“谷崎跟你说了，对吧？”

“谷崎知道你在外面找女人，还愿意跟你一起玩？”

“愿意吧。她一半也是因为嫉妒。”

“真行。”

“在分呢。我正打算跟她分了呢。”

“你这话，我听不懂。算了，这种事以后再慢慢跟我说吧。”

“等分了，我再跟你细说。”

“总之，别让菊子知道！”

“嗯。不过，菊子可能已经知道了。”

“是吗？”

信吾不高兴地沉默了下去。

回家后，信吾依旧不高兴，晚饭时突然起身离开饭桌，回卧室去了。

菊子端来切好的西瓜。

“菊子，你忘拿盐喽。[1]”保子跟着过来。

菊子和保子不知为何都坐到了廊下。

“菊子一直喊：‘爸爸，西瓜西瓜。’你听不见吗？”保

---

1 日本有吃西瓜时撒盐的做法，可以使西瓜尝起来更甜。

子说。

“没听见。我知道你们冰镇了西瓜。”

“菊子，那人说没听见。”保子转向菊子，菊子也转向保子，说：

“爸爸好像在生气哪！”

信吾沉默了片刻，开口说：

“最近耳朵好像也有些不好使了。前些日子，我夜里打开那边的防雨窗透气，听见了山鸣一样的声音。老太婆呼噜呼噜睡得可香呢。”

保子和菊子都望了望后面的小山。

“的确有山鸣这回事吧。”菊子说，“我好像听妈妈您说过。您姐姐临终前就听见了山鸣。妈妈您说过，对吧？”

信吾一惊，心想：自己竟然把这件事忘了，真是没救了。自己听见山音的时候，为什么没有想起来呢？

菊子说完，似乎有些担心，美丽的双肩一动也不动。

蝉　翼

一

女儿房子带着两个孩子来了。

大的四岁，小的刚满一岁。按照这个间隔算，以后应该还会再生。信吾漫不经心地问：

“又怀上了没？”

“又来了，爸爸，真烦。上回不是问过了吗？”

房子迅速把小女儿平放在地上，一边解开襁褓，一边问：

“菊子还没动静吗？”

这也是随口一问。菊子正凑近注视婴儿，脸忽地沉了下来。

“让这孩子就这么躺着吧。”信吾说。

“是国子。不是‘这孩子’。这不是你给起的名字吗？”

似乎只有信吾注意到了菊子的脸色。但是，信吾也并未挂心，怜爱地注视着婴儿来回踢腾的一双赤脚。

“让她就这么躺着吧。这多舒服。刚才估计热坏了吧。”保子跪着凑过来，一边从孩子的小腹轻挠到胯间，一边说：

"妈妈要和姐姐一起去浴室擦汗喽。"

"要毛巾吗?"菊子准备起身。

"我带了。"房子说。

看来是打算住几天了。

房子从包袱皮里拿出毛巾和换洗的衣物,大女儿里子冷漠地紧贴妈妈站着。这孩子到家后一句话也没说。从身后看,里子的头发乌黑浓密,格外惹眼。

信吾认得房子包衣物的包袱皮,但只能想起那是自家的东西。

房子是背着国子,牵着里子,拎着包袱,从车站走回来的。信吾心里难免感慨。

房子这样牵着里子走路,她还是不高兴。她妈妈疲倦虚弱的时候,这孩子更难对付。

信吾心想,儿媳妇菊子始终穿戴得体,保子恐怕不好受吧?

房子进浴室后,保子抚摸着国子大腿内侧微微泛红的地方说:

"我总觉得这孩子长得比里子结实。"

"可能因为她生下来时父母就已经闹不和了吧。"

"生完里子,那两人就闹不和了,也影响里子了吧。"

"四岁的孩子懂什么?"

"懂的,会受影响的。"

"里子那是天生的……"

幼小的国子冷不防地翻过身,莽撞地爬开,抓着拉门站了起来。

“来，来。”菊子张开双臂走过去，拉着孩子的两只小手，扶着她走去隔壁房间。

保子忽然起身，拿起房子行李一旁的钱包，往里瞅了瞅。

“喂，你干吗？”

信吾压低了嗓门，但声音在抖。

“别！”

“为什么？”

保子很镇定。

“说了‘别’，就别。你这是干吗呀？”

信吾的指尖在颤抖。

“我又不是偷。”

“这比偷还可恶。”

保子把钱包放归原位。但是，她仍坐在那里，说：

“看自己女儿的东西，有什么可恶的。这么快又回来了，给孩子也买不起零食，多不容易啊。我也是想了解一下房子的情况。”

信吾瞪了保子一眼。

房子从浴室里出来了。

保子像赶着告状似的，说：

“喂，房子，刚才我看了一眼你的钱包，就被你爸爸骂了。我要是做得不对，给你赔不是。”

“有什么不对的？”

保子向房子告状的举动更让信吾生厌。

也许的确如保子所说，母女之间做这样的事没有什么大不了。信吾也试着去理解，但怒气让他浑身发抖，年老的倦怠仿佛也从身体深处涌了上来。

房子偷偷观察父亲的脸色。比起母亲偷看自己钱包的事，父亲的愠怒更让她惊讶。

“看就看嘛。随便看。”房子像豁出去了似的，随手将钱包扔到母亲膝前。

这举动让信吾更加不悦了。

保子并没有碰钱包的意思。

“相原以为我没钱就逃不出来。反正里面也没钱。”房子说。

被菊子扶着走路的国子突然脚下一软，摔倒在地上。菊子把她抱了过来。

房子掀起衬衣，开始给她喂奶。

房子笨手笨脚的，身体却很好。她的胸形也还没有走样。胀满乳汁的乳房丰满而挺拔。

“这不是周日吗，修一不在家？”房子关心起弟弟来。

她似乎意识到需要缓和一下自己与父母间的难堪局面了。

二

信吾走到家附近时，抬头看了看别人家的向日葵花。

他仰望着，走到花下。向日葵立在大门一侧，花盘垂向门口这边，所以信吾刚好堵在了这家出入的地方。

这家的女孩回来了，站在信吾身后等着。她其实可以从信吾身旁绕过去，但是她认识信吾，便在他身后等着。

信吾发觉她在，说：

“这花真大啊。真是好看。”

女孩稍显羞涩地微微笑了笑。

“只让它开了这一朵。”

“只让开了一朵呀。所以才开得这么大吧。能开很久吧？”

“嗯。”

“开了几天啦？”

十二三岁的女孩答不上来。她边想边望望信吾的脸，然后同信吾一道仰望起向日葵花。女孩被晒得很黑，脸蛋胖嘟嘟的，手脚却十分瘦削。

信吾准备给女孩子让路时望了望对面，前面的两三家也种着向日葵。

对面的那家，一株向日葵上开了三朵花。花朵缀在茎端，大小不及女孩家的一半。

信吾准备离开时，再次回头望了望那朵向日葵花。

“爸爸。”这时传来了菊子的声音。

菊子站在信吾身后，毛豆从菜篮边露了出来。

“您回来啦。在看向日葵吗？”

信吾在菊子面前有些难堪。倒不是因为欣赏向日葵这件事，而是他没有和修一一同回家，反倒在家附近欣赏向日葵这件事让他不舒服。

“很漂亮吧。”信吾说，“像不像伟人的头？”

菊子下意识地点了点头。

“伟人的头”也是刚才瞬间冒出的词。信吾赏花的时候并没有想到。

但是，这样一说，信吾强烈地感受到了向日葵那种庞大而厚重的力量，也感受到了花朵构造上的秩序井然。

花瓣宛如花盘的边饰，圆盘里大部分是花蕊。花蕊细密地堆聚在一起，但是花蕊和花蕊之间不争不抢，而是整齐、沉静地排列着，充满力量。

花比人头还大。那种秩序井然的重量感让信吾瞬间联想到了人的脑袋吧。

此外，信吾忽然觉得那种自然力充沛的重量感就是伟大男性的象征。在这个挤满花蕊的圆盘上，雄蕊和雌蕊无从分辨，但信吾觉得那是男性的力量。

夏日的阳光柔和下来，风平浪静。

花瓣排列在花蕊密布的圆盘周围，黄灿灿的，犹如女性。

难道是因为菊子来到自己身边，他才产生了这样奇怪的念头？信吾离开向日葵，迈步往前走了。

“我呀，最近脑子太糊涂了，看见向日葵，想的也是头的事。人的脑袋能不能像向日葵那么有序呢？刚才在火车里，我也在想能不能只把脑袋送去洗洗，或修理一下。直接把头砍下来，是粗暴了点儿，但是身首分离一下，像送洗衣服一样送到大学医院，说，麻烦给洗一下。医院负责清洗脑袋，修理有毛病的地方。这段时间，三天也好，一周也行，可以在家好好睡睡觉，不会翻身，也不会做梦。”

菊子垂下眼皮，说：

“爸爸，您是累了吧。”

“可能吧。今天在公司里见客户，烟吸了一口就放在烟灰缸上，结果又点了一根，又放到了烟灰缸上。等我意识到的时候，发现三根长短一样的香烟正排列在烟灰缸上冒烟呢。真丢人哪。”

信吾在火车里幻想洗脑的事的确是事实。不过，他幻想的，与其说是洗脑，不如说是酣然入睡的身体。脑袋分离后，身体的安睡似乎让他心情愉悦。信吾的确是累了。

今天黎明时，他做了两场梦，两次都梦见了死人。

“您夏天休假吗？”

“可能休假到上高地[1]一趟吧。也没地方收我这脑袋，我想去看看山。”

“能去的话，就太好了。”菊子略显轻佻地说。

“啊，不过眼下房子在家。房子也是来放松休息的。也不知道房子是觉得我在家好，还是不在家好呢？菊子你怎么看？”

---

1 日本长野县西部梓川上游的旅游胜地。

“哎，爸爸您真好，我真羡慕姐姐啊。”

这次，菊子的语气也有些奇怪。

信吾也许是想逗逗菊子，打打岔，好让她忽略修一没和自己一同回家的事。他并非刻意这么做，但的确有这层用意。

“喂，刚才那话是在讽刺我吗？”

信吾只是信口一说，菊子却吓了一跳。

“房子那副样子，我也算不上什么好爸爸吧。”

菊子无措起来，脸颊涨得通红，一直红到耳朵。

“那又不是爸爸的错。”

信吾从菊子的音调中感受到了某种安慰。

三

信吾在夏天也不喜欢喝冷饮。过去是保子不让他喝，不知不觉间就成了习惯。

早起也好，外出回家也好，喝杯热粗茶成了惯例。菊子很体恤这点。

看完向日葵回家后，菊子也是先忙着为信吾泡热粗茶。信吾喝了一半，去换了浴衣，然后又端着茶杯走向檐廊，边走边喝了一口。

随后，菊子拿着香烟和凉毛巾过来，又为信吾添了热茶。

她站一会儿，又拿来了晚报和老花镜。

信吾用凉毛巾擦过脸后，觉得戴眼镜太麻烦，于是望向庭院。

院里的草坪已经荒芜。院子尽头的一丛胡枝子和芒草如野生的一般疯长。

胡枝子那边有蝴蝶飞舞。蝴蝶在青绿色的叶隙间忽隐忽现，仿佛有好几只。信吾期待着蝴蝶落在胡枝子上，或者飞到胡枝子的一旁，但它们始终只在枝叶间轻舞。

望着望着，信吾觉得胡枝子那边仿佛有个小世界，在叶隙间忽隐忽现的蝴蝶翅膀是那般美丽动人。

信吾忽然想起近乎满月的那个夜里在后山树林间闪烁的星星。

保子过来坐在檐廊下，挥着团扇说：

“修一今天也晚回吗？”

“嗯。”

信吾扭脸望向庭院。

“胡枝子那边，有蝴蝶在飞。你看见了吗？”

“嗯。看见了。”

但是，蝴蝶似乎不喜欢被保子发现，飞到了胡枝子上方。是三只。

“有三只啊。是凤蝶。”

说是凤蝶，却是玲珑、朴素的那种。

蝴蝶画着斜线越过板墙，飞到邻居家的青松前。三只蝴蝶排成纵列，保持队形和间隔，快速从松树中间飞到树梢上。松树没有像庭园树那样被精修细剪，长得茂密高挺。

片刻过后，一只凤蝶出其不意地横穿庭院低飞而过，掠过胡枝子上方飞远了。

“今天早上睡醒前，我梦见了两次死人。”信吾对保子说，“辰巳屋的大叔请我吃荞麦面。”

“你吃了吗？”

“啊？吃了吗？不能吃吧。”

信吾心想，好像有种说法，说在梦里吃了死人端来的东西，就会死的。

“记不清了。总觉得，好像没吃。他端了一份竹篓荞麦面给我。”

信吾好像没吃就醒了。

盛荞麦面的方盒外涂黑漆，内面朱红，铺着竹帘，甚至连荞麦面的颜色，信吾都记得一清二楚。

究竟是梦里看见的颜色，还是醒后想到的颜色，信吾已经记不清。总之，现在信吾只对那份竹篓荞麦面记忆犹新，其他情节都模糊了。

一份竹笼荞麦面直接放在榻榻米上。信吾站在它前面。辰巳屋的大叔和他家人都跪坐在地上，谁都没有用坐垫。唯独信吾一直站着，十分奇怪。但他好像是站着的。他只模模糊糊地记得这幕场景。

从梦中惊醒时，他清楚地记得梦中的情景。随后他又睡着了，再醒时记得更真切。但是，等到傍晚时已经忘记了大部分，只能模模糊糊地想起荞麦面的场景，前后情节都忘得干干净净了。

辰巳屋大叔是个木匠，三四年前去世，当时已经年过七旬。信吾喜欢他身上老派的匠人气质，委托他做过木工活。但是，信吾与他的关系并未亲密到在他死了三年后还能梦到他的地步。

梦里荞麦面出现的地方是木工坊里面的饭厅。信吾站在工坊里，和饭厅里的老人说话，但并没有进去。他也不知道为什么会梦到荞麦面。

辰巳屋的大叔家有六个孩子，全是女儿。

眼下的傍晚时刻，信吾已经记不起是否有哪个女儿在场。但是，他在梦里抚摸过一个姑娘。

他清楚地记得抚摸过一个姑娘，却完全想不起是谁，也想不起一丝线索。

梦醒时，他似乎很清楚对方是谁。又睡了一觉之后，可能仍然知道。但等到傍晚，就彻底忘记了。

因为这件事发生在和辰巳屋有关的梦里，信吾觉得那应该是辰巳屋大叔家的某个女儿吧，可是又完全不像真的。首先，信吾根本想不起辰巳屋大叔家的女儿们长什么样子。

抚摸姑娘的事的确发生在辰巳屋的梦里，但是信吾记不得它和荞麦面的前后关联了。梦醒时，他记得最清楚的便是荞麦面的样子，直到现在还记得。但是，抚摸姑娘的震惊打破了梦境，这应该是梦的定律吧。

话虽如此，可梦里并没有什么让人惊醒的刺激情节。

这部分细节，信吾已经记不得了。姑娘的身影也消失不见，全然想不起来。信吾现在只记得那种舒缓的感觉。他们身体不合，对方没有反应，也就草草结束了。

信吾在现实中也没有过这种经历。虽说不知对方是谁，但那毕竟是个女人，这是实际不可能发生的事吧。

信吾六十二岁了，做这种猥琐的梦也是稀奇事，但其实算不上猥琐。信吾醒后也惊讶于自己竟会做这种无聊的梦。

可是，梦醒后，信吾又睡着了，很快又做了另一个梦。

魁梧肥硕的相田拎着一升酒来到信吾家。他应该喝了不少酒，脸通红，毛孔粗大，举止间尽显醉态。

信吾只记得这幕场景了。家是现在的家，还是之前的家，他也记不清了。

直到十年前，相田始终在信吾的公司担任要职。去年年末，他因脑出血病逝。此前那些年间，人消瘦了不少。

“接着，我又做了一个梦，梦见相田拎着一升酒来我们家了。”信吾对保子说。

“相田？相田不是不能喝酒吗？你这梦真奇怪。”

“是哦。相田有哮喘病，突发脑出血倒地时，也是因为痰卡在喉咙里死掉的，的确不喝酒。他经常拎着药瓶走。”

但是，梦里相田似酒豪一般阔步走来的身姿清晰地印在了信吾的脑海里。

“然后，你和相田一起喝酒了吗?”

“没喝。他朝我跪坐的地方走过来，还没等他坐下，我就醒了。”

“真够烦的哟，梦见两个死人。”

“他们是来接我的吧。”信吾说。

到了这个年龄，相熟的人大多都走了。梦见死人或许也自然。

但是，辰巳屋大叔和相田都不是以死人的姿态出现的。他们是活生生地出现在了信吾的梦里。

梦里辰巳屋大叔和相田的面庞依然历历在目，比平日里的记忆更清晰。相田醉得通红的脸，实际中并不可能出现，但信吾连那涨大的毛孔都记得。

辰巳屋大叔和相田的模样，自己明明记得这样清楚，为什么却记不起自己抚摸过的那位姑娘的模样，也不知道她是谁呢?

信吾怀疑，大概是于心有愧，所以才忘得一干二净吧。其实不是这样。他并没有醒过来，没有进行过道德反省，就继续睡了。他只记得一种失望的感觉。

但是，做梦为什么会有失望的感觉呢?信吾并不觉得奇怪。

他也没有对保子提及这件事。

他听见了正在厨房做晚饭的菊子和房子的声音。声音似乎太响了。

四

每晚，蝉都会从樱树上飞进屋里来。

信吾去院子里时，顺便走到樱树下瞧了瞧。

蝉四散而去，响起一阵扑翅的声音。蝉的数量让信吾吃了一惊，振翅的声音也惊到了他。那动静堪比雀群振翅的声响。

抬头一看，蝉仍在飞离高大的樱树。

漫天云朵正朝东飘去。天气预报说，第二百一十天[1]将平静无风。不过，信吾心想，今夜也许会迎来狂风暴雨，促使气温骤降。

菊子来了。

“爸爸，怎么回事？我听见蝉声吵得厉害，心想怎么了。”

“吵得像出了什么事似的。这蝉扑腾翅膀的声音跟水鸟似的，我也吓了一跳。”

菊子手里捏着一根穿着红线的针。

“比起扑翅的声音，这可怕的蝉叫更吓人啊。”

“我倒没怎么注意叫声。”

信吾望了一眼菊子刚才待的房间。她正在给孩子缝制红色的和服，用的是保子早年的一件和服长内衬。

“里子还是喜欢玩蝉吗？”信吾问。

1 从立春算起的第二百一十天，这天往往有台风或强风。

菊子点点头，只动了动嘴唇，发出轻微的一声“嗯”。

生活在东京的里子没怎么见过蝉，加之性格的缘故，她起初很害怕蝉。于是，房子就拿剪刀剪去秋蝉的翅膀给她玩。自此以后，里子一抓到蝉，就会让保子和菊子帮她剪去翅膀。

保子极其讨厌做这种事。

她说，房子根本不是会做这种事的人，都是被她丈夫带坏的。

保子看到被剪去翅膀的秋蝉招来大群赤蚁，怕得脸色发白。

平日里，保子对这些总是无动于衷，所以信吾既觉得奇怪，又有些吃惊。

但是，保子之所以错愕，大概是因为某种不祥的预感笼罩着她吧。信吾知道，原因不在蝉。

里子沉闷寡言，个性倔强，大人们顺着她，剪去秋蝉的翅膀，还是不遂她的意。她假装悄悄把刚被剪掉翅膀的蝉藏了起来，然后又带着阴郁的眼神将蝉扔到院子去。大人都看在眼里，她自己也知道大人看见了。

房子每天跟保子发牢骚，但是始终没有说过何时回去，也许还有重要的话没说出口吧。

晚上躺进被窝后，保子会把房子当天的抱怨说给信吾听。信吾大概听一耳朵，并不往心里去。他能感觉到房子还有一些话没说出口。

信吾觉得应该和房子谈谈心，但是女儿已经出嫁，又年过三十了，父母也很难替她做决断。她还带着两个孩子，留她在家也不是易事。只能听任自然，日子就这么一天天拖了下来。

“爸爸，你对菊子真好啊。”房子说了一句。

大家正在吃晚饭，修一和菊子都在场。

“是啊，我对菊子不也挺好嘛！”保子答话说。

房子说话的口吻似乎并不需要回应，保子却给了回答。说话时虽然带笑，但似乎有压制房子的意思。

“因为她对我们都太好了呀。”

菊子直接脸红了。

保子大概也是坦率直言。但是，听上去却像在讽刺自己的女儿，像在表达她喜欢幸福的儿媳妇，讨厌不幸的女儿，让人怀疑这话里夹着残酷的恶意。

信吾把这理解为保子的自我厌恶。他自己身上也有类似的情绪。不过，让他略感意外的是，保子身为女人，身为年长的母亲，怎么会对悲惨的女儿爆发这种恶意呢？

“我不同意。她对谁都好，就是对老公不好。”修一说道。不是在开玩笑。

信吾对菊子好，修一和保子自然心知肚明，菊子也非常清楚，谁都没有挑明过。但是被房子一说，信吾陡然跌进了寂寞里。

对于信吾来说，菊子是阴郁家庭中的一扇明窗。亲生儿女不仅不如信吾的意，他们自己也无法在世上如意地过活。

他们的苦闷让信吾深感沉重。而一看到年轻的儿媳，他就觉得如释重负。

说是对她好，其实那是信吾幽暗孤独中的一丝光亮吧。他纵容着自己，在对菊子的好里隐约尝到了一丝微甜。

菊子从未恶意揣测过信吾的老年心理，对他也不抱任何戒心。

信吾觉得，房子的话捅破了他的小秘密。

这是三四天前晚饭时的事。

此刻，樱树下的信吾想着里子玩蝉的事，也一并想起了房子当时说的话。

“房子在睡午觉吗？”

“对，在哄国子睡觉。”菊子盯着信吾的脸回答。

“里子真可爱。房子哄小妹妹睡觉，她也过去，贴着妈妈的背睡着了。这种时候真乖啊。”

“真可爱啊。”

“老太婆不喜欢这个孙女，等她长到十四五岁，说不定跟老太婆一个样，也打呼噜呢。”

菊子听了大吃一惊。

菊子回到缝衣服的房间，信吾准备到别的房间去。信吾正要走，菊子叫住了他。

“爸爸，您去跳舞了吗？”

“什么？”信吾回过头，“你知道了？吓我一跳。”

信吾和女办事员去舞厅是前天晚上的事。

今天是周日，一定是那个谷崎英子昨天告诉了修一，修一又告诉了菊子。

近年来，信吾没有出入过舞厅。他邀请英子去跳舞时，对方十分惶恐。她说，跟着去的话，被公司的人议论就不好了。信吾说，你别往外说，就没事。看来她第二天便火速告诉了修一。

修一明明已经知道了，昨天和今天仍是一副不知情的样子。他应该第一时间就告诉了菊子。

修一经常和英子一同去跳舞，信吾也想去看看。因为信吾猜测修一的情妇说不定就在他和英子常去的那个舞厅里。

等一到那里，他便觉得既不可能突然碰上那个女人，也不好跟英子打听。

英子和反常的信吾来到舞厅后，表现得兴奋异常，忘乎所以。可信吾只觉得危险，心里可怜起她来。

英子二十二岁，乳房却只有巴掌大小。信吾突然想起铃木春信[1]的春宫图来。

但是，看看周围的杂乱场面，信吾觉得联想到春信这件事很有喜剧感，相当可笑。

“下次和你一起去。”信吾对菊子说。

“真的吗？那就下次带我去吧。”

从叫住信吾那刻起，菊子便满脸通红。

1 铃木春信（1725—1770），浮世绘画家，作品多呈现女性形象。

菊子是不是猜到修一在外面有女人了？

去跳舞的事被知道了也没关系，但是因为他藏着去找修一情妇的私心，被菊子一问，难免有些慌张。

信吾绕过玄关，走到修一的房间，站着问他：

“喂，谷崎跟你说了？”

“这可是咱家的新闻哪。”

“什么新闻！你既然也带她去跳舞，好歹也给人家买一套夏天穿的衣服啊。”

“哟，你是觉得很丢人吗？”

“我觉得她的衬衣和裙子格外不搭。”

“她有衣服。是你不好，突然邀请人家。要是提前约她，她会打扮好去的。”说完，修一不再理睬他。

信吾从熟睡的房子母女身旁经过，走进起居室，一眼看见了挂钟。

“五点了啊。”信吾像确认似的低喃了一句。

云　焰

一

报纸上说第二百一十天将平静无风，但这天前夜，台风来了。

信吾记不清看到这则报道是几天前的事了，也许那算不上是天气预报。等这天临近，预报和警报自然都有。

“今天早点儿回家吧。”信吾叫修一一同回家。

女办事员英子帮信吾做好回家的准备后，自己也收拾着准备下班。她穿上透明的白色雨衣后，胸显得更加扁平了。

自从信吾带英子去跳舞的时候注意到她平坦的乳房后，他反倒更容易注意到那里了。

英子紧跟着出来，一路小跑似的奔下楼梯，和信吾他们并排站在公司门口。大雨滂沱，她也没有补妆。

“你回哪儿啊？”信吾想问却没问。他恐怕已经问过二十次了，可是总也记不住。

在镰仓车站，下车的人们也是站在屋檐下，观望风雨交加的天气。

他们走到栽种向日葵的那户人家附近时，风雨声中传来了电影《七月十四日》的主题曲。

“这人，真有闲情逸致！”

两人都知道，这是菊子在放丽兹·高蒂[1]的唱片。

歌曲播完之后，她会从头再放一遍。

歌声之外，还能听见拉防雨窗的声音。

就这样，关防雨窗的声音、菊子播放的唱片的声音，两人都听到了。

菊子沉浸在风雨声和歌声里，没有注意到他们两个已经开门走进玄关。

“糟了，鞋子进水了。”修一说完，在玄关处脱下袜子。

信吾穿着袜子就进屋了。

“哎呀，你们回来啦。”菊子走过来，浑身洋溢着喜悦。

修一将单手捏着的湿袜子递给她。

“呀，爸爸您的袜子也湿了啊。”菊子说。

唱片播完了。菊子将唱针重新拨回起始位置，然后抱着两人的湿衣服起身要走。

修一卷着腰带说：

“我们在家附近就听见了，你真有闲情逸致哪。”

“我是因为害怕才听歌的。我担心你们，一直坐立不安。”

---

1 丽兹·高蒂（Lys Gauty，1900—1994），法国女歌手、演员，曾演唱电影《七月十四日》的主题曲。

但是，菊子像被暴风雨附体了似的欢欣雀跃。

去厨房给信吾倒茶时，她也边走边哼小调。

这张巴黎香颂唱片是修一喜欢买回来的。

修一懂法语。菊子虽然不会法语，但是修一教了她发音，她反复听唱片跟唱，居然也唱得很好了。据说唱《七月十四日》主题曲的丽兹·高蒂是熬过艰难困苦、拼命活下来的人。菊子没有尝过那种滋味，但法语不流利的她轻柔唱歌的样子也很快乐。

菊子嫁过来时，女子学校的同学送给她一套世界摇篮曲的唱片。新婚时，她经常放摇篮曲的唱片。没人的时候，她还会悄悄跟唱。

这种美好的情谊深深打动了信吾。

真是女孩子的祝福啊，信吾很感动。他觉得，菊子也是边听摇篮曲，边沉浸在对少女时代的追忆里。

“我的葬礼上就放这摇篮曲唱片吧。这个就够了，不用念经，也不要悼词。”他也不是认真说的，却忽然有种落泪的冲动。

但是，菊子还没有生孩子，好像也听腻了摇篮曲，最近已经不听了。

《七月十四日》的主题曲快要结束的时候，歌声突然低下去，然后停了。

“停电啦。”保子在起居室说。

“停电了啊。今天不会来电了。”菊子关掉唱片机的开关，

"妈妈，早点开饭吧。"

晚饭时，从门外透进来的风将纤细的蜡烛吹灭了三四次。

风雨声外，似乎有海的呼啸。海的呼啸比风雨声更让人惶惶不安。

二

枕边吹灭的蜡烛余味，在信吾的鼻子里始终没有消散。

房屋微晃时，保子在被褥上摸火柴盒。似乎为了确认，似乎也为了让信吾听见，她轻轻晃了晃火柴盒。

尔后，她又去摸信吾的手，没有握，只是轻碰了一下。

"没事吧？"

"没事。就算外头有什么东西被吹走了，也不能出去。"

"房子家里没事吧？"

"房子啊。"

信吾把房子的事忘了。

"啊，应该没事。暴风雨的夜里，夫妻俩肯定和和睦睦地早早就睡了吧？"

"能睡着吗？"保子岔开信吾的话，沉默了下来。

这时传来了修一和菊子说话的声音。菊子在撒娇。

过了片刻，保子继续说：

"她有两个孩子啊。跟我们这边不一样。"

“而且，她婆婆的腿脚不好。神经痛也不知道怎样了。”

“是，是，她这一走，相原就只好背他妈妈了。”

“她站不起来吗？”

“好像能动，但这种暴风雨天……那边真叫人忧愁啊。”

六十三岁的保子说出“忧愁”，信吾觉得很可笑，回应道：

“哪里都是忧愁啊。”

“报纸上写的，女人一生要梳各式各样的发型。说得多好呀。”

“哪里说的？”

听保子说，最近一位专画美人图的女画家过世，这是某位专画美人图的男画家为她写的悼文的开头一句话。

但是，正文内容与这句话恰好相反，女画家没有梳过各式各样的发型。她从二十岁出头到七十五岁去世，五十多年间一直只用梳子将头发卷起，扎在头顶。

保子钦佩一生只梳一种发型的做法，但撇开这一点，她似乎也对“女人一生要梳各式各样的发型”这句话有颇多感慨。

保子习惯把好几天的日报凑到一起，再从中挑选内容读。所以，信吾也分不清她说的是哪天的报道。另外，她每晚认真收听九点的新闻解说，时不时会蹦出一些出乎意料的话来。

“你是想说，房子以后也要梳各式各样的发型了吧。”信吾试探着说了一句。

“是啊，女人嘛。不过，不可能像我们过去梳传统发型那样，有那么多花样了吧。要是房子也像菊子那么漂亮，变变发型也很有乐趣啊。”

“你啊，房子回来这一趟，你对她相当刻薄。房子是因为绝望才回娘家的。”

“我还不是受你的情绪影响？你只疼爱菊子。”

“哪有这回事。你这是借口。”

“就是嘛。你过去就嫌弃房子，只疼爱修一，不是吗？你就是这种人。现在更是，修一在外面有女人了，你什么也不说，却反常地体恤菊子，这种做法反而更残酷。那孩子不想让你为难，也不敢嫉妒。忧愁啊。要是台风能把这些事都吹走就好了。”

信吾不禁愕然。

但是，面对越说越来劲的保子，他只回了句：“台风啊。”

“是台风啊。房子都到这年纪了，时代也不一样了，要是还让父母替自己提离婚，那也太懦弱了吧？”

“也不是啊。不过，她来是为了离婚的事？”

“不管怎么说，我的眼前最先浮现的就是你那张忧愁的脸，脸上写明了带着外孙女回来的房子就是你莫大的负担。”

“你才是这副表露无遗的表情呢。”

“那是因为啊，家里有你喜欢的菊子。不过，先不说菊子。说实在的，我的确觉得心厌。菊子说什么做什么，好歹让人觉得安心放松。房子只让人心情沉重……她出嫁前不是这样的。明明是自己的女儿和外孙女，身为父母，怎么会有这种感觉？太可怕了。都是受你的影响。”

“你比房子还怯懦啊。”

“刚才是瞎说。说受你影响时，我吐了一下舌头，屋里暗，你应该看不见。”

“能说会道的老太婆啊。真行。”

“房子太可怜了。你也觉得她可怜吧。”

“让她回来也行。”说完，信吾像是忽然想了什么似的，说：

“前些日子，房子回来时拿的那块包袱皮。”

“包袱皮？”

“嗯，包袱皮。我好像见过，但想不起来了，那是咱们家的吧？”

“是那一大块棉布包袱皮吧。房子出嫁时，不是用它包梳妆台的镜子了吗？因为镜子很大。”

“啊，是哦。”

“看见那块包袱皮，我也觉得讨厌。不拎那种东西，拎个结婚时装衣服的提包回来不是挺好的？”

“提包太沉嘛。她还带了两个孩子，已经顾不上什么样子了。”

“但是，家里不还有菊子嘛。那块包袱皮，还是我结婚时包东西带来的呢。”

“是哦。”

“还有更早的历史呢。它是姐姐的遗物。姐姐死后，她婆家人用它裹着花盆送回娘家的。那是一盆很大的枫树。”

“是吗？”信吾平静地回应，头脑却被美丽红枫的一树红照亮了。

保子的父亲生活在乡下，喜欢盆栽，尤其喜欢在红枫盆栽上倾注心力。他也会让保子的姐姐帮忙侍弄盆栽。

风声雨声里，信吾躺在被窝中，想起伊人站在盆栽棚中的身影。

那盆红枫也许是父亲让出嫁的女儿带走的吧。也许是女儿自己想要。但是，女儿一去世，一方面那是她父亲珍爱的盆栽，另一方面婆家也无人会照料，就又给送回去了吧。也可能是父亲要回来的。

此刻占据信吾脑海的那株红枫，就是放在保子家佛堂的那个盆栽。

信吾心想，这样算来，保子的姐姐去世时是秋天吧。信浓的秋天来得早。

但是，儿媳一走，就赶紧返还盆栽吗？将一树红叶置于佛堂，也太随意了吧？这会不会是追忆乡愁的空想呢？信吾不太确定。

保子的姐姐的忌日，信吾已经忘了。

但是，他没有问保子。

“我没有帮父亲照顾过盆栽。虽说跟我的个性有关，但也是因为父亲只疼爱姐姐吧。我也不是因为不如姐姐就性格乖僻，而是因为做不到像姐姐那么能干，所以觉得羞愧啊。”

保子过去也说过这样的话。

一触及信吾偏爱修一的话题，她就会冒出这种话来。

“我当时也有点儿像房子吧。”保子有时会这样说。

那块包袱皮也让保子忆起了姐姐吗？信吾有些吃惊。但是，一提到姐姐，信吾就沉默了。

“咱们睡吧。越上年纪，越睡不着了……”保子说，“这狂风暴雨的，菊子还笑得那么开心……翻来覆去地听那张唱片，我觉得这孩子真可怜。”

“喂，你这话不是前后矛盾吗？”

“你也是啊。”

“我明明是在说你。偶尔早睡一次，结果还狠狠挨一顿说。”

那盆红枫仍在信吾的脑海中。

一树红叶立在脑海一隅，信吾心想，自己年少时虽然爱慕过保子的姐姐，可是都和保子结婚三十年了，这件事到今天仍是一处旧伤吗？

比保子晚睡了一个小时的信吾被一声巨响惊醒。

“什么声音？”

走廊那边传来菊子摸黑往回走的脚步声，她说：

“您醒了？听说，神社安放神舆的那间小屋，屋顶上的铁皮好像被吹到我们家屋顶上了。”

三

神舆小屋屋顶的铁皮全部被吹走了。

信吾家的屋顶和庭院里落了七八块。神社的管理员一大早就来捡了。

第二天，横须贺线照样通车，信吾去公司上班了。

“怎么样？没睡吧？”

信吾问给自己倒茶的女办事员。

“对。睡不着。”

英子讲了她从通勤火车里看到的台风过后的两三幕场景。

信吾抽了两根烟后说：

“今天没法儿去跳舞了吧？”

英子抬起头，微微一笑。

“上次啊，我第二天早上起来，腰疼。年纪大了，不行了。”

信吾说完，英子的下眼睑到鼻子两侧间露出调皮的笑容。

她说：“那是您的身体老是朝后挺的缘故吧？”

“朝后挺？是哦。是因为我腰弯了吧。”

“您是觉得碰到我不好，跳舞时为了隔开距离才朝后挺的。”

“嗯？我没想这些。没这回事。”

“但是……”

“是为了让姿势好看吧。我真没注意到。”

“是吗？”

“你们总是贴着身子跳舞，多不雅观呀。”

“哎呀，言重啦。”

上次跳舞时，信吾觉得英子跳着跳着，就兴奋异常，忘乎所以。不过，他也觉得那是欢快的表现。不算什么，可能是自己变顽固了吧。

“那这次我往前靠靠，和你贴着身子跳，你去吗？”

英子低下头，窃笑着说：

“那就陪您去吧。不过，今天不行哟。我这身打扮不合适。”

“不是今天。”

信吾看见了，英子身穿一件白衬衫，头上系着一根白缎带。

白衬衫倒不稀奇，但也许是白缎带的缘故，更衬出衬衫的白。她将头发拢成一束，用一根略宽的缎带扎在脑后。这身打扮多少是为了搭配台风天气。

耳朵和耳后的发际线露出来，平日里被头发遮掩的那处苍白的肌肤上长着整齐的汗毛。

她穿着一条轻薄的藏青色毛织裙。裙子很旧。

平坦的乳房也被这身衣裳遮掩了。

“那以后，修一没再约过你吗？”

“嗯。”

“对不住啊。跟我这个老爹跳了舞，就被年轻儿子疏远了，委屈你了。”

"哎呀，这话说的。我会约他的。"

"你的意思是不用我担心？"

"您再拿我开玩笑，我就不跟您跳舞了啊。"

"别呀。不过，修一被你发现后，就抬不起头了。"

英子对这话有反应。

"你认识修一的情妇，对吧？"

英子很为难。

"是个舞女？"

她没有应声。

"比他大？"

"大？比您儿媳大。"

"是个美人？"

"嗯，长得很漂亮。"英子吞吞吐吐地说，"但是，她的声音特别嘶哑。也不是嘶哑，就像嗓子裂开了似的，像双重声一样。他说很性感。"

"哦？"

英子还想继续说下去，信吾恨不得堵上耳朵。

他感到耻辱，同时也对修一情妇和英子所暴露的本性心生厌恶。

"那个女人嘶哑的声音很性感。"这种话也能说出口，信吾很震惊。修一有修一的问题，但英子也有英子的问题。

英子察觉到信吾的脸色，不再说话了。

这天，修一和信吾一起早早下班回家，一家四口锁上门，出去看电影《劝进帐》。

修一脱下正装衬衣，换上轻便的衬衣时，信吾看见修一的乳头上方和手腕上有红晕。他心想，那应该是暴风雨之夜菊子留下的吧？

《劝进帐》的三位名角——幸四郎、羽左卫门、菊五郎——如今都已故去。

这种感触，信吾与修一以及菊子是不同的。

“我们看过几回幸四郎扮演的弁庆[1]？”保子问信吾。

“忘了。”

“你这个人，忘得真快。”

街上洒满月光，信吾抬头望天。

月在火焰中。信吾突然这样觉得。

月亮周围的云形态珍奇，让人不由想到画中不动明王背后的火焰、狐火[2]，或是这类画中的火焰。

但是，那云焰清冷泛白，月亮也一样清冷泛白，信吾顿时感受到了秋意。

月亮略微偏东，大致圆满。它浮在云焰间，云的轮廓模糊不清。

除了烘托月亮的云以外，周围无云。暴风雨过后的天色彻夜乌黑。

---

1 弁庆（？—1189），日本镰仓初期的高僧，号武藏坊。据《义经记》《吾妻镜》《平家物语》等书记载，他是熊野别当之子，曾在比睿山修行，后追随源义经，武名远扬。

2 即磷火，深夜在山野间可见的火光，日本传说是狐狸在半夜点的火。

街上的店铺都已打烊，这里也将彻夜冷清。看完电影回家的人们散去之后，四下悄无人影。

“昨天晚上没睡着，今晚要早点睡。”信吾说着，生出寂寞之感，内心渴望肌肤的温存。

他觉得，一生中决定性的时刻似乎马上就会到来。应该决定的事正迫在眉睫。

栗　子

一

“银杏又发芽啦。”

“你才发现呀？”信吾对菊子说，“我前几天就看见了。”

“因为爸爸总是面朝银杏树的方向坐嘛。”

坐在信吾对面的菊子回头看了看银杏树的方向。

一家四口人在起居室吃饭，不知不觉间形成了固定的位置。

信吾面东跪坐。保子在他的左侧，面朝南。修一在他的右侧，面朝北。菊子朝西，坐在他的对面。

南面和东面有庭院，可以说信吾夫妇二人占了好位置。另外，两个女人的座位也方便上菜和服侍。

不吃饭时也一样，四个人在起居室的矮脚桌旁围坐下来时也习惯各自坐在固定的位置。

菊子一直背对着银杏树坐。

即使如此，一棵大树不合时令地发芽，菊子竟然没有察觉。信吾担心，她心里是不是有某处空白？

“打开防雨窗时，在走廊上扫地时，不就能看见吗？”信吾说。

“这么说来，是啊。”

“对呀。第一，从外面回家时，不是朝着银杏树走吗？不看都会看见的。你是不是总低着头，边走边呆呆地想事情啊？”

“哎呀，真为难。”菊子耸了耸肩，“以后凡是爸爸您看到的东西，我都注意事先看看。”

信吾听了有些悲伤。

“不用这样。”

凡是自己看到的东西，都想让对方先看到。信吾一生都不曾有过这样的恋人。

菊子依旧凝视着银杏的方向。

“山上也有树发新芽了。”

“是啊。那棵树的叶子也被暴风吹跑了吧？”

信吾家的后山一直延伸到神社所在的地方。以山端为界，那边成为神社的地界。银杏虽然耸立在神社界内，但从信吾家的起居室望出去，它像是长在山上的树。

一夜台风过后，银杏树成了秃树。

被暴风吹光叶子的，是银杏和樱树。信吾家周围，银杏和樱树都是大树。但也许因为风力强劲，也许因为树叶柔弱，不耐风吹吧。

樱树上原本还残留了少许枯叶。大风过后，枯叶也落尽，徒剩空枝。

后山上的竹叶也枯萎了。也许是这里近海，风中含盐的缘故吧。不过，有些竹子也被吹断，散落到院子里来。

高大的银杏树又吐了新芽。

信吾从大路拐入小路后，总迎着那棵银杏树回家，每天都能看见它。在起居室也能望见它。

“银杏还是比樱树坚强啊。我望着它时常想，是不是长寿的树就是不一样？”信吾说，“那么老的一棵树，都到秋天了，还要再发一次芽，需要多大的力量呀。”

“但是，那叶子多寂寞啊。”

“嗯。看那叶子也不可能像春天的新叶那样大，不可能长大啊。”

新叶不仅小，还稀疏。寥寥无几，连枝条都遮不住。树叶似乎也很薄，不怎么绿，淡淡的黄色。

秋日的朝阳照过去，还是感觉照在了秃树上。

神社的后山上有许多常青树。常青树的叶子经得起风雨，毫发无伤。

常青树郁郁葱葱，有些树冠上也冒出了嫩绿的新叶。

菊子发现了那些新叶。

保子大概从厨房那边走了过来。这时传来了水管流水的声音。她好像在说什么，但因为水流的声音，信吾听不清楚。

“你说什么？”信吾大声问。

"妈妈说，胡枝子开花了。"菊子补了一句。

"是吗?"

"她说，芒草也开花了。"菊子继续传话。

"是吗?"

保子还在说什么。

"别说了。听不见。"信吾怒喊道。

菊子低头笑道:"我来当翻译啊。"

"翻译?反正都是老太婆的自言自语。"

"妈妈说，昨天晚上，她梦见老家的房子变得破破烂烂的。"

"哦。"

"爸爸，您的回应呢?"

"我只能说'哦'。"

水流声停了。保子呼唤菊子。

"菊子，把这些花插一下吧。花好看，我就折了一些。你来插吧。"

"好。我拿给爸爸看看。"

菊子抱着胡枝子和芒草走了过来。

保子洗洗手，往信乐[1]花瓶里倒了些水，然后拿着花瓶进来了。

"邻居家的雁来红，颜色真美啊。"

1 日本古窑之一，烧制的器皿以古朴著称。

保子说着坐了下来。

“种向日葵的那户人家也种了雁来红。”信吾说着，想起那朵漂亮的向日葵也被风雨吹落了。

花茎高五六尺，却被拦腰吹断，花掉落在路旁。接连几日，花就那样躺在地上，如人头落地。

向日葵的花瓣最先枯萎，随后粗壮的茎干也开始干枯，变色，沾满泥土。

信吾在回家的路上也曾从花上跨过，却不想看它。

花盘被吹落之后，向日葵的下半部分茎干依旧立在门口。光秃秃的，没有叶子。

它的一旁排列着五六株雁来红，色泽鲜艳。

“但是，这附近可没有邻居家的那种雁来红哟。”保子说。

二

保子梦里变得破破烂烂的老家，指的是她的娘家。

保子的父母去世后，那里已经空置多年。

保子的父亲打算让她继承家业，所以才把姐姐嫁了出去。父亲疼爱姐姐，这么做其实是违心之举，但是因为美丽的姐姐恳求过他，他也可怜起保子了。

所以，姐姐死后，父亲看到保子去姐姐婆家帮忙、一心想做填房的样子，也许就对她绝望了吧。保子之所以产生这种念头，父母和家庭可能也有责任，说不定父亲也心存悔恨吧。

保子和信吾结婚，似乎让父亲很高兴。

父亲好像已经下定决心在后继无人的境况中度过余生了。

保子出嫁时，父亲比现在的信吾还老。

保子的母亲先走一步，父亲辞世后，保子才发现父母已经卖光田地，只剩下一小片山林和一间老屋，也没有留下古董之类的东西。

山林和老屋虽然归于保子名下，但一直交给乡下的亲戚照管。那人大概靠砍伐山木维持着税金等开支吧。多年以来，保子没有为老家支出过分文，也没有从中得到过什么。

战争时，许多人拥入乡下避难，也有人想买下老屋。但是，信吾体谅保子心中的留恋，没有卖。

信吾和保子是在那个家举办的婚礼。把仅剩的女儿嫁出去，作为条件，父亲希望能在自家办婚礼。

信吾记得，到婚礼的喝酒仪式时，一颗栗子掉了下来。

栗子撞到了院里的一块大石头上。也许撞在斜面上了吧，它瞬间被弹远，落进溪流里。撞石并被弹飞的场景意外地精彩，信吾不由得“啊”了一声。

他环视在座的宾客，似乎无人注意到那颗栗子的坠落。

翌日清晨，信吾走到溪流那里，发现栗子就躺在水边。

溪畔落了好几颗栗子，这颗不见得就是婚礼时掉落的那颗。但是，信吾还是捡起来，想回去告诉保子。

不过，这多孩子气。而且，保子，还有之后听说的人，会相信这颗栗子的故事吗？

信吾把栗子扔进了岸边的草丛里。

与其说信吾担心保子可能不信，不如说担心在姐夫面前丢脸。

如果没见姐夫，信吾可能在昨天的婚礼上就说出栗子掉落的事了。

因为婚礼时姐夫在场，信吾有种屈辱般的压迫感。

姐姐结婚后，仍旧爱慕着她的信吾对姐夫心存愧疚。姐姐病逝后，他又和身为妹妹的保子结婚，面对姐夫也难免心存不安。

况且，保子处在更为屈辱的境地。外人一看就知道，姐夫是假装不知道保子的心意，只拿她当个体面的女佣使唤。

姐夫作为亲戚被邀请来参加婚礼也是理所当然的事，但信吾觉得难为情，没有朝姐夫那边看过。

实际上，姐夫即便在这种场合里，也依然是个光彩夺目的美男子。

信吾觉得，姐夫的周围似乎都闪着光芒。

在保子心里，姐姐和姐夫都是理想国里的人物。信吾和这样的保子结了婚，注定是无法企及姐夫他们的人了。

信吾还觉得，姐夫仿佛站在高处，冷漠地俯视着他和保子的婚礼。

一颗栗子掉了——信吾想说却没能说出来的这件小事犹

如一个盲点，一直残存在他们夫妻间的某处地方。

房子出生时也是，信吾暗自期待过，女儿会不会是像姐姐一样的美人啊。这种愿望是不能对保子说的。但是，房子长得比母亲还丑。

照信吾的理解，姐姐的血统没能通过妹妹传承下来。他对妻子隐隐有些失望。

保子梦到老家后，过了三四天，乡下的亲戚发来电报，说房子带着孩子回去了。

菊子接到电报，转交给保子。保子等着信吾下班回家。

“梦见老家，是种预感吧？”保子说。信吾读着电报，居然很沉着。

“嗯。回老家了啊？”

信吾首先想到的是，既然回老家了，就不会去寻死了吧。

“可是，她为什么不回来呢？”

“她可能想着一回来，相原就知道了吧？”

“那相原没有过来问一声吗？”

“没有。”

“果然是过不下去了，老婆都带着孩子离家出走了……”

“但是，他可能是想着房子跟之前一样是回娘家。对相原来说，他大概也不好意思上门吧。”

“不管怎么说，就是过不下去了。”

“她竟然能跑到乡下去，真是想不到啊。”

“来家里不应该更好吗？”

"'应该更好'，这话说得可真冷漠。房子连娘家都回不了，太可怜了。我们得意识到这一点。父母和子女之间竟然变成这样，真是悲凉。"

信吾紧蹙眉头，下巴外突，一边解领带一边说：

"哎，等一下。我的和服呢？"

菊子拿来替换的衣服，然后拿着信吾换下的西服，一声不吭地出去了。

这中间，保子一直垂着头。等菊子拉上门离开以后，她望着拉门的方向，嘟囔了一句："就是这个菊子，保不准也会出走啊。"

"你是说，父母永远都得为孩子的婚姻生活负责吗？"

"你不懂女人心……女人一旦伤了心，跟男人是不一样的。"

"但是，女人也不可能了解所有女人的心吧？"

"今天也是，修一没回来吧。他为什么没跟你一块儿回来呢？你自己回来，让菊子伺候你换西服，还……"

信吾没有回答。

"房子的事也是，你不想跟修一商量一下吗？"

"让修一回趟老家吧。他得接房子回来。"

"修一去接，房子估计也不乐意。修一一直瞧不起房子。"

"现在说这种闲话有什么用。让修一周六就去。"

"回老家也是丢人。我们常年不回去，像跟老家断绝关系了似的，房子也没有可以依靠的人。就这样，她也敢回去。"

"她回去也不知道住哪儿啊。"

“可能是住在那间空房里，应该不会去麻烦伯母吧。”

保子的伯母已经八十多岁了。保子和当家的堂弟也几乎没有往来。信吾都想不起他家有几口人了。

房子怎么会逃到在保子梦里变得破破烂烂的老家呢？信吾觉得心里发瘆。

三

星期六早晨，修一和信吾一同离家，顺便去了公司一趟。离火车发车还有一段时间。

修一来到父亲的办公室，对女办事员英子说：

“伞先放这儿啊。”

英子微微歪着头，眯着眼睛问：

“出差吗？”

“嗯。”

修一放下皮包，坐在信吾面前的椅子上。

英子的目光似乎一直追着修一。

“天凉了，注意保暖啊。”

“嗯，好。”修一看着英子对信吾说，“今天本来约了她跳舞的。”

“是吗？”

“让我爸带你去吧。”

英子脸红了。

信吾懒得说什么。

修一出去时，英子拎起皮包，准备送他出门。

“别送了，看着不像话。”

修一夺过皮包，消失在门外。

被晾在门口的英子做了一个不起眼的小动作，怏怏地回到自己的座位上。

信吾无心分辨她是感觉羞耻，还是故作姿态。但是，她的浅薄倒让信吾轻松了起来。

“难得约好去跳舞，对不住你了。”

“他最近经常爽约。”

“要不我代他去吧。”

“啊？”

“不方便？”

“哎呀。”

英子抬起惊讶的眼睛。

“修一的情妇也去舞厅吗？”

“没有。”

信吾之前只从英子那里听说过，修一的情妇声音嘶哑，听上去很性感。除此之外，什么都没打听到。

信吾办公室里的英子都见过那个女人，修一的家人却对那个女人一无所知，这也是世间常有的事吧。然而，信吾理解不了。

尤其是看着眼前的英子，他更是理解不了。

英子一看就是个轻浮的女人。但是，在这种场合下，她却如一道沉重的人世帷幕挡在信吾面前。她在想什么，信吾也不得而知。

“那什么，你跟着修一去跳舞，见过那个女人吧？”信吾故作轻松地说。

“见过。”

“见过好几次？”

“也不是。”

“修一给你介绍过？”

“也没介绍过。”

“这我就不懂了。明明会见到那女人，修一还带着你，这不是让人吃醋吗？”

“我这样的人，不会妨碍他们的。”英子说完，缩了一下脖子。

信吾看得出来英子对修一抱有好感，也有些嫉妒，就说：“你可以妨碍一下嘛。”

“哎呀，”英子低头笑了，“人家那边也是两个人。”

“哦？那个女人也带着男伴？”

“带着女伴。不是男的。”

“这样啊。那我就放心了。”

“哎呀，”英子看着信吾，“她们是住在一起的。”

“住在一起？她俩一起租房吗？”

"不是。房子虽然小，但是布置得很好。"

"什么？你还去过？"

"嗯。"

英子欲言又止。

信吾又吃了一惊，有些着急地问：

"她家，在哪儿？"

英子突然面露不悦，嘟囔一句："别难为我了。"

信吾默不作声。

"在本乡，大学附近。"

"是吗？"

英子像是要摆脱压迫似的，继续说：

"她家在一条狭窄的小巷里，地方很昏暗，但是家里收拾得很漂亮。另一个女人真的很漂亮，我特别喜欢她。"

"你说的另一个女人，不是修一的情妇，对吧？"

"嗯。是个给人感觉很好的人。"

"哦？那这两个人是做什么的？都是单身吗？"

"是。但是，我不清楚具体情况。"

"两个女人在一起生活？"

英子点了点头。

"我从来没见过那么好的人。每天都想见她。"英子撒娇似的说。这种口吻仿佛是想通过说那个女人的好来让自己的某些行为获得原谅。

信吾颇感意外。

英子是不是想通过赞美另一个同住的女人来间接贬低修一的情妇呢？想是这样想，信吾还是很难捕捉到英子的真实想法。

英子望向窗户。

“阳光照进来了。”

“是哦。开下窗户吧。”

“他过来放伞的时候，我还心想不知道天气怎么样呢。结果他一出差，天就晴了，太好了。”

英子以为修一是去出公差了。

英子扶着抬起的玻璃窗，站了一会儿。一侧的裙摆提了起来。她似乎有些犹豫不决。

她低着头走回原位。

勤杂工拿来三四封信。

英子接过来，放到信吾的桌子上。

“又是遗体告别仪式？烦人。这次是鸟山啊。”信吾喃喃自语着，“今天下午两点。他太太也不知道怎样了。”

英子习惯了信吾的自言自语，只是静静看着他。

信吾微张着嘴，有些心不在焉。

“今天没办法去跳舞了。有告别仪式。”他说。

“这个男的，被更年期的老婆虐待惨了。他老婆都不让他吃饭。是真的不让吃饭。只有早上能马马虎虎糊弄几口。她不给丈夫准备任何吃的，孩子的饭做好了，他背着老婆偷偷吃一点儿。因为害怕老婆，傍晚也不敢回家，在外面随便转转，去看个电影，或者去曲艺场坐坐。等老婆和孩子都睡熟了，他才回去。孩子恐怕也帮着母亲虐待父亲。”

“为什么呢？”

“不为什么，更年期就是这样。更年期真可怕。”

英子似乎觉得信吾多少有点戏弄她的意思。

“但是，这位丈夫也有不好的地方吧？”

“他当时是位很能干的官员，后来进了民营公司。不管怎么说，遗体告别仪式在寺院里办，也符合他的身份。当官的时候，他也相当本分。”

“他要养家吧？”

“那还用说。”

“我真不理解。”

“嗯，你们是理解不了的。五六十岁的堂堂大男人，竟然怕老婆，家都不敢回，晚上还在外面流浪。但这种人有不少。”

信吾努力回忆鸟山的面容，却想不起来了。前前后后有十年没见过了。

他想，鸟山应该是在家里走的吧。

四

信吾想着应该会在鸟山的告别仪式上碰见大学同学。上过香后，他一直站在寺院门口一侧，但一个也没有看见。

告别仪式上也没有信吾这个岁数的宾客。

可能是他来得比较晚吧。

他朝里窥望，发现列队站在正殿入口处的人群开始散开了。

家属都在正殿里。

信吾想着，鸟山的老婆应该还健在吧。如他所想，站在灵柩前的那个瘦弱女人应该就是她了。

她染过头发，但有段时间了，发根处露出白色来。

信吾在朝这位老妇低头行礼时忽然想到，她长期看护患病的鸟山，应该没有工夫染发吧。但他转身朝灵柩上香时，又喃喃自语道：谁知道到底是什么情况呢？

也就是说，信吾在走上正殿的台阶向家属行礼的时候，瞬间忘记了这位太太虐待鸟山的事。等他转头向逝者行礼的时候，又想起了这回事。信吾很吃惊。

他走出正殿，这样就不用再看家属席上的鸟山太太了。

信吾的吃惊是因为他奇怪的忘性，并不是因为鸟山和他的太太。他莫名觉得厌烦，又走回到石子路上。

信吾边走，边感觉到忘却和丧失就悬在颈后。

鸟山和他太太之间的事，知晓的人已经寥寥无几。即使少数知情的人还健在，也都遗忘了这事。以后只能任鸟山太太随意回忆。恐怕也不会有第三方认真回顾了。

信吾也参加过一次六七人的同学聚会。说起鸟山时，没有人认真多想，都只是笑笑而已。开启这个话头的那个男同学也只是一副戏谑和夸张的口吻。

当时聚会的几个人里，已经有两人先鸟山而去了。

鸟山太太为什么要虐待鸟山？鸟山又为什么要忍受妻子的虐待？如今信吾觉得，恐怕连鸟山和他太太都不甚明了吧。

鸟山稀里糊涂地撒手人寰了。对于遗孀鸟山太太来说，虽然那些都是往事，但也成了没有鸟山的过往。鸟山太太也会稀里糊涂地告别人世吧。

据说，在同学聚会上说起鸟山的那个男同学家里有四五副传世的古老能剧[1]面具。鸟山去他家里时，他拿出来给他看，结果鸟山坐了许久，一动不动地看着。据那个男同学讲，鸟山第一次见到能剧面具，其实并没有多大的兴趣，可能只是不敢在太太睡觉前回家，留在那里消磨时间。

但是，现在的信吾不由得想，一个年过半百的一家之主，每天这样走夜路回家时，应该深思过些什么吧。

告别仪式上摆放的鸟山遗像似乎是他当官时在正月或节日时拍摄的，身穿礼服，温和的圆脸。照相馆修过照片，去除了暗沉的色调。

鸟山的温和面庞显得十分年轻，和灵柩前的鸟山太太颇不相称，只会让人觉得她是被鸟山折磨老的。

鸟山太太个子矮小，信吾低头便看见了她的白色发根。她微微耷拉着一侧的肩膀，看上去面容憔悴。

鸟山的子女以及貌似是儿媳、女婿的人并排站在鸟山太

1 日本传统戏剧，表演时会辅以面具。

太身旁，但信吾并未多看他们。

“家里怎样啊？”

信吾站在寺院门口静候着，万一碰见哪个老友，他打算就这样寒暄一句。

倘若对方回问了同样的问题，他准备回答：

“想着总算平安无事地熬到现在了，结果儿子女儿家里都不安生。”

即使是推心置腹的交流，彼此也都无能为力。谁都不想多管闲事。只能是边走边聊，最后在车站告别。

不过，仅仅这样，就是信吾的期望了。

“鸟山啊，人一走，被老婆虐待的那些事也就都了无痕迹啦。”

“只要儿子女儿家庭美满，鸟山和他老婆也算是成功了吧？”

“现在这世道，做父母的，究竟得为儿女的婚姻担多大的责任啊？”

不知怎的，这些本想对老友唠叨的话接连浮上心头。

寺院大门的屋顶上，成群的麻雀叽喳不休。

它们画着弧线从屋檐飞上屋顶，又画着弧线飞走了。

五

信吾从寺院返回公司，两位客人已经等候在那里了。

他让英子从身后的柜子里拿出威士忌，兑入红茶。这对他的记忆力多少有些帮助。

他一边接待客人，一边想起昨天早晨在家里看见的麻雀。

麻雀在后山山麓下的芒草丛里啄着芒草穗。它们是在吃芒草种子，还是在啄虫呢？信吾思忖着再看，发现原以为是一群麻雀，其实里面还混着三道眉草鹀。

麻雀和草鹀混在一起，信吾看得更仔细了。

六七只鸟从一枝芒草穗上飞到另一枝上，芒草穗也跟着摇晃起来。

有三只草鹀。它们比较稳重，不像麻雀那样慌张，很少乱飞。

从草鹀翅膀的色泽和胸毛的颜色来看，它们是今年的新鸟。麻雀则是灰扑扑的。

信吾当然喜欢草鹀。从草鹀和麻雀的叫声中便知它们性格迥异。同样，它们的动作也体现了性格差异。

草鹀和麻雀不会在打架吧？信吾远远观望了一会儿。

但是，麻雀只招呼麻雀，交相飞舞。草鹀只靠近草鹀。不知道为什么，它们彼此分隔，即便偶尔混杂在一起，也没有打架的迹象。

信吾很受触动。那是早上洗脸时的事。

因为刚才寺院门口有麻雀，所以想起这件事了吧？

刚送走客人，信吾便关上门，转头对英子说：

“你，带我去趟修一情妇的家吧。”

和客人交谈时，他就想着这事。但对英子来说十分意外。

英子“哼”地摆出反抗的姿态，一脸冷漠，但气势很快就颓了下来。不过，她依然用生硬的声音问道：

“您过去，要做什么？”

“我不会给你添麻烦的。”

“您要去见她吗？”

信吾还没想过今天就去会那个女人。

“修一回来后，你们一起去不行吗？”英子镇定地说。

信吾觉得英子在冷笑。

上车以后，英子一直沉默不语。

信吾觉得自己羞辱了英子，践踏了她的情感。仅凭这一点，他的心情就够沉重了。同时，他也羞辱了自己和儿子修一。

信吾不是没有想过趁儿子不在的时候解决这件事，但也仅停留在空想而已。

“我觉得，您要是想谈的话，还是找和她同住的那个女人谈比较好。”英子说。

“就是你说给人感觉很好的那个？”

“嗯。我把她叫到公司来吧？”

“是哦。”信吾模棱两可地回答。

“修一在她们家喝酒，喝得烂醉，乱发酒疯。他命令她唱歌，她就唱了。声音很好听，娟子都听哭了。她都能把娟子唱哭，她说的话，娟子也会听的。”

这话说得很巧妙，那个娟子应该就是修一的情妇了吧。

信吾不知道修一也会有那样的醉态。

他们在大学前下了车，拐进一条小巷。

“修一要是知道了，我就没法儿去公司了，您让我辞职吧。”英子低声说。

信吾心头骤紧。

英子停下了脚步。

“那边，从石墙边拐过去，第四家，门口挂着‘池田’名牌的那户。她们都认识我，我就不进去了。”

“给你添麻烦了，今天就算了。”

“为什么？都走到这儿了……要是能让您家庭和睦，不是挺好吗？”

信吾从英子的反抗里也感受到了憎恶。

英子说是石墙，其实是一堵混凝土墙。庭院里种着高大的红枫。从这户人家的一角拐过去，就能看见第四户的池田家，小小的一幢旧房屋，没有任何特色。房门朝北，光线昏暗。二楼的玻璃窗紧闭，没有任何动静。

信吾从屋前经过，没有看到任何显眼的东西。

一走过去，他便泄了气。

那房子里究竟隐藏着儿子怎样的生活呢？怎么想，自己都不可能突然闯进那个家。

信吾绕到了另一条路上。

英子已经不在原来的地方了。他走到下车时的那条大道，仍不见英子的踪影。

信吾一到家，便察觉到菊子脸色不好。

“修一去趟公司就出发了。天晴了，真好。”他说。

信吾疲惫不堪，早早就躺进了被窝。

“修一跟公司请了几天假?”保子在起居室里问。

“不知道。我没问。他也就是去接房子，三天吧。”信吾在被窝里回答。

“今天，我给菊子打下手，让她把棉被絮好了。”

信吾心想，房子带着两个孩子回来，往后菊子就更操劳了。

要不让修一他们单独出去住吧。一想到这里，修一情妇在本乡的家就浮现在了眼前。

他还想起英子的反抗。他和英子每天朝夕相处，还从未见她爆发过这种情绪。

菊子的爆发是还没表现出来吧。保子对信吾说过，那孩子是不想让他为难，所以才假装不吃醋。

很快就睡着的信吾被保子的鼾声吵醒，捏了捏她的鼻子。

保子像一直都醒着似的，说：

“房子还是会拎着包袱皮回来的吧?”

“会吧。”

对话就此中断了。

岛梦

一

流浪狗在地板下面产了崽。

产崽这说法虽然冷淡，但对信吾一家来说，确实如此。那狗神不知鬼不觉地在地板下面产了崽。

七八天前，菊子在厨房里问过保子："妈妈，阿照昨天和今天都没来，是不是生了？"

"说起来，的确没见它呢。"保子心不在焉地答了一句。

信吾把脚伸进被炉里，泡了玉露茶。从今年秋天开始，信吾养成了每天早晨喝玉露茶的习惯，而且是自己泡茶。

菊子一边准备早饭，一边说起阿照的事。这话也就到此为止了。

菊子双膝跪地，将一碗味噌汤端到信吾面前。

这时，信吾倒上一杯玉露，说："喝一杯吧？"

"好。我喝。"

这是从未有过的待遇。菊子郑重地跪坐好。

信吾看看菊子说：

“你这腰带上、和服上都是菊花的图案哪，菊花盛开的秋天都过去了。今年因为房子闹的这一出，把你的生日都忘了呢。”

“腰带上绣的是四君子。一年四季都能系。”

“四君子都是什么？”

“兰、竹、梅、菊……”菊子爽朗地说，“爸爸，您看一眼就知道了。画里也有，和服上也有的。”

“贪心的图案哪。”

菊子放下茶碗说：“真好喝。”

“喏，我想想，是谁的葬礼来着，送的这玉露当回礼，我就又喝起来了。过去喝了很多玉露。家里是不喝粗茶的。”

那天早晨，修一先去公司了。

信吾一边在玄关穿鞋，一边努力回想用这玉露茶做葬礼回礼的朋友的名字。问问菊子就知道了，他却没开口。那个朋友是带着一个年轻女子去住温泉旅馆，结果在那里猝死的。

“阿照果然没来哪。”信吾说。

“是，昨天和今天都没来。”菊子回答。

有时，阿照听见信吾出门的声音，就会绕到玄关来，一直跟着他到门外。

信吾想起来，最近菊子在玄关摸过阿照的肚子。

“真吓人，胖鼓鼓的。”菊子皱着眉头，但似乎还是想触摸到胎儿。

“有几只？”

阿照白了菊子一眼，眼神有些奇怪，然后横躺下来，肚皮朝上。

阿照的腹部并没有菊子说的那般可怕。下腹呈粉红色，像皮肤变薄了一些似的。但是，乳头根部积满污垢。

“十个乳头？”

菊子一说，信吾也用眼睛数了数。最上面的一对乳头很小，像干瘪了似的。

阿照有主人，它的项圈上套着登记牌[1]。主人好像不怎么喂它，它便成了流浪狗。它常在主人家附近的几户人家厨房门口徘徊。菊子总是把早晚的剩饭留给阿照，做饭时也会想着它。渐渐地，阿照在信吾家逗留的时间越来越长了。夜里经常听到院子里阿照的叫声，不免让人觉得阿照在这里安了家。但是，菊子并不认为阿照就是自家的狗。

而且，阿照每次下崽都回主人家。

所以，菊子说它今昨两天没来，是指它这次也一样回主人家产崽了吧。

生产便回主人家这件事让信吾莫名觉得可怜。

可是，它这次产崽是在信吾家的地板下面。大约十天了，谁都没有察觉。

信吾和修一刚下班回到家，菊子就说：

1 在日本养狗需要首先让狗接受狂犬病预防注射并进行登记。完成登记后，将会领到一枚印有编号的登记牌。

“爸爸，阿照在我们家产崽了。”

“是吗？在哪儿？”

“在女佣房的地板下面。”

“哦。”

家里没有女佣，所以三叠榻榻米大小的女佣房变成了储藏室，里面堆放着各种杂物。

“阿照钻到了女佣房的地板下面，我往里一看，有小狗。”

“哦，几只？”

“黑洞洞的，看不清楚。在最里面。”

“这样啊，在我们家产崽了？”

“妈妈说过，阿照最近很奇怪，总是在堆房附近转来转去，像在刨土。原来是在找产崽的地方呀。要是给它放些稻草的话，可能就在堆房那里生了。”

“小狗一长大就麻烦喽。”修一说。

信吾对阿照在家里产崽的事也心怀好感，但是想到不好处理这些小狗崽、不得不丢弃它们时的场景，心中便浮起一层厌恶。

“听说阿照在咱们家生了小狗。”保子也说。

“听说是。”

“说是在女佣房的地板下面。只有女佣房没人住，阿照考虑得也很周全嘛。”

保子坐在被炉里，眉头微蹙，抬头看了看信吾。

信吾也坐进被炉，喝了粗茶后对修一说：

“那个，谷崎之前不是说给我们介绍一个女佣吗？这事怎么样了？”

说完，他自己倒了第二杯粗茶。

“那是烟灰缸，爸爸。”修一提醒他。

信吾把茶错倒进烟灰缸了。

二

“尚未登富士，奈何人已老。”

信吾在公司里喃喃自语。

这句话突然浮上心头，他觉得意味深长，反复念叨着。

也许是昨晚梦见松岛了吧，这话也跟着冒了出来。

信吾明明没有去过松岛，却梦见了松岛。今早，他觉得很不可思议。

就这样，他意识到自己都到这把年纪了，还没有去过日本三景中的松岛和天桥立。他只去过安艺的宫岛，还是在不适合观赏的冬天。那是他去九州出公差，在回程途中下车看了看。

早上醒来，梦境只剩残片。但是，岛上的苍松和海色却鲜明地留在了记忆里。信吾也很确定那里就是松岛。

信吾在松树下的草地上抱着一个女子。两个人战战兢兢地躲了起来。他们好像是脱离同伴到这里来的。女子很年轻，是个小姑娘。他自己的年龄不清楚。两人在松林间奔跑，这样看来他应该也很年轻。他抱着那个姑娘，并没有感觉到两人年龄悬殊。他像年轻人那样拥抱着她。但是，他觉得自己并没有变年轻，梦中事也不是很久以前的事。信吾觉得那仍是六十二岁的自己，做的事情却是二十多岁的样子。这就是这个梦不可思议的地方。

同伴的汽艇在海上渐行渐远。一个女人独自站在艇上，挥舞着手帕。梦醒后，碧海上那抹洁白依然鲜明地留在记忆里。信吾和姑娘两人被单独留在了小岛上，但信吾没有任何不安。信吾一直想着，虽然他看得见海上的汽艇，但汽艇上的人看不到他们藏身的地方。

他就在白手帕那里醒了。

早上起床后，他记不清那姑娘是谁了。她的面容、身影都消失了，触感也荡然无存，只有风景的色彩依旧鲜明。但是，那里为什么就是松岛呢？为什么会梦见松岛呢？他也不知道。

信吾既没有去过松岛，也没有乘坐汽艇到过无人的小岛。

梦中的色彩是不是神经衰弱的表现？他想问问家人，但又有所顾虑，没能开口。做了一个抱着姑娘的梦，他觉得有些厌恶。但是，梦中的自己是保持着现在模样的年轻时的自己，这一点倒是很自然，没有任何不合理。

梦中不可思议的时间感在某种程度上安慰了信吾。

他觉得一旦知道那姑娘是谁，不可思议的感觉也就消解了。信吾在公司里一根接一根地抽着烟，这时传来轻轻的敲门声。

“早啊。”铃本进来了，“我以为你还没来呢。”

铃本摘下帽子，挂了起来。英子慌忙站起来，准备接过他的大衣，但他直接坐下了。信吾望着铃本的秃顶，觉得很可笑。他耳朵上的老年斑也变多了，显得脏兮兮的。

“大清早的，有何贵干？”

信吾忍住笑，看了看自己的手。信吾的手上，从指甲到手腕，也会时不时冒出一些淡淡的老年斑，然后就又消失了。

“实现了极乐往生的水田哪……”

“啊，水田。”信吾想起来了，“对，对，我是去参加水田的葬礼，人家回送了玉露茶。回来以后我就又养成了喝玉露茶的习惯。真是好茶啊！”

“玉露是好，但我更羡慕极乐往生。我也听说过那种死法，但没想到水田能实现。”

“嗯。”

“多叫人羡慕哟。”

“你又胖又秃的，有希望呢。”

“我血压没那么高哪。听说水田很怕突发脑出血，无论如何都不敢独自外宿。”

水田是在住温泉旅馆时猝死的。葬礼的时候，老朋友们都在悄声议论铃本所说的极乐往生的事。但是，不能因为水田是带着年轻女子同去的，就把他的死推测为极乐往生。大家为什么会这样想呢？事后想想也有点奇怪。但是当时，大家都好奇那个女人会不会来参加葬礼。有人说，那女人恐怕一生都有阴影吧。也有人说，如果她真爱这个男人，也算是了却了她的夙愿吧。

如今六十多岁的这帮人都是大学同学。他们用书生语言胡吹海侃，信吾觉得这也是老丑的一种表现。他们现在仍以学生时代的爱称和绰号称呼彼此，深谙对方年轻时的往事——其中并不只有亲切的怀念，也有苍苔遍生的利己主义硬壳对这层关系的厌弃。水田曾把鸟山的离世当作笑话，如今他的死也成了笑话。

铃本在葬礼上也反复念叨极乐往生。信吾一想象他如愿以这种方式死去的样子，就浑身战栗。

“不过，都这把年纪了，那样死也太不像话了。”他说。

“是啊。我们做梦都梦不见女人喽。”铃本也平静了下来。

“你登过富士吗？”信吾问。

“富士？富士山吗？”铃本一脸惊讶，“没登过啊。怎么了？”

“我也没登过。尚未登富士，奈何人已老。”

“什么？是什么荤段子吗？”

“别胡扯！”信吾忍不住笑了起来。

英子刚把算盘放在门口的桌子上，也跟着偷偷笑起来。

“这样看来，没登过富士山、没看过日本三景就过完一辈子的人，竟然有很多啊。日本人里，登过富士山的人占几成？”

“这个嘛，不到百分之一吧？”

铃本又拉回了话头。

“这样说来，像水田那样幸运的人真是万分之一，甚至几十万分之一啊。”

“跟中彩票差不多吧。不过，他家人应该不会高兴。”

“嗯，实际上我来就是因为他家人。水田的老婆找过我。”铃本用谈正事的口吻说，“她拜托我办这件事。”

说着，他打开桌子上的包袱皮。

“是面具。能剧面具。水田的老婆说让我买下来，我拿来想让你帮忙看看。”

“面具这东西，我不懂哪。跟日本三景一样，只知道是日本的，但见都没见过。”

两个面具盒。铃木从袋子里拿出面具。

“据说这个是慈童[1]，这个叫喝食[2]。两个都是儿童面具。”

“这是儿童？”

信吾拿起喝食面具，捏着从两边耳孔穿过的纸绳端详起来。

“这上面画了刘海。银杏形的。是成人礼前的少年哪。还有酒窝。”

---

1 能剧中菊慈童使用的面具。故事源于中国古典传说：周穆王的侍童慈童因触怒帝王被流放到南阳郡，在那里喝菊花上的甘露而长生不老，得以升仙。

2 能剧中喝食行者使用的面具。喝食是指在寺院中大声通知僧人吃饭并通报菜名的少年。

“嗯。”

信吾很自然地伸直手臂，对英子说：

“谷崎，那边的眼镜。”

“不用，你呀，这样就行。听说看能剧面具，就这样，手稍稍抬高些就行。我们老花眼的距离其实更合适。这样的话，面具的眼睛稍微朝下，面庞会黯淡些……”

“似乎跟谁很像。很写实啊。”

铃本解释说，让面具的眼睛朝下，显得黯淡，就会有种面带愁容的感觉；目光朝上，面庞明亮起来，表情也就明朗。左右转动，据说可以表现情绪的缓急起伏。

“像谁呢？”信吾又说了一遍，“看不出是少年，像个青年。”

“古时候的小孩都老成。而且，所谓的童颜在能剧里也很可笑。你好好看看，这是少年哪。慈童这副，据说是妖精，象征着永远的少年。”

信吾按照铃本说的那样转动着欣赏慈童面具。

慈童的刘海是河童那样的发型。

“怎么样？你也买吧？”铃本说。信吾把面具放在了桌子上。

“但是，人家拜托的是你，你买吧！”

“嗯，我也买呀。实际上，他老婆拿来了五副面具，我买了两副女面具，硬让海野买了一副，这两副就拜托你了。”

“原来是剩下的啊？自己先留两副女面具，你这家伙真行。”

“你觉得女面具好？”

“好也没了啊。”

“你想要，我给你拿来。你要是买的话，真是帮我大忙了。水田那样死了，我一看见他老婆的脸，心里就过意不去，没法儿拒绝。但是，比起女面具，这两个做工更优。永远的少年不是很好吗？”

“水田死了。鸟山之前还在水田家看能剧面具看了很久，也先走了。看着这面具，心里不好受哪。”

“但是，慈童的面具代表永远的少年，不是很好吗？”

“鸟山的遗体告别仪式，你去了吗？”

“我当时有事先走了。”铃本站了起来，“这样吧，先放你这里，你慢慢欣赏。要是不中意的话，帮我卖给别人也行。”

“中不中意，这东西都跟我无缘。这面具看着相当好，但是离开能剧，被我们雪藏起来，不是失去生命了吗？”

“哎，无所谓。”

“多少钱？贵吗？”信吾追问了一句。

“哦，我怕会忘，让他老婆写下来了。在纸绳上。差不多就是那个价，也能再便宜点儿吧。”

信吾戴上眼镜，展开纸绳找价格。但是，眼前清晰起来的那一瞬间，他忽然看到了慈童的唇与发丝的美，差点儿叫出声来。

铃本一走，英子便走到桌边。

“美吧？”

英子默默点了点头。

“你能戴上让我看看吗?”

“哎呀，我戴，很奇怪吧。我还穿着洋服呢。”

英子虽然这么说，但等信吾把面具举过来，她便自己戴上，在脑后系好了绳子。

“你慢慢动一动。”

“好。”

英子拘谨地站在原地，做各种动作转动面具。

“好，好。”信吾情不自禁地说。仅仅这样，面具就活了。

英子身穿红豆色洋服，头发的波浪卷挂在面具两侧，可爱逼人。

“可以了吗?”

“啊。”

信吾立即让英子去买能剧面具的参考书了。

三

喝食和慈童两副面具上都有作者的名字。信吾查阅参考书，得知它们并不是所谓的室町时代[1]的古物，而是略次一等的名人作品。第一次亲手捧着能剧面具欣赏的信吾也觉得这不像是赝品。

---

1 日本历史上的一个时代，时间为1336—1573年。

“哎哟，真吓人。两个都是。”保子戴上老花镜端详着面具。

菊子窃笑起来。

“妈妈，爸爸的眼镜戴着合适吗？”

“啊，老花镜这种东西，不讲究。”信吾代替保子回答，“借谁的眼镜，戴上都差不多。”

保子用的就是信吾从口袋里掏出来的眼镜。

“一般都是老头子眼睛先花，我们家是因为老太婆比我大一岁啊。”

信吾非常高兴，外套未脱就直接把脚伸进被炉里了。

“眼一花，最可怜的就是看不清楚吃的东西啊。端上来的菜呀，要是做得精细复杂些，有时就分不清是什么东西。眼睛刚开始花的时候啊，端起饭碗，饭模糊一片，都分不出是一粒一粒的了。扫兴得很啊。”信吾这样说着，却凝神注视着能剧面具。

但是，他注意到菊子把和服放在了他的膝前，等着他换衣服。他还注意到修一今天也没有回来。

信吾边换衣服，边低头望着被炉桌上的能剧面具。

不过，这样做也是为了避开菊子的脸。

菊子刚才就没有凑近看一眼能剧面具，只是若无其事地收起他的洋服。她之所以这样，也是因为修一没回来吧？信吾心中笼罩上了阴云。

“太吓人了，跟人头似的。”保子说。

信吾坐回被炉里。

“你觉得哪个好？”

“这个好吧。”保子立即回答，拿起了喝食的面具，“像个活人。”

“哦，是吗？”

保子的果断让信吾意兴索然。

“它们是同时代的，作者不一样。都是丰田秀吉时代的东西。”说完，信吾把脸直接凑到了慈童面具的正上方。

喝食一副男人的面容，眉毛也很阳刚。慈童多少有些中性，眉眼间距很宽，温柔的月牙眉宛如少女一般。

信吾的脸一凑到面具正上方，少女般光滑的肌肤就在他的老花眼中变得朦胧而柔和。面具随之也有了肌肤的温度，活生生地微笑了起来。

“啊！”信吾惊得倒抽了一口气。他凑近到三四寸的距离，一个活着的女子正在微笑。美丽而纯洁的微笑。

嘴和眼睛活灵灵的。空洞的眼窝里嵌着乌黑的瞳孔。暗红的嘴唇十分润泽，惹人怜爱。信吾屏住呼吸凑近，当鼻尖即将触碰到面具的时候，它抬起了乌黑的眼眸，下唇也丰厚起来。信吾差点吻上它。他深吸一口气，把脸移开了。

脸一移开，一切都变得不像真的。他呼吸急促，持续了好一会儿。

信吾一声不吭地将慈童的面具装进袋子。那是红底的金线织花锦缎袋。他把喝食的袋子递给保子，说：

“装起来吧。”

信吾感觉自己看到了古色的口红从唇边晕染到唇中央，一直延伸到下唇深处。那唇微张，下唇里侧不见整齐的牙齿。整片唇宛如白雪上的花蕾。

那几乎是贴着脸的欣赏，所以能剧面具才呈现出不应有的邪气吧。恐怕能剧面具的作者并未考虑到这种观赏方式。在能剧舞台上，面具和观众隔着适当的距离，最能表现它的生动。但是，像刚才那样凑近到极致却还是能看到它最生动的模样，信吾觉得这大概就是面具工匠所隐藏的爱的秘密吧。

信吾自己感受到了天国邪恋般的悸动。而且，面具之所以比人间女子还要娇艳，可能跟自己眼花也有关系吧。他想想就想笑。

但是，信吾心想，出现这一连串的怪事——做梦拥抱女子、对戴着面具的英子心生怜爱、差点和慈童面具接吻，难道是因为自己内心藏着某种飘摇之物吗？

信吾眼花之后，再也没有凑近看过年轻女孩的脸。难道老花眼里还有一种朦胧又柔和的余味吗？

“这面具哪，是回礼给玉露茶的，喏，就是在温泉里猝死的那个水田的藏品。”信吾对保子说。

“真吓人。”保子又说了一次。

信吾往粗茶里倒入威士忌，喝了起来。

菊子正在厨房里切着鲷鱼锅需要的葱段。

四

岁末二十九日清晨，信吾正在洗脸，看见阿照带着小狗出来晒太阳了。

小狗已经能从女佣房的地板下钻出来了，不过谁也分不清是四只还是五只。菊子迅速抓住一只从地板下钻出来的小狗，抱进屋来。小狗被抱起来后，就变得非常老实，但一看见人就会钻到地板下面，不再一同出来。所以，菊子有时说四只，有时说五只。

在早晨的向阳处，信吾看清楚是五只。

那是在小山丘脚下，和之前看到的麻雀与草鹀混杂的场景在同一个地方。这山丘是当年为了躲避空袭挖防空洞时用挖出来的土堆积成的。战争期间，他们也在这里种过菜。如今这里似乎成了小动物们晒太阳的地方。

麻雀和草鹀曾在那里啄草穗。如今，稀疏的芒草已经枯萎，却仍以坚韧的姿态立在原地，遮掩了整个土丘。土丘上长着柔软的杂草，阿照选择去那里晒太阳，信吾很佩服它的智慧。

阿照总是在他们起床之前或早起忙于各种准备的时候带着小狗找一处好地方，边晒太阳边喂奶，悠闲地享受着不受人们打扰的短暂时光。信吾起初是这样想的，面朝这幅小阳春的图景露出微笑。这天是十二月二十九日，镰仓却是一派小阳春的温暖天气。

但是，看着看着，他发现五只小狗正互相推搡着争抢乳头，它们各自用前脚掌按住阿照的乳房，像压水泵一样挤压出乳汁，表现出强烈的动物本能。在阿照的照顾下，小狗已经可以爬上土丘了。兴许是这个缘故吧，阿照像不情愿喂奶似的，要么摇晃身体，要么肚皮朝下。它的乳房上布满小狗抓挠出的红色伤痕。

最后，阿照站起来，挣脱吃奶的小狗，从土丘上跑了下来。一只坚持不松口的黑色小狗跟着从土丘上滚落了下来。

小狗从三尺高的地方掉下来，信吾吓了一跳。但它若无其事地爬起来，茫然地呆站几秒，又立即走动起来，嗅着泥土的芬芳。

“咦?”信吾有些疑惑。这小狗的神态，像第一次见，但又感觉之前见过一模一样的。信吾想了好一会儿。

“哦，是宗达[1]的画。”信吾喃喃自语着，“嗯，了不起啊。”

信吾只看过宗达的幼犬水墨画照片，当时觉得那小狗画得跟个玩具似的，此刻才发觉是栩栩如生的写实，内心不免感到惊奇。现在看到的这只小黑狗的姿态兼具品格与优雅，与画中的幼犬简直一模一样。

信吾联想起喝食面具也十分写实，酷似某个人。

喝食面具的作者和画家宗达是同时代的人。

用今天的话来说，宗达画的是杂种犬。

1 即俵屋宗达，生卒年不详，日本江户初期画家，以崭新的构思、大胆的构图等方式确立了装饰画的新风格。

"喂，快过来看，小狗都出来了。"

其余四只小狗缩着脚，战战兢兢地从土丘上爬下来了。

信吾满心期待，但是他再也没能在小黑狗和其他小狗身上发现宗达画作中的那种神采。

信吾心想，小狗变成宗达的画中犬也好，慈童面具变成真实的女人也好，或者是这两件事中的逆向转换，是不是某种偶然的启示呢？

信吾把喝食面具挂在了墙上，却像藏起秘密一样把慈童面具放进柜橱深处。

保子和菊子听见信吾的呼唤，都来洗脸间看小狗。

"你们俩怎么回事，洗脸的时候没注意到吗？"被信吾这么一说，菊子把手轻轻放在保子肩膀上，从她身后向前窥望着说："女人早上都着急，是吧，妈妈？"

"是呀。阿照呢？"保子说，"这些小狗怎么像迷路了似的，像被抛弃了似的到处乱转。阿照哪儿去了？"

"以后还得把它们扔了，想到那时候心里就难受。"信吾说。

"有两只已经找到婆家啦。"菊子说。

"是吗？有人要了？"

"是。其中一家是阿照的主人家。他们说想要一只小母狗。"

"啊？阿照成了流浪狗，他们就想找只小狗来代替？"

"好像是。"说完，菊子又对保子说："妈妈，阿照应该是去谁家吃饭了。”

回答完保子之前的问题，她对信吾解释道：

“邻居们都说阿照很聪明，大家都觉得惊讶。附近的每一家什么时候开饭它了如指掌，总是卡着时间去转悠。”

“哦，是吗？”

信吾略感失望。最近一直给阿照供早晚饭，想着它会住在家里，哪知道它总是等到邻居家开饭就出去了。

“准确来说，不是开饭时间，而是饭后收拾的时间。”菊子补充说，“邻居一见我就会说，阿照是在您家产了狗崽吧？他们还告诉我了阿照的各种行踪。爸爸您不在家的时候，附近的孩子也会过来看小狗。”

“它很受欢迎哪。”

“是啊，是啊，还有位太太说了很有意思的话。她说：阿照这次在您家产崽，您家也要添丁了。阿照是在催促您家媳妇呢，这可是喜事呀。”

保子说完，菊子满脸通红，抽回了放在她肩头的手。

“哎呀，妈妈。”

“附近的太太这样说的，我就是提一嘴嘛。”

“哪能拿人跟狗比呢。”信吾说。这话也说得不得当。

不过，菊子抬起刚才低下的脸，说：

“雨宫家的老大爷一直特别挂念阿照。他还到我们家来过，恳求说能不能把阿照带回他家养。他说起阿照，就像说自家的狗一样，我也不知道怎么回应好。”

“是吗？那让他领走好了。”信吾回答，“它本来也是这样到我们家来的。”

所谓的雨宫是阿照主人的邻居，事业失败后卖掉房子，搬去了东京。一对老夫妇一直寄住在雨宫家，平时帮忙做些小事情。东京的房子局促，他们被迫留在了镰仓，租住在别处。邻居们都称呼这位老人为“雨宫家的老大爷”。

阿照和雨宫家的老大爷最亲近。老人即使搬到了租住的房屋那边，也还是会来看阿照。

“那我早点告诉老大爷吧，好让他放心。”说罢，菊子趁机走开了。

信吾没有看菊子的背影。他的视线追随着那只黑色的小狗，结果注意到窗边的一大株大蓟倒了。花已凋零，从茎根折断，但茎叶依旧翠绿。

“大蓟真顽强啊。”信吾说。

冬樱

一

除夕夜开始下雨，正月初一是个雨天。

从新年开始改算周岁，信吾六十一，保子六十二了。

初一这天本想睡个懒觉，但房子的女儿里子一大早便在走廊上跑动，信吾被她的脚步声吵醒了。

菊子已经起来了。

“里子，过来。我们来烤杂煮里要用的年糕吧。你也来帮帮忙。”

菊子这样说，大概是想把里子叫到厨房，以免她在信吾卧室外的走廊上跑动。里子像是没听见似的，继续吧嗒吧嗒在走廊上跑来跑去。

“里子，里子。”房子在被窝里喊道。里子也不搭理。

保子也醒了，信吾说：

“下雨的初一哪。”

“嗯。”

“里子起来了，房子还能继续躺着，媳妇菊子就只能起来了。”

说着“只能”，保子的舌头却有些不听使唤，信吾感觉很可笑。

“我也是很久没有在新年第一天被孩子吵醒了。”保子说。

“以后恐怕天天如此吧。”

“不会吧。相原家没有走廊，一来我们这里，她可能是觉得新鲜，才跑来跑去的。等习惯了，也就不跑了。”

“也许吧。这个年纪的小孩，不就是喜欢在走廊上乱跑吗？吧嗒吧嗒的，脚步声像粘在地板上似的。”

“因为她的小脚很软啊。”保子说着，竖起耳朵仔细听了听里子的脚步声，“按说里子今年应该是五岁了，结果周岁就变成了三岁。总感觉像是被狐神附体了。我们六十四岁也好，六十二岁也好，却根本没什么变化。”

“也不是吧。有件怪事。我的生月比你靠前，今年有段时间就变成了和你同岁。从我的生日到你的生日之间的这段时间，我俩不就是同岁吗？”

“啊，是哟。”

保子也意识到了。

“怎么样，大发现吧？一生中的奇事啊。”

“是啊。但是，都这把年纪了，变成同岁又有什么用呢？”保子嘟囔了一句。

“里子，里子，里子。”房子又开始喊女儿。

里子似乎跑倦了，回到母亲的被窝里。

“你的脚不冷吗？”传来了房子的声音。

信吾闭上了眼睛。

过了一会儿，保子说：

“这孩子，大家没起床看不见她的时候，她这样疯跑还挺好的。等我们都在了，她有话也不说，一直粘着妈妈。”

两个人都在试探彼此对外孙女的爱吧？

至少信吾觉得保子在试探他对里子的爱。

或许信吾也在试探自己吧。

走廊下吧嗒吧嗒跑动的脚步声对睡眠不足的信吾来说相当刺耳，但他也没那么生气。

不过，他也没有感受到外孙女脚步声的轻柔。也许信吾身上确实欠缺温柔。

信吾没有注意到里子跑动的走廊里防雨窗还没有打开，十分昏暗。而保子立即就察觉到了。这种细节也成了保子对里子心生怜悯的原因。

二

房子的不幸婚姻也给女儿里子留下了一层阴影。信吾并不是没有怜悯，他经常焦虑得头疼。这也是因为他对女儿的婚姻失败确实无能为力。

信吾甚至震惊于自己的无可奈何。

对于出嫁女儿的婚姻生活，父母能做的十分有限。既然走到除了离婚别无他法的地步，那也只能想着女儿自己也无力挽回了。

让和相原离婚的房子抱着两个孩子回娘家生活也不是万全之策。房子得不到治愈。此外，她的生活也难以为继。

秋天，房子从相原家出走，没有回娘家，而是去了信州老家。收到老家发来的电报，信吾他们才知道了房子离家出走的事。

修一把房子接了回来。

房子在家里住了一个月，丢下一句“我要去找相原把话说清楚”，就走了。

家人说还是让信吾或修一去找相原谈谈比较好，但是房子不听，坚持自己去。

保子说，那就把孩子留在家里吧。

结果房子歇斯底里地反驳道：“孩子怎么处理还是个问题吧？孩子归我，还是归相原，都还不知道呢！”

她这样一走，就再没回来。

不管怎么说，这都是他们夫妻间的事。信吾他们也不知道静等多少天为好，就这样忐忑地挨过一天又一天。

房子再无音讯。

难道又回心转意了？

“房子是不是要稀里糊涂拖下去呀？”保子话音刚落，信吾回道：

"这边不就是稀里糊涂地往下拖吗?"

两人的脸都沉了下来。

这个样子的房子在大年夜这天突然回来了。

"哟,怎么了?"

保子有些害怕似的看着房子和孩子。

房子想把伞收起来,手却抖个不停。伞骨好像也折断了一两根。

保子看着问:"下雨了?"

菊子走过来,抱起了里子。

当时,保子正让菊子帮忙一起往套盒里放卤菜。

房子是从厨房门进来的。

信吾想着房子可能是来要零花钱的,但怎么看都不像。

保子也擦擦手,走进起居室,直立着望向房子,说:

"真行啊,大年夜的,相原怎么还让你回娘家了。"

房子不说话,只掉眼泪。

"算了,断个干净嘛。"信吾说。

"是啊。但是,哪有大年夜赶人出门的?"

"我自己出来的。"房子哽咽着回了一嘴。

"这样啊,那挺好的。我们还想着让你回来过正月呢,你就回来了。我话说得不好,给你赔不是。你那些事等过了年再慢慢说。"

保子回厨房了。

信吾多少有些被保子的语气吓到了,但也从中感到了母爱之情。

房子在大年夜从厨房门回来也好，里子在初一清晨的昏暗走廊里跑来跑去也好，保子立即便生出怜悯。好是好，但信吾也怀疑这种怜悯似乎有顾虑他的成分。

初一早上，房子起床最晚。

大家一边听着房子漱口的声音，一边等她吃饭。但房子化妆又花了很长时间。

修一等得无聊，给信吾倒上一杯日本酒，说：

“喝屠苏酒之前，先来一杯吧。”

他接着又说：

“爸爸的头发差不多都白了啊。”

“啊。到了我这个年纪，有时一天就一口气长好多白发。别说一天了，就是你看这会儿，头发就在眼前变白了。”

“怎么可能。”

“真的。你看看。”说着，信吾稍稍把头伸了过来。

保子和修一一起看了看。菊子也一脸认真地凝望着信吾的头。

菊子的膝上坐着房子的小女儿。

三

菊子为房子和孩子添了一张被炉桌，然后坐到了她们那边去。

信吾和修一在这边的被炉桌对坐饮酒，保子从一侧将腿伸进了被炉里。

修一已经很少在家喝酒了。初一这天下雨，他不知不觉就喝多了，不停给自己斟酒，仿佛无视父亲的存在，眼神也变了。

修一曾在娟子家喝得烂醉，让与娟子同住的那个女人唱歌，娟子还因此落泪了。信吾听说过这件事，此刻看着修一的醉眼，又想起来了。

“菊子，菊子。”保子呼喊菊子，“拿点儿蜜橘过来。”

菊子拉开隔门，拿了蜜橘过来。

“喂，来这边吧。这俩人就知道一声不吭地喝酒。”保子说。

菊子瞟了修一一眼，岔开话题说：

“爸爸不是没喝吗？”

“不，我在想爸爸这一生呢，稍微想想。”修一像说人坏话一样嘟囔了一嘴。

“一生？一生的什么？”信吾问。

“说不清楚，非要总结的话，就是成功啊，失败啊这些事吧。”修一说。

“这种事，你懂什么……”信吾顶了回去，“今年新年，沙丁鱼干和鱼肉鸡蛋卷的味道基本恢复到战前水平了。从这个意义上讲，算是成功吧？”

“沙丁鱼干加鱼肉鸡蛋卷吗？”

“对啊。不就是这点儿事吗？你不是说在想我这一生吗？”

“我说了是稍微想想。”

“嗯。平凡人的一生是今年也要活下去，好见到正月的沙丁鱼干和青鱼子啊。很多人不都死了吗？”

“那倒是。”

“再说，父母的一生是成是败，大概要看儿女婚姻的成败吧，这点我不行。”

“你真这么想吗？”

“行了，大过年的。房子在家呢。”保子抬起眼，小声说。然后她又问菊子：“你姐姐呢？”

“姐姐睡了。”

“里子呢？”

“里子和妹妹也都睡了。”

“哎哟哟，母女三个都睡了？”保子说完，发起愣来。脸上现出老人的烂漫神情。

大门开了，菊子过去一看，是谷崎英子来拜年了。

“哎哟哟，这大雨天的。”信吾很吃惊，但那声“哎哟哟”跟保子说得一样。

“她说她不进来了。”菊子说。

“哦？”

信吾走到玄关处。

英子手抱外套站在那里，穿着一身黑色天鹅绒的衣服。

脸似乎刮过，但化了浓妆，腰身收紧，这副姿态让她显得更加娇小玲珑了。

英子稍微客套地寒暄了几句。

“雨下得这么大，你还过来一趟。今天没人来，我也不打算出门。太冷了，你进来暖和暖和吧。”

“嗯。谢谢。”

信吾不清楚，英子不顾严寒冒着风雨走路过来是想展示有诉求的姿态，还是真的有话要说。

不管怎样，他还是感受到了她冒雨前来的辛苦。

英子并不打算进屋。

“那我干脆也出去一趟吧。我们一起出去，你要不先进来等一会儿吧。每年初一，只有板仓是我必须要见见的。就是前任社长。”

从早上开始，信吾便惦记着这个事。看见英子来了，他下决心去一趟，赶忙准备了起来。

信吾起身去玄关后，修一呼哧一下躺倒下去。等信吾回来换衣服，他又坐了起来。

“谷崎来了。”信吾说。

“哦。”

修一跟没事人似的，并不打算去见英子。

信吾出门时，修一仰起脸，目光追随着父亲的身姿，说：“天黑前要回来啊。”

“嗯，我早点回。”

阿照在门口徘徊。

小黑狗也不知从哪里钻了出来，模仿妈妈的样子，从信吾身旁绕过，走到门前，步子踉跄着，摇摇晃晃。身体一侧的毛都湿了。

“啊，真可怜。”

英子正准备蹲下看小狗。

“这母狗在我家生了五只小狗，有人想要，四只都找到下家了。只剩这一只了。”信吾说，“这只也有人说要了。”

横须贺线的火车里空空荡荡。

信吾透过车窗注视着被风横吹过来的雨脚，心情莫名舒畅，想着：“出来真好。”

“往年有很多人来参拜八幡神[1]，火车里总是挤得满满当当的。”

英子点了点头。

“说起来，你每年初一都来家里啊。”信吾说。

“嗯。”

英子低头片刻，说：

“就算我以后辞职了，也请您允许我在初一这天来拜年。”

“你要是结婚了，就来不了啦。”信吾说，“怎么了？你来，是不是有话要说？”

“没有。”

---

1 司掌弓箭、武道的神，在古代日本很受尊崇。

“有话就说，别见外。我的脑子也不好使了，有些糊涂了。”

“您这是说糊涂话呢。”英子的语气很微妙，“不过，我想请您允许我辞职。”

信吾已经料到了，却不知道如何作答。

“大过年的，不是说这种话、提这种要求的时候。”英子成熟地说，“回头再说吧。”

“行啊。”

信吾的心情蒙上了阴云。

在自己办公室里工作了三年的英子仿佛瞬间变成了另一个女人。她明显与往常不同。

不过，他平日里也没有好好打量过英子。对他而言，她只是个女办事员而已。

有一瞬间，信吾觉得当然要挽留英子。但是，他其实留不住她。

“你提辞职这事，我也有责任吧。我让你带我去修一情妇的家，勉强你做不情愿的事，你在公司里看见修一也不好受，是吧？”

“我的确不情愿。”英子明确地说，“不过事后想想，您作为父亲，这样做也是理所当然的。而且，我很清楚是我不好。我跟着修一去跳舞，玩得太起劲儿，还到娟子家去玩。太堕落了。”

“堕落？哪有这么严重？”

“我变坏了。”英子眯起眼睛，似乎很悲伤，“等我辞了职，我会劝娟子退出这段感情，好报答您的照顾。”

信吾大吃一惊，有些惭愧。

“刚才我不是在玄关见到修一夫人了嘛。”

“菊子吗？”

“嗯，我很难受，下决心无论如何都要去劝劝娟子。”

信吾感受到了英子的放松，自己的心情也轻松了起来。

说不定，凭这种轻松的方式，也不是不能出乎意料地解决这桩难题。信吾忽然这样想。

“但是，我也没资格拜托你这么做。”

“我是为了报答您的恩情，自己下决心这么做的。”

英子的一张小嘴说出了夸张的大话，信吾总觉得很惭愧。

信吾也想告诉她，别冒冒失失地多管闲事了。

但是，英子似乎正为自己的“决心”感动。

“明明有那么好的太太，不知道男的在想什么！我看着修一和娟子调情，心里很厌恶。要是他和太太那样，就算他们再亲昵，我也不会吃醋的。”英子说。

“不过，一个女人要是不能让别的女人吃醋，对男人来说是不是也有些不足？”

信吾苦笑了一下。

“他经常说他太太就是个小孩，小孩。”

“跟你说的？”信吾的声音尖锐了起来。

“嗯，跟我说过，跟娟子也说过……他说，因为她是小孩，所以老爹很喜欢。”

“混账。”

信吾下意识地盯着英子。

英子有些慌乱了。

“但是，他最近不说了。最近，没有提过太太的事。”

信吾气得要发抖。

信吾察觉到修一说的是菊子的身体。

修一是希望自己的新婚妻子像个娼妇吗？真是令人震惊的无知。不过，信吾觉得这种想法里也暗藏着一种可怕的精神麻痹。

修一竟然对娟子和英子讲妻子的事，这种轻率的行为也源于这种麻痹吧。

信吾感受到了修一身上的残忍。不只是修一，娟子和英子也一样对菊子很残忍。

修一感受不到菊子的纯洁吗？

信吾眼前浮现出纤细、白皙的小女儿菊子那张稚嫩的脸。

因为她是儿子的妻子，信吾也意识到了自己对儿子的憎恶略微有些异样，但他难以抑制自己。

信吾年轻时爱慕保子的姐姐。姐姐去世后，他便和年长自己一岁的保子结了婚。对他而言，这种异样始终在人生深处流淌，所以才会为菊子感到愤怒吧。

修一早早就有了情妇，菊子也不知道如何嫉妒。但是，菊子生活在修一的麻痹和残忍之下，不，正是因为他的麻痹和残忍，她身上的女人意识似乎也觉醒了。

信吾觉得英子这姑娘比菊子发育得更迟缓。

最后，也许是寂寞压住了愤怒吧，信吾不再说话。

英子也沉默着，摘下手套，理了理头发。

四

在热海旅馆的庭院里，一月中旬，樱花就盛开了。

这是常说的寒樱，自年末就开始绽放了。信吾觉得自己仿佛置身另一个世界的春天。

信吾把红梅误看成绯桃花，把白梅看成了杏花或其他什么花。

在被带入房间之前，信吾被倒映在泉水中的樱花吸引，于是走到岸边，站在桥上望花。

他走到对岸欣赏伞形的红梅。

三四只鸭子从红梅树下逃窜而出。黄色的鸭嘴和深黄色的鸭掌也让信吾感受到了春意。

明天要接待公司的客人，所以信吾过来做准备。等与旅馆安排妥当，他的任务也就完成了。

他坐在走廊下的椅子上凝望着花开的庭院。

白杜鹃也开了。

但是，浓重的乌云正从十国岭方向涌来，信吾回房间了。

桌子上放着怀表和腕表。腕表走得快两分钟。

两只表很少走得一样。这事偶尔会让信吾挂怀。

“你要是在意的话，只戴一只表不就好了？”保子说。信吾也觉得在理，但长年养成习惯了。

晚饭前，天降大雨，一袭暴风雨的气势。

停电了，所以信吾早早就睡了。

等一睁眼，庭院里传来狗吠声。还有翻江倒海般的风雨声。

信吾满头大汗。这雨像春日海边的暴风雨一样，屋内沉闷，微暖，憋得他胸口难受。

信吾开始深呼吸，忽然有种想要吐血的不安。六十岁那年，他轻微吐过血，后来再也没有发生过。

“不是胸闷，是胃里恶心。”信吾喃喃自语着。

恼人的声音塞满耳朵，又传向两边的太阳穴，最后聚拢到额头。信吾揉了揉脖子和额头。

海啸般的声音来自山上的暴风雨，风尖雨尖又擦过那声音，直逼过来。

从暴风雨声的深处，远远传来了轰隆隆的声音。

是火车穿过丹那隧道的声音。信吾觉得是。肯定是。火车穿出隧道时，鸣起了汽笛。

但是，听到汽笛声后，信吾忽然害怕起来，彻底清醒了。

那声音很长。不过是七千八百米的隧道，火车只需开七八分钟。从火车进隧道开始，信吾好像一直能听到这种声音。但是，火车进入隧道那端的函南口时，信吾所在的旅馆离隧道另一端的热海口还有七百多米的距离，怎么可能听见隧道里面的声音呢？

伴随着那声音，信吾的确在头脑中感受到火车穿过黑暗隧道的样子。从那端入口到这端出口，他一直能感受到火车的飞驰。火车穿出隧道时，信吾也舒了一口气。

但是，这事真怪。信吾心想，等天亮了，他要去问问旅馆的人，还要打电话给车站问问。

他久久难以入眠。

"信吾，信吾。"他在似梦非梦间听见有人呼喊自己的名字。

只有保子的姐姐是这样叫他的。

他陶醉地睁开温柔的眼睛。

"信吾，信吾，信吾。"

这呼唤悄悄从后窗下传了过来。

信吾猛地惊醒了。屋后的小河水声潺潺。还有孩子的声音。

信吾起来，打开后面的防雨窗。

清晨阳光明媚。冬日的朝阳仿佛被春雨滋润过一样，散发出温暖的光辉。

小河对面的路上，七八个准备去上学的小学生聚在那里。

刚才的呼唤大概是孩子们呼喊彼此的声音吧？

但是，信吾还是探出身子，目光在小河这边的矮竹丛间来回找寻。

朝露

一

正月初一那天，儿子修一说，父亲的头发差不多都白了。信吾回答说，到了自己这个年纪，一天之内就会添好多白发。别说一天了，就是看的这一会儿，头发都会变白。之所以这样回答，是因为他想起北本了。

提起信吾的同学，他们现在都已年过六十。从战中到战败，许多人命运陡变。五十多岁的时候，有些人已身居高位，一旦跌落，下场很惨，倒下也很难再重新站起来。也是在这个年龄，很多人的儿子死在了战场。

北本也痛失了三个儿子。公司的业务转向为战争服务时，他成了无用的技工。

“他对着镜子拔白头发，拔着拔着就疯了。”

一个老朋友来公司拜访信吾时，讲起关于北本的传言。

“他也不上班，闲着没事，为了打发时间整天拔白头发。一开始家里人也没有太在意。还没到需要在意的那种程度……但是，北本每天都蹲在镜子前。想着头一天已经拔完了，结果第二天还是有新的白头发。其实是白头发太多了，已经拔不完了。渐渐地，北本在镜子前的时间越来越长。如果没看见他的人影，那就是在镜子前拔白头发。即便有时稍微离开一会儿镜子，他也会慌忙赶回去，一直拔一直拔。”

“都这样了，他的头怎么没秃啊。”信吾快要笑出来了。

“不，这可不是说笑。是真的。他头上一根毛都不剩了。”

信吾终于笑出来了。

“你别笑，我可不是瞎说的。”朋友正对信吾，“听说北本就是在拔白头发的时候，拔着拔着头发就变白了。拔一根白头发，一旁的两三根黑头发忽一下就变白了。他拔着白头发，眼睁睁看着镜子里的自己又新添了白发。那眼神很难形容。他的头发就这样明显变少了。”

信吾忍住笑，问了一句：“那他老婆也不管，任他拔吗？”

朋友自顾自地继续说：“到后来，头发越来越少了。听说剩下的头发也都白了。”

“很疼吧？”

“拔的时候吗？万一把黑头发拔掉了怪可惜的，所以他是一根一根仔细拔的，不疼。不过医生说，拔到那种程度，头皮就绷紧了，手一碰就疼。头皮也没有出血，但头都秃了，肿得通红。最后，他被送进了精神病院。他在那里把仅剩的头发也拔光了。多吓人啊。妄执得可怕。不想衰老，想变年轻。也不知道他是因为精神失常才拔白头发，还是因为拔得太多才精神失常了。”

“但是，后来好了吧？”

“好了。出现了奇迹。他的光头上又密密地长出了黑发。”

“你可真能编啊。”信吾又笑了出来。

“都是实话呀，老兄。”朋友没有笑，“精神失常这事不分年龄。我们要是疯了，说不定变得更年轻呢。”

说完，朋友看了看信吾的头。

“我们是没指望了，你们还大有希望呢。”

朋友的头差不多都秃了。

“我也拔拔试试？”信吾喃喃自语了一句。

“拔拔试试呀。但是，你没有拔得一根不剩的那种热情吧。”

“没有哪。我不在意白头发，也没有发疯似的想让头发变黑。”

“那是因为你地位稳固啊。你从千万人的苦难和灾祸中哗哗游了出来。”

“说得简单。这就像对北本说，白头发拔也拔不完，还不如染了更简单。”

“染发是自欺欺人啊。要是想着糊弄自己的话，就不会出现北本那样的奇迹了。”

“但是，北本不是死了吗？就算发生你说的那种奇迹，头发变黑了，人年轻了……”

“你去参加他的葬礼了吗？”

“当时我不知道。战后日子稍微稳定些时听说了。不过，得知消息时正是空袭最严重的时候，也去不了东京。”

“非自然的奇迹没法儿持久哪。北本拔白头发，可能是为了反抗年龄的增长，反抗没落的命运吧。不过，寿命这东西要另看。头发变黑了，也不代表寿命就延长了。说不定正相反。拔光白发后又生黑发，相当消耗精力，说不定还折寿呢。但是，北本拼死冒险，也跟我们没关系呀。”朋友得出结论，摇了摇头。他已秃顶，两边的头发像帘子一样垂下来。

“最近，不管见到谁，头发都白了。我们这些人在战时头发也没怎么白，等战争结束了，头发全都明显变白了。”信吾说。

朋友的话，信吾并不全信，只是当作添油加醋的传言听听罢了。

但是，北本去世的消息，他的确是从其他人那里听说的。

朋友走后，他独自回味了一番刚才的那些话，心里打起鼓来。如果北本的死是事实，那么他死前白发变黑发的事也应该是事实。如果生黑发是事实，那么此前的精神失常也是事实。如果精神失常是事实，那么他拔光头发的事也是事实。如果他拔光头发的事是事实，那么北本在照镜子的时候眼睁睁看着头发变白的事也是事实。这样想来，朋友说的话全是真的吧？信吾心中一惊。

“忘问那家伙了。北本没死的时候是什么样？头发是黑的，还是白的？”

信吾说着就笑了。他没说出声，也没笑出声。话声和笑声只有自己听到了。

就算朋友说的话全部为真，没有夸大其词，那也是一副嘲笑北本的口吻吧。一个老人轻薄而残酷地说着另一个死去老人的传言，事后想想，信吾觉得很不是滋味。

信吾的同学中，死法奇怪的，就是这个北本，还有那个水田。水田带着年轻女子去温泉旅行，结果猝死在旅馆。去年年末，信吾被迫买下了水田遗留下的能剧面具。而他让谷崎英子进公司工作则是北本的缘故吧。

水田死在战后，信吾也去参加了葬礼。但是，北本去世时正值空袭，他到后来才听说了消息。谷崎英子拿着北本女儿的介绍信来公司时，他才知道北本的家人一直都在岐阜县避难。

英子说，她是北本女儿的校友。然而，北本女儿托他给朋友安排工作，信吾还是感到相当意外。他从未见过北本的女儿，英子也说她从开战后就没见过北本女儿。信吾觉得这两个姑娘做事都太轻率。要是北本的妻子经女儿提起，想到了信吾，那她应该自己写信才好。

信吾觉得北本女儿写的介绍信并没有什么担当。

她介绍的英子看上去身体单薄，言行又很轻率。

但是，信吾还是让英子进了公司，安排她在自己办公室里工作。英子已经工作三年了。

三年过得真快。信吾后来想，英子竟然做了这么久。这三年间，英子和修一同去跳舞也就罢了，她还经常出入修一情妇的家。信吾甚至还跟着她去看过那个女人的家。

最近，英子因为这些事郁郁寡欢，似乎也对公司生厌了。

信吾没有和英子说过北本的事。英子大概也不知道朋友的父亲因精神失常去世的事。她们应该并没有亲密到可以随意互访的那种程度。

信吾虽然认为英子是个草率轻浮的姑娘，但是从她辞职这件事上来看，还是能从她身上感受到小小的良心和善意。因为她还未结婚，这种良心和善意还有种纯洁之感。

二

"爸爸，真早啊。"

菊子放掉自己准备洗脸的水，为信吾新放了一盆水。

血滴答滴答落下来，在水中薄薄地晕开。

信吾一下子想起自己轻微咯血时的情景，这血比自己的好看。他以为菊子咯血了，其实是鼻血。

菊子用毛巾捂住了鼻子。

"后仰，后仰。"信吾搂住菊子的背。菊子似乎想躲开，朝前摇晃了一下。信吾抓住她的肩膀，将她拉回来，用手按住她的额头，让她仰起脸来。

"啊，爸爸，没事。对不起。"

菊子说话的这会儿工夫，鲜血顺着手掌流到了肘部。

“别动，蹲下来，躺着吧。”

菊子被信吾搀扶着蹲了下来，靠在墙上。

“躺着吧。”信吾重复了一遍。

菊子闭上眼睛，一动不动。血气尽失的苍白脸庞上露出一个心灰意冷的孩子身上的那种天真。刘海下那块淡淡的伤疤也映进信吾的眼里了。

“好些了吗？血止住的话，就回卧室休息吧。”

“好。已经没事了。”菊子用毛巾擦了擦鼻子，“洗脸池脏了，我马上擦干净。”

“嗯，不用了。”

信吾赶紧放掉洗脸池中的水。血色仿佛淡淡地晕在水底。

信吾没有用洗脸池，而是用手接着自来水洗了脸。

他想过叫醒妻子来帮菊子。

但是，他转念想到，菊子可能不愿意让婆婆看到自己痛苦的样子。

菊子的鼻血喷涌而出，信吾觉得那像菊子的痛苦一样。

信吾在镜子前梳头的时候，菊子从他身旁经过。

“菊子。”

“哎。”菊子回头应了一声，径直走进厨房。她拿着盛满火炭的火铲走了出来。信吾看见火星四溅。她用煤气烧好了火炭，然后添到起居室的被炉里。

“啊。”信吾吓了一跳，差点儿叫出声来。他糊里糊涂的，把女儿房子回家的事都忘了。起居室很昏暗，是因为隔壁房间睡着房子和两个孩子，防雨窗还没有打开。

找人帮菊子，不用叫醒老伴，把房子叫醒就行。但是，他思忖着叫醒妻子的时候，脑海里丝毫没有浮现房子的身影。真是奇怪。

信吾刚坐进被炉，菊子就端来了热茶。

“头晕吗？”

“有一点儿。”

“时候还早，你今天早上歇着吧。”

“慢慢活动一下比较好。我出去拿报纸，冷风一吹，就好多了。都说女人流鼻血不用担心的。”菊子故作轻松地说，“今天早上也很冷，爸爸您怎么起得这么早？”

“不知道哪。寺院鸣钟前，我就醒了。不管冬夏，那个钟一到六点就响了。”

信吾虽然起得早，上班却比修一晚。似乎冬天一直是这样。

午饭时，修一叫他一起去附近的西餐店吃饭。

“菊子的额头上有块伤疤，你知道吗？”信吾说。

“知道啊。”

“难产的时候，医生用产钳留下的。虽然也不能说那是出生时留下的痛苦印记，但菊子痛苦的时候，那伤疤就会格外显眼。”

“今天早上吗？”

"嗯。"

"她不是流鼻血了吗，脸色很难看，伤疤就露出来了。"

菊子说不定已经把流鼻血的事告诉修一了吧？信吾感觉有些扫兴，但继续问道：

"昨天晚上，菊子没睡着吧？"

修一皱起眉头，沉默了半晌，说：

"爸爸你没必要这么在乎一个外人吧？"

"什么外人？不是你自己的老婆吗？"

"所以说，你没必要这么在乎儿子的老婆吧。"

"什么意思？"

修一没有回答。

三

信吾走进接待室，英子坐在椅子上，另一个女人正站着。

英子也站了起来，寒暄道：

"好久不见啊。天气暖和起来了。"

"是好久了。都二月了哪。"

英子似乎胖了些，脂粉涂得浓重了。信吾想起，那次和英子去跳舞时，感觉她的乳房也就是巴掌大小。

"这位是池田小姐，之前跟您提过……"英子一边介绍，一边露出要哭了似的可爱眼神。这是她认真时的习惯。

“啊，我是尾形。”

信吾对这个女人说不出“修一承蒙您关照了”这样的话。

“池田小姐不想来，也觉得不该来，很不情愿，但我硬把她拽来了。”

“哦？”

然后，信吾问英子：

“这里方便吗？还是出去好些？”

英子望着池田，像在征求她的意见。

“这里就行。”池田冷淡地说。

信吾内心十分疑惑。

英子好像说过要带和修一情人同住的那个女人来见信吾，但是信吾也只是听听就过了。

辞职两个月后，英子居然真这么做了。信吾颇感意外。

终于要说分手的事了吧？信吾等着池田或英子提起这件事。

“我被英子烦得不行，想着就算来见您也没用，但还是来了。”

池田更像一副抗拒的姿态。

“但是，我来见您之前劝过娟子了，说还是和修一分手比较好。我想着见见您，借您的帮助促使他们分手，那也挺好的。”

“嗯。”

“您对英子有恩，而且她也同情修一的太太。”

“她真的是位好太太。”英子插嘴说。

“就算英子对娟子这么说，现在也很少有女人会因为情人的太太人好就退出的。娟子说过：‘我还了别人的丈夫，那就得把我战死的丈夫还回来。只要他能活着回来，出轨也好，找女人也好，我都随他去。’她还问我：‘池田，你觉得呢？’丈夫战死的女人就是这么想的，我也很难不这么想。娟子说：‘我们的丈夫就算去打仗了，我们不也一直苦苦等着他们回来吗？然后，他们死了，我们怎么办呢？修一来我这里，他妻子又不用担心他会死，他最后不还是完好无损地回去了吗？’”

信吾苦笑了一下。

“不管她是个多好的太太，她的丈夫也没有死在战场上。”

“呵，一派胡言。”

“啊，这些都是她酒后哭诉的醉话……她和修一两个人喝得烂醉，她让修一回去问问太太：‘你尝过苦等外出打仗的丈夫归来的滋味吗？你等的都是铁定会回来的丈夫吧？没错，就这么说。我也是其中一个，战争寡妇的爱情有什么错呢？’”

“呃，这怎么说呢？”

“男人也是，修一一喝醉就不像话。他对娟子相当粗鲁，强迫她唱歌。娟子很讨厌唱歌，实在没办法，有时我就小声唱了。即使这样，也没办法让修一平静下来，弄得在邻居面前丢人现眼……我被迫唱歌，有种被羞辱的感觉，感觉很愤懑。我想到，这不是酒后失态，而是在战场上养成的毛病吧？修一是在打仗的什么地方玩弄过女人吧？一想到这里，再看着修一耍酒疯的样子，仿佛就看到了自己死去的丈夫在战地上玩弄女人的场景。我的胸口突然抽紧，意识开始变得模糊，怎么说呢，感觉自己仿佛就是丈夫玩弄的那个女人，唱着下流的歌，哭了起来。后来，我跟娟子说起过这种感受，我觉得这种事只发生在我丈夫身上，也许吧。从那往后，只要修一让我唱歌，娟子也会开始哭……”

信吾觉得这种想法很病态，脸色阴沉起来。

“这种事得早点了断，也是为你们好。”

“是啊。修一走后，娟子也痛心地说过，池田，这样下去，我们会堕落的。既然如此，还是和修一分手比较好。但是，如果分了，她又觉得自己真的就堕落了。娟子很害怕这个。女人嘛……”

“不会的。”英子在一旁说。

“是啊。毕竟她还在好好工作。英子也看见了。”

“嗯。”

“我这身衣服就是娟子做的。”池田指指身上的西服，“她仅次于裁剪主任，店里也很器重她。她介绍英子去工作，店里当即就同意了。”

“你也在那家店里工作？”

信吾惊讶地望着英子。

“嗯。”英子点点头，脸微微泛红了。

拜托修一的情妇帮忙，进了同一家店工作；现在又带着池田来见他。信吾摸不透英子的心思。

"所以说，娟子没有在经济上给修一添过什么麻烦。"池田说。

"当然了。经济上嘛……"

信吾被触怒了，但话说到一半忍住了。

"每次看到娟子被修一欺负，我经常对她说，"池田低下头，将手放在膝盖上，"修一也是负伤归来的啊，他心里仍有个伤兵。所以……"

说着，她抬起头。"能让他出来单过吗？我有时想，他和太太出来单过的话，自然也就跟娟子分开了吧。我也考虑过很多……"

"是啊。我考虑考虑。"

信吾肯定似的回答。他反感她的胡乱指挥，但也确实有同感。

四

信吾并不指望池田这个女人能帮什么忙，便没有多说什么。她说的话，他也只是听听罢了。

对池田来说，信吾既没有谦恭地接待她，也没有开诚布公地与她商量，她来的意义不清不楚，可她居然说了那么多话。像为娟子辩解，却也不止如此。

信吾想着，是不是应该感谢英子和池田呢？

他对两人的到访充满疑惑，但也没有往坏处猜测。

不过，信吾的自尊心也忍受了屈辱吧。下班后，他去参加公费的宴会，准备入席时，艺妓在他耳边低语了些什么。

“什么？我耳背，听不见。”他很生气，抓住艺妓的肩膀。很快又松开了。

“好疼哪。”艺妓揉了揉肩膀。

信吾的脸色很难看。

“您到这边来一下。”艺妓倚在信吾的肩头，邀他去檐廊上。

信吾十一点左右才回家，修一却还没有回来。

“回来了。”

房子在起居室对面的房间里一边给小女儿喂奶，一边用手撑着头，抬眼看他。

“嗯，回来了。”信吾朝这边看了看。“里子睡了？”

“嗯，刚睡着。里子问我：‘妈妈，一万日元和一百万日元，哪个多？说嘛，哪个多？’逗得大家一直笑。我说：‘等外公回来了，你问问他。’正说着，她就睡着了。”

“嗯，说的是战前的一万日元和战后的一百万日元吧。”信吾笑着说，“菊子，给我倒杯水。”

“好。水？要喝水吗？”菊子觉得有些奇怪，站了起来。

“要井水。不喝加了漂白粉的水。”

“好。”

“战前，里子还没出生呢。我也还没结婚啊。”房子在被窝里说。

“不管战前还是战后，还是不结婚好啊。”

听见后院井边的汲水声，信吾的妻子说：

“连那泵吱吱呀呀的声音听着也不冷了。冬天的时候，为了给你沏茶，菊子大清早就吱吱呀呀地给你汲水，我在被窝里听着都冷。”

“唔，我其实正在想要不要让修一他们搬出去单住呢。”信吾小声说。

“搬出去单住？”

“那样更好吧？”

“是啊。要是房子一直在家里住下去的话……”

“妈，我搬走，要说搬出去单住的话……”

房子起来了。

“我出去单住。应该这样吧？”

“跟你没关系。”信吾冲她喊了一句。

“有关系。大有关系吧。相原说，就是因为爸爸不疼你，你的性格才这么差。我顿时被噎得说不出话来，从来没有那么难受过。”

“喂，你情绪稳定点儿，都三十岁的人了。”

“都没个安稳的地方，怎么稳定！”

房子拢上衣服，掩住丰满的乳房。

信吾疲惫地站起身，说：

“老太婆，睡吧。”

菊子端着一杯水进来了，另一只手里拿着一片大树叶。

信吾站着一口气喝尽，问菊子："那是什么？"

"枇杷的新叶。在淡淡的月光下，我看见水井前有什么白色的东西一晃一晃的。心想是什么啊，再一看，原来是枇杷的新叶长大了。"

"女学生的趣味。"房子挖苦了一句。

夜声

一

信吾被男人的呻吟声吵醒了。

到底是狗声，还是人声，他有点儿分不清楚。信吾起初觉得是狗的低吟，以为是阿照濒死的痛苦呻吟。它大概喝毒药了吧。

信吾的心跳突然加快了。

“啊——”他捂紧胸口，像是心脏病要犯了。

信吾一下子清醒，发觉那不是狗声，是人的呻吟。像是谁被勒住了脖子，舌头也不听使唤了。信吾不寒而栗。是谁遇害了吗?

似乎听见有人在喊:“听我说，听我说。”

那人喉咙堵住了，发出痛苦的呻吟声。语句含糊不清。

“听我说，听我说。”

他像快要被杀死了，重复着“听我说”，想回应对方的不满或要求。

门口传来什么人倒地的声音。信吾缩起肩膀，准备起来。

“菊子，菊子。”

那人喊着菊子，是修一的声音。他的舌头不听使唤，“菊子”的发音也不完整。整个人喝得烂醉。

信吾感觉筋疲力尽，头贴枕头躺着。他心跳依然很快，一边抚摸胸口，一边调整呼吸。

“菊子，菊子。”

修一不是在敲门，仿佛摇摇晃晃地在用身体撞门。

信吾本想喘口气再去开门。

但是，他转念想到，自己去开门不合适。

修一呼唤着菊子，话音中饱含痛苦的爱意和悲哀。那是不顾一切的声音。那呻吟是遭受剧烈的伤痛或苦楚时，或面临生命危险时，反复呼唤母亲的稚嫩声音。也像来自罪恶深渊的呐喊。修一是用可怜的、赤裸裸的一颗心朝菊子撒娇。他也许以为妻子听不到，再加上醉酒，所以才发出这种撒娇的声音。他像在祈求菊子。

“菊子，菊子。”

信吾感受到了修一的悲伤。

他自己从未以这样满怀绝望的爱意呼唤过妻子的名字吧？修一曾远赴异乡打仗，当时的那种绝望恐怕也下意识地涌出来了吧。

菊子要是醒了就好了。信吾竖起耳朵仔细听着。让儿媳听见儿子的凄惨叫声，他也觉得有些难为情。信吾想，要是菊子没起来，他就把保子叫醒。不过，最好是菊子能起来。

信吾将暖水袋踢到被窝边。都春天了，还用暖水袋，所以才有心跳过速的毛病吧？

信吾的暖水袋一直由菊子负责。

“菊子，给我灌个暖水袋吧。”信吾经常这样说。

菊子灌的暖水袋最保温，注水口也拧得最严实。

保子也不知是因为固执，还是因为身体好，都到这把年纪了，还是讨厌用暖水袋。她的脚很暖和。五十多岁时，信吾还经常靠着妻子的身体取暖，近些年来两人就分开睡了。

保子也从来不会把脚伸到信吾的暖水袋这边来。

“菊子，菊子。”又传来撞门声。

信吾打开枕边的灯，看看表，快两点半了。

横须贺线的末班车到达镰仓是在一个小时前，修一下车后应该又去车站前的小酒馆里赖了一阵子吧。

刚才听到修一的声音，信吾心想，他和东京那个女人之间，很快会有个了断了。

菊子起来了，从厨房走出去。

信吾放下心，关了灯。

“原谅他吧。”信吾口中喃喃自语，像在对菊子说。

修一好像挂在菊子身上进来了。

“疼，疼，放手。”菊子说，“你的左手拽着我的头发了。”

“是吗？”

两人纠缠在一起倒在厨房里。

“不行！别动……放到我腿上……你一喝醉，脚就肿啊。”

“脚肿？胡说。”

菊子好像把修一的脚放在自己的腿上，帮他脱掉了鞋子。

菊子原谅他了。信吾不用担心了。夫妇之间，菊子也能如此大度，他或许应该高兴才对。

修一的呼喊声，菊子或许也听得清清楚楚。

修一喊成那样，还是从别的女人那里醉酒回来，菊子却将他的脚抱到自己腿上，为他脱鞋。信吾感受到了菊子的温柔。

菊子伺候修一睡下后，起身去关好厨房门和大门。

修一的鼾声，连信吾都听到了。

被妻子迎进门后，修一便立即睡熟了。刚才一直陪着修一耍酒疯的那个名叫娟子的女人，她又是怎样的处境呢？修一不是在娟子家里一喝就醉，总让她落泪吗？

更何况，因为修一结识娟子的缘故，菊子虽然时常脸色苍白，但腰围已经日渐丰满了。

二

修一如雷般的鼾声很快止住了，信吾却怎么都没睡着。

信吾心想，保子打鼾的毛病难道也遗传给了儿子？

不是这样，应该是今晚烂醉的缘故吧。

最近，信吾也没有再听到过妻子的鼾声了。

天冷的时候，保子睡得更加香甜。

信吾晚上睡不好，次日的记忆力就差，心烦不说，有时还会陷入感伤。

刚才就是这样，他也许正是在感伤中听到了修一呼喊菊子的声音。也许修一并不单纯是舌头不好使吧？他也是借着醉态排遣羞愧吧？

信吾从修一含糊不清的声音里感受到爱意和悲哀，其实只是自己对修一的期望罢了。

不管怎么说，那呼喊声让信吾原谅了修一。他觉得，菊子应该也原谅了修一。信吾因此理解了为人父母的自私。

信吾对儿媳妇菊子很好，但骨子里还是偏袒自己的亲生儿子。

修一是丑恶的。从东京的情妇那里醉酒回来，倒在家门口。

倘若信吾开门出去，他一定板着脸，修一恐怕就酒醒了。幸好是菊子开门。修一搭着她的肩膀进了家门。

菊子是修一的受害者，也是他的赦免者。

二十岁刚出头的菊子和修一共同生活，要熬到信吾和保子这个年纪，不知道要反反复复原谅丈夫多少次呢？菊子能无限原谅他吗？

话又说回来，夫妻原本就是一片无止境地吸收彼此恶行的可怕沼泽。娟子对修一的爱、信吾对菊子的爱，最后都会被修一和菊子的夫妇沼泽吸收，不留一丝痕迹。

信吾想到，战后的法律将家庭构成从以父子为单位改成了以夫妻为单位，这是合理的。

“也就是说，家是夫妇的沼泽啊。”他喃喃自语了一句。

“让修一搬出去单住吧。”

不经意间低喃出心里正想的事，也是信吾这个年纪的毛病。

喃喃自语出“家是夫妇的沼泽啊”，是说应该由夫妻二人独立忍受彼此的恶行，让沼泽变得更深。

所谓妻子的自觉，就是从直面丈夫的恶行开始的。

信吾的眉毛发痒，他用手挠了挠。

春天近了。

即便夜里醒来，也不会像冬天那般心烦。

在被修一的叫喊声吵醒之前，信吾已经被梦惊醒了。那时，他还清楚地记得梦里的事。但是被修一一闹，梦已经忘得差不多了。

也许是因为心跳太快，梦的记忆都消失了。

记住的，只有一个十四五岁的少女堕胎的事以及“如此一来，某某子便成了永远的圣女”这句话。

信吾在梦里读了一个故事。这句话是故事的结尾。

他读故事的同时，故事情节像戏剧或电影似的在梦中上演。信吾并没有出现在梦里，完全只是个观众。

一个十四五岁的少女堕胎变成圣女，这太奇怪了。不过，那是一个很长的故事。他在梦里读的是讲述少男少女间纯洁爱情的名篇。读至最后，梦醒时心里还残留着几许伤感。

少女大概不知道自己已有身孕，也不曾想过堕胎，只是一味爱慕着被迫与自己分离的少年。这样的话，既不正常，也不纯洁。

忘记的梦，无法重现。梦中读故事时涌动的情感也是一场梦。

梦中的少女应该有名字，他应该也见过她的模样。但是现在，只有少女的大体身形，准确来说是她的娇小，模模糊糊地留在记忆里。她穿的好像是和服。

信吾心想，那位少女应该是保子的美丽的姐姐的模样吧。但似乎不是。

梦的起源只是昨晚看过的晚报上的一篇新闻。

“少女诞下双胞胎。青森扭曲的春思。”

这个醒目的大标题下是新闻正文：“据青森县公共卫生处调查显示，县内依据《优生保护法》进行人工流产的人群中：十五岁五人，十四岁三人，十三岁一人。十六岁到十八岁的四百名高中生中，流产人数占百分之二十。怀孕的初中生里，弘前市一人，青森市一人，南津轻郡四人，北津轻郡一人。而且，由于少女缺乏性知识，尽管有专业医生的医治，结果仍然十分可怕：婴儿死亡率为百分之零点二，重症率达百分之二点五。此外，有些年幼的母亲偷偷到非指定医生处就诊，不幸死亡，她们的丧命尤其令人扼腕。”

新闻中还报道了四则少女分娩的实例。北津轻郡的初中二年级学生，十四岁，于去年二月突然阵痛，诞下双胞胎，母子平安。如今这位年幼的母亲正在上三年级。她的父母对其生产的事毫不知情。

青森市的高中二年级学生，十七岁，与同班同学私订终身，于去年夏天怀孕。双方父母认为两人年纪尚轻，还是学生，让女孩做流产。但是，那位少年却说："我们不是闹着玩的，接下来就结婚。"

信吾读了这些新闻大受刺激，睡觉时就做了少女堕胎的梦。

但是，信吾的梦并没有评判少男少女的丑或恶，只是一个纯洁的爱情故事，只和一个"永远的圣女"相关。这是睡觉前绝对想不到的情节。

信吾的震惊在梦里被美化了。为什么呢？

信吾也许是在梦里拯救堕胎的少女，以及拯救自己吧？

不管怎样，他的梦是善意的。

信吾反思，难道自己的善意在梦里觉醒了？

另外，人渐老去，是摇曳的对青春的留恋让他梦见了少男少女的纯洁爱情吗？信吾沉浸在感伤里。

也许因为梦醒后感伤仍在，所以信吾才先带着善意听见修一呻吟般的呼喊声，然后从中感受到了爱意和悲哀。

三

次日清晨，信吾在被窝里听到菊子摇醒修一的声音。

最近，信吾时常早醒，很是苦恼。爱睡懒觉的保子总是呵斥他："老了还逞强，那么早起来，会招人厌的。"

他自己也觉得比儿媳菊子起得还早不好，于是总是悄悄打开玄关门，取回报纸后躺在被窝里慢慢读。

修一好像洗脸去了。

修一刷牙时，大概因为牙刷放进嘴里觉得不舒服吧，总是发出咳咳的声音。

菊子碎步跑进了厨房。

信吾起来了，在走廊上碰见从厨房折回的菊子。

"啊，爸爸。"

菊子差点儿撞上他，猛地站住，一脸绯红。右手杯子里的液体溅了出来。大概为了给修一缓解宿醉，菊子从厨房端了冷酒出来。

菊子没有化妆，略微苍白的脸涨得通红，惺忪的眼睛里流转出羞赧的神色，未涂口红的素唇间露出了整齐的牙齿。她不好意思地微微笑笑，信吾深感可爱。

菊子身上仍保留着这样的天真吗？信吾想起昨夜的梦。

但是仔细想想，报纸上的少女在那个年纪结婚生子也算不上稀奇事。过去盛行早婚，这种情况比比皆是。

至于那些少年，信吾自己在那个年纪就强烈地爱慕着保子的姐姐。

菊子知道信吾坐在起居室，慌忙打开了那边的防雨窗。

清晨的阳光带着春日的气息照了进来。

菊子似乎被阳光的明媚惊住了。同时，她察觉到信吾在身后看着自己，于是抬起双手，将凌乱的头发扎紧。

神社的那棵大银杏还未萌芽，但在早晨的阳光里，鼻子里莫名弥漫着新叶的清香。

菊子迅速梳妆打扮好，端来了玉露茶。

“茶来了，爸爸，今天晚了一些。”

信吾醒后要喝用热水冲泡的玉露茶。因为水热，茶反而更难沏。菊子泡得最得当。

信吾心想，倘若这是未婚的女儿给自己端茶，就更好了吧。

“给醉汉端醒酒的酒，给老糊涂端玉露茶，菊子真忙啊。”

信吾说了句俏皮话。

“哟，爸爸，你知道啊？”

“我当时醒了。刚开始还以为是阿照在呻吟呢。”

“是吗？”

菊子低头跪坐着，像是很难起身似的。

“我呀，在菊子起来之前，就被吵醒了。”隔门那边传来房子的声音，“那呻吟声真烦，听着多吓人。阿照不叫，我知道就是修一。”

房子身穿睡衣，给小女儿国子喂着奶，走进了起居室。

房子长得并不好看，乳房却雪白动人。

“喂，瞧你一副什么样子，邋遢。”信吾说。

“相原邋遢，不知怎么回事，我也变邋遢了。嫁了一个邋遢的男人，自己也变邋遢了，有什么办法？”

房子把国子从右边的乳房换到了左边，不依不饶地说：

“现在你嫌弃女儿变邋遢了，当初把她嫁出去之前就该弄清楚对方是不是很邋遢！”

“男女不一样。”

“一样。你看看修一。”

房子准备去洗脸间。

菊子伸出双手。房子便粗暴地把孩子塞给了菊子，孩子大哭。

房子毫不在意，转身离开了。

保子洗完脸走了过来。

“给我吧。”她接过孩子，看着怀中国子的脸庞说，“也不知道这孩子的爸爸是什么打算。房子除夕夜回来，这都两个多月过去了。家里的老头子说房子邋遢，他遇上重要的事，不也很邋遢吗？除夕夜那天，不还说‘算了，断个干净’，结果又是这样拖拖拉拉断不干净。相原也不来给个说法。”

“你用的那个叫谷崎的女孩，听修一说，算是半个寡妇。房子也是个半回娘家的人啊。”

“什么叫半个寡妇？”

“虽然没结婚，但是心上人战死了。”

“可是，打仗的时候，谷崎不还是个孩子吗？”

“算虚岁，当时她也十六七岁了吧。有忘不了的人了。”

保子还会说“忘不了的人”，信吾颇感意外。

修一没吃早饭就出门了。大概是因为心情不好，不过时间也晚了。

信吾在家磨蹭到上午邮差来送信的时候。菊子把信放到信吾面前，其中一封的收信人是“菊子”。

“菊子。”信吾把信递给她。

菊子应该没有看收信人的名字就都给信吾了。菊子很少收信，似乎也没有等过什么信。

菊子当场拆开看。

“我朋友的信，说她做了流产，术后情况不好，在本乡的大学医院住院。”

“哦？”

信吾摘下老花镜，望着菊子的脸。

“她是不是找了非法产婆？多危险哪。”

信吾心想，晚报的报道和今早的来信正好对应。他甚至还做了堕胎的梦。

信吾感到一种诱惑，想把昨夜的梦告诉菊子。

但是，他说不出口，只是望着菊子，仿佛感到青春在身体里摇曳。突然，一个联想闪过：菊子是不是也怀孕了，正犹豫着要不要做流产呢？信吾心中一惊。

四

火车穿过北镰仓的谷地时，菊子惊奇地眺望着窗外感慨：

“梅花开得真好啊。”

北镰仓的车窗边，盛开着许多梅花。信吾每天不经意间就会看见。

梅花已经开过了。在向阳处，洁白的花朵已经枯萎。

“我们家院里的梅花不也开了吗？”信吾说。不过，家里的梅树只有两三株，菊子今年也许是第一次看到梅花。

就像菊子很少收信一样，她也很少出门。平日只是去镰仓的主街买买东西而已。

她说要去大学医院探望朋友，所以和信吾一同出了门。

修一的情人就住在大学前面，信吾有些担忧。

另外，路上信吾一直想问菊子是不是怀孕了。

这并不是难以启齿的问题，可信吾很难开口。

信吾已经好多年没有听妻子保子提起过生理期的事了。一过更年期，保子就再也不说了。更年期过后，不来月事可能就无关健康，而是绝经了。

保子不再提及，信吾也就忘了。

信吾想问菊子，才想起了保子的事。

要是保子知道菊子要去医院的妇产科，可能会对菊子说，你也顺便检查一下吧。

保子也跟菊子提过孩子的事，菊子痛苦地听着。信吾目睹过这种场景。

菊子肯定也跟修一坦白过身体的某种状况。女人对男人如此坦诚，那这个男人对她而言一定是挚爱吧。信吾记得曾听老友说过，倘若女人另结新欢，恐怕是不会如此坦白的。他听了相当佩服。

即便是亲生女儿，也不会对父亲吐露心声的。

至今，信吾和菊子也始终对修一在外找情妇的事避而不谈。

菊子若是怀孕了，也许证明菊子受到那个女人的刺激，变成熟了吧。信吾觉得，这种事很讨厌，可人不就是这样子吗？因此，他也觉得问菊子是不是怀孕了，是一种隐秘的残忍。

“昨天雨宫家的老大爷好像来了。您听妈妈说了吗？”菊子突然问了一句。

“没，没听说。”

“东京那边可以收留他们了，他是来告别的，说希望我们好好照顾阿照，还送来了两大袋饼干。”

“给狗吃的吗？”

“嗯，是给狗的吧。妈妈说，一袋留给人吃。听说，雨宫先生现在生意兴旺，扩建了房子。老大爷很高兴啊。”

“是吧。商人果断地卖掉房子，转眼就能建成新的啊。我们呢，十年如一日。天天都是这趟横须贺线，真无聊啊。前些日子，我们在料理店里有个聚会，一群老人聚到一起，谁都是几十年如一日重复着同样的事，烦透了，累得慌。马上就有人来接了吧。”

菊子似乎一时还没有理解“有人来接”的意思。

“说是去见阎王的时候，我们得告诉他我们的零部件没有罪。因为是人生的零部件嘛。活着的时候，零部件还要受人生的惩罚，是不是太残酷了？”

“可是……”

“是，不管什么时代，不管是谁，能不能活全了，都是个疑问。比如说，料理店的那个看鞋的人，每天就是负责为客人收鞋拿鞋吧。有些老人也会随口说，零部件用到这种份上，倒是轻松啊。女招待听见了说，看鞋的大爷也很辛苦。他周围全是鞋架，跟地窖似的。他在那里一边叉着腿跨在火盆上取暖，一边给客人擦鞋。玄关的地窖冬天冷，夏天热。我们家的老太婆不也很喜欢说养老院的事吗？”

“您说妈妈吗？但是，妈妈说的，跟年轻人常说的‘想死’不一样吧？她说得更不在乎啊。”

“那是因为她一开始就断定，她会比我走得晚。不过，你说的‘年轻人’是谁？”

“谁……”菊子支支吾吾地说，“我朋友的信上这么写的。”

“今早那封？”

“嗯，她还没有结婚。”

“哦。”

信吾沉默了，菊子也没再说下去。

火车正在驶离户家。户家到保土谷之间距离很长。

“菊子，”信吾喊了一声，“我已经考虑很久了，你们要不要分出去单过呀？”

菊子望着信吾的脸，等后面的话，最后用诉苦般的声音问：

“为什么啊，爸爸？是因为姐姐回来住了吗？”

“不，跟房子没关系。房子算是半回娘家，我们也觉得对不住你。不过，即便她和相原离婚，也不会在家里长住。房子的事另说，我说的是你和修一两个人的事。你们出去单住，不是挺好吗？”

“不好。爸爸您对我这么好，我想和您一起住。不在爸爸身边，我很不安啊。”

“这话真贴心啊。”

“哎呀，我是在跟爸爸您撒娇啊。我是最小的女儿，爱撒娇，也很受我爸爸的宠爱。可能是这个原因吧，我喜欢和爸爸您一起住。”

“你爸爸宠你，我知道。我也是，你在身边，是莫大的安慰啊。你们真搬出去的话，我会寂寞的。但是，修一做了那种事情，我到现在都没能跟你好好谈谈。我们跟你们住在一起是不行的。还是你们俩单独相处好，只有两个人的话，问题也就解决了吧？”

“不是。爸爸您虽然什么都没说过，但是我知道您挂念我，心疼我。我靠着您的关怀才能坚持下来。”

菊子的大眼睛里噙满了泪水。

“搬出去单住的话，我很害怕。我没办法独自守在家里静静地等他回家。我会寂寞，难过，害怕。”

“你可以试着一个人等等看嘛。不过，这种事不适合在车里说。你再考虑考虑。”

菊子大概是真的害怕吧，她的肩膀似乎在颤抖。

在东京站下车后，信吾叫了一辆出租车送菊子到本乡去。

也许是被自己的爸爸宠惯了吧，也许因为是真情流露，菊子并没有觉得刚才的表现有什么不妥。

信吾害怕在路上撞见修一的情妇，一直坐在出租车里目送着菊子走进了大学医院。

春 钟

一

樱花时节的镰仓正值佛都七百年祭，寺院的钟声终日悠扬。

但是，信吾有时会听不见。不管是操劳家事还是在说话，菊子总能听见，而信吾不仔细听就会听不见。

“您听。”菊子告诉他，“又响了，听。”

“嗯？”信吾歪着脑袋问保子，“老太婆，你听见了吗？”

“听见了。这能听不见吗！”保子懒得理他。

她正在悠闲地读报，腿上放着五天的报纸。

“响了，响了。”信吾说。

耳朵一旦捕捉到，之后就很容易听到了。

“一说听见了，就高兴成这样？”保子摘下老花镜，看着信吾。

“天天这样撞钟，寺里的和尚也累得够呛吧？”

“一次十日元，是参拜的人撞的，不是和尚。”菊子说。

“这算盘打得真好哪。”

“说是供奉的钟声……据说是让十万人还是百万人撞钟的计划呢。”

“计划？”

信吾觉得这种说法很可笑。

“不过，寺院的钟声太阴沉，我不喜欢。”

“是吗？阴沉吗？”

信吾正在想：四月的周日，在起居室边赏樱边听钟鸣，真是惬意哪。

“这七百年，是什么七百年？大佛[1]也七百年了，日莲[2]上人也七百年了。”保子问。

信吾答不上来。

“菊子，你知道吗？”

“不知道。”

“奇怪，我们明明都住在镰仓。”

“妈妈，您腿上的报纸里没讲吗？”

“可能讲了吧。”保子把报纸递给菊子。每份报纸都已折叠整齐，她手里只留了一份。

“对了，我好像也在报纸上看过。可是，一看到一对老夫妇离家出走的报道，不免联想到自己，脑子里只记得这个事了。你也看到了吧？”

1 指镰仓高德院的巨型青铜佛像，始建于1252年，被视为镰仓的象征。
2 日莲（1222—1282），日本佛教日莲宗创始人。

"嗯。"

"被称为日本短艇界恩人的划船协会副会长……"保子读着报纸里的文章，之后用自己的话说，"他是制造短艇和快艇的公司的社长呢，六十九岁，太太是六十八岁。"

"你怎么会联想到自己呢？"

"这里还登了他们写给养子夫妇和孙子的遗书呢。"

保子又念起报纸来：

"'一想到还活着就已被世间遗忘的凄惨身影，就不想活到那时候了。我们特别理解高木子爵的心境。趁着还被大家喜爱的时候消失是最好的选择。我们应该在家人的深爱中，在众多朋友、同辈和后辈的友情的围绕下离开。'这是写给养子夫妇的话。给孙子的是：'日本独立的日子虽然近了，但前途依旧黯淡。对战争灾难深怀恐惧的年轻学生若是渴望和平，必须像甘地一样贯彻非暴力不合作主义。我们已经太过年迈，无力朝着自己相信的正确道理迈进，也无力给出指导了。徒劳地等待着"令人讨厌的年龄"的到来有枉此生。我们只想在孙辈心中留下一个好爷爷、好奶奶的印象。我们不知道要去哪里，只求能够安心长眠。'"

保子读到这里，沉默了片刻。

信吾侧向一边，望着院里的樱花。

保子边看新闻边继续读：

"他们离开东京的家，到大阪看望了姐姐，之后便去向不明……这个大阪的姐姐已经八十岁了。"

"夫人没留遗书吗?"

"啊?"

保子一愣,抬起头。

"夫人没留遗书吗?"

"夫人,你是说那个老太婆吗?"

"当然了。两人一起赴死,夫人应该也留了遗书才对。比如说,我和你一起去殉情,你肯定也想留下些什么话,肯定会提前写下来吧?"

"我不需要。"保子干脆地回答。

"男女都写遗书,那是年轻人的殉情。另外,他们也是因为两个人无法在一起,心里觉得悲观……夫妇的话,一般丈夫写过就行了。都到现在了,我还有什么好说的呢?"

"是吗?"

"我一个人去死的话另说。"

"一个人去死的时候,心里肯定有千愁万恨吧。"

"就算有,也跟没有一样。都这把年纪了。"

"你这个老太婆,又没打算去死,也不是要死了,当然说得轻松了。"信吾笑着说,"菊子呢?"

"我吗?"

菊子似乎有迟疑,缓缓地低声回问。

"要是你和修一一起去殉情,会留一份自己的遗书吗?"

信吾只是随口一问,但立即觉得问错了。

"不知道啊。谁知道到时候会怎样呢?"

菊子将大拇指插进腰带里，像是要松腰带似的，同时看着信吾。

“我想给爸爸您留些话。”

菊子的眼睛湿润了，饱含天真，接着噙满了泪水。

信吾感觉到保子并没有考虑死的问题，但菊子并不是没有考虑。

菊子弯腰前倾，信吾以为她要俯身哭一场，她却起身离开了。

保子目送她走开后，说：

“奇怪。有什么好哭的？会得癔症的。她这是癔症啊。”

信吾解开衬衣的纽扣，伸手捂住胸口。

“心跳得太快了？”保子说。

“不是，是乳头痒。正中间的地方发硬，很痒。”

“跟十四五岁的女孩子似的。”

信吾用指尖拨弄着左侧的乳头。

夫妻共同自杀，丈夫写下了遗书，妻子却没有。妻子是让丈夫代写了，还是让丈夫将自己的遗愿写进了同一份遗书里？信吾听着保子读报纸，对这一点心存疑问，也颇感兴趣。

长年相伴，两人就变成一体同心了吗？还是老去的妻子丧失了个性，也丧失了遗言？

妻子本来不用死，却因为丈夫自杀而殉身，自己的遗愿被包含在丈夫的遗书里，留恋、悔恨和迷惘不就都被隐去了吗？不可思议。

但是实际上，信吾的老伴也说，要是殉情的话，她不用写遗书，丈夫写就够了。

什么也不说，女人就追随男人而死——相反的情况也不是没有，但是多数女人都顺从男人，这样的女人如今已经衰老，而且就在自己身边。信吾感到莫名惊愕。

菊子和修一不仅共处的岁月尚浅，眼下还正起着波澜。

对这时的菊子发问：要是你和修一去殉情，会留自己的遗书吗？这种尖锐的问题既残酷，也让菊子痛苦。

信吾也切身感受到菊子正站在危险的深渊边缘。

“菊子在跟你撒娇呢。这点儿事，就掉眼泪给你看哟。”保子说，“你呀，光顾着疼她，却不给解决关键问题。房子的事呢，不也这样？”

信吾望着院子里盛放的樱花。

高大的樱树下面，八角金盘长得格外茂盛。

信吾不喜欢八角金盘，原本打算在樱花绽放前将它全部清除。然而，今年三月雪多，不知不觉间樱花就开了。

三年前，他除过一次八角金盘，结果它反倒长得更茂盛了。那时，他考虑过将它连根拔起，如今看来当初要是真那么做就好了。

因为挨了保子的数落，信吾更讨厌八角金盘的浓绿了。倘若没有那丛八角金盘，粗壮的樱树便能一树独立，枝条也能无遮无拦地向周围延伸，末梢低垂，占领四方。不过，即便有八角金盘，樱树还是枝繁叶茂。

而且，它居然开了这么多花。

樱花在午后阳光的照耀下盛大地飘浮在空中。尽管颜色和形状并不太突出，却让人感觉到花朵填满了整个空间。此刻的盛放不会让人想到凋零。

但是，一片两片，花瓣不断飘落，树下已落英缤纷。

“看见年轻人被杀或死去的新闻，心里也只是想：啊，又是这种事。但老人的报道一出来，心里就有触动啊。”保子说。

“想趁着还被大家喜爱的时候消失。”她似乎把那篇老夫妇的报道反复读了两三遍，“前些日子不也出了个新闻吗，说一个六十一岁的老头儿准备把患有小儿麻痹症的十七岁男孩送到圣路加医院[1]，从枥木来到东京，背着那个孩子游览东京。但是，那孩子死活不肯去医院，最后老头儿用毛巾把他勒死了。”

“是吗？我没看。”信吾敷衍地回了一句。他想起青森县少女堕胎的报道压在心上，自己甚至还梦见它的事。

自己和衰老的妻子，多不一样啊。

二

“菊子！”房子喊道，“这缝纫机怎么老是断线呀，是不是

---

1 日本第一所现代化医院，建于1902年，综合排名全国第一。

哪儿坏了？你过来帮我看看！胜家[1]牌的，应该很好用呀，是我太笨了吗？我是不是太歇斯底里了？”

“可能是出毛病了。这缝纫机很旧了，是我上学时候的东西。”

菊子走进房间。

“不过，它听我的话。姐姐，我来吧。”

“真的？里子一直粘在我身边，弄得我心神不宁的。好像缝着她的手了。应该不会缝着她的手，但是她把手放在这里，我看着针脚，看着看着眼就模糊了，布和孩子的手都混在一起，看不清楚了。”

“姐姐，你是累了。”

“换句话说，我就是癔症。要说累，菊子你才累呢。这家里不累的，只有老头子和老太太。说起老头子，都六十多岁了，还说什么乳头疼，当别人都傻啊！”

菊子去大学医院探望朋友，回来时给房子的两个孩子买了做衣服的布料。

房子正在缝的就是这布料，所以对菊子态度很好。

但是，菊子接替房子坐到缝纫机前以后，里子立即投来了不情愿的眼神。

“舅妈给你买了布料，还在给你缝衣服，对吧？”

房子一反常态地给菊子道歉：

1 1851年，美国人列察克·梅里瑟·胜家发明缝纫机，此后，胜家成为家喻户晓的缝纫机品牌。

“对不起。这孩子，这一点跟相原一模一样！”

菊子把手搭在里子肩头，说：

“跟外公出去看大佛吧。有金童玉女，还能看跳舞。”

在房子的邀请下，信吾也跟着出了门。

他们走在长谷大街上，看见烟草铺门前的盆栽山茶。信吾买了一包光明牌香烟，称赞着盆栽。重瓣的杂色山茶花开了五六朵。

烟草铺的老板说，重瓣的杂色花不适合盆栽，种盆栽的话只能是山茶。说完，他就带信吾走到后院。在四五坪大小的菜田里，盆栽就地堆放在蔬菜前面。山茶枝干苍劲，是棵老树。

“不能让花压到树，所以我把花摘掉了。”烟草铺的老板说。

“即使这样，它还是开花吗？”信吾询问。

“开了很多，我只在适当的地方留了几朵。店里的山茶也是，开了二三十朵呢。”

烟草铺的老板讲了一些照顾盆栽的经验，还说起一些镰仓人爱好盆栽的逸事。听他这么一说，信吾想起来商业街的橱窗里也经常摆放盆栽。

“谢谢，聊得真开心。”信吾正准备离开，烟草铺的老板又说：

“我这儿也没什么好东西，不过，后院还有几株像样的山茶花……带一盆回去，为了不让它走形，不让它枯死，就会产生责任感，是懒人的良药呀。”

信吾边走，边点起刚买的光明牌香烟。

“烟盒上还有大佛图。这是为镰仓特制的吧。”他把烟盒递给了房子。

“让我看看。”里子踮起脚尖。

“去年秋天，你离家出走，还去过信州哪。”

“不是离家出走。”房子反驳道。

“那时候，你在老家看见盆栽了吗？”

“没看见。”

“没看见哪。那都是四十年前的事了。老家的老头子喜欢侍弄盆栽。就是你外公。但是你妈妈在这方面不行，做事也粗心，所以你外公很喜欢你姨妈，把盆栽交给她照料。你姨妈是个大美人，和你妈妈简直不像姐妹。一天早晨，盆栽架上积满白雪，她梳着可爱的娃娃头，穿一身红色元禄袖和服[1]在架子前清扫花盆上的雪，那场景到现在都历历在目。清晰，动人。信州天寒，呵气都是白的。”

那白色的呵气仿佛也饱含少女的温柔，带着芬芳。

信吾突然陷入回忆，觉得房子作为下一代人与此无关也挺好。

“不过，刚才那些山茶花估计也精心培育了三四十年吧。”

树龄已经相当老了吧。山茶花在花盆里长到弯曲缭绕，

1 日本少女所穿和服，短袖，袖口成圆形。

不知经历了多少年岁啊。

保子的姐姐去世后，供奉在佛龛的那一株红枫应该有人照料，还未枯萎吧？

三

三人刚走进寺院，金童玉女正在大佛前的石路上列队游行。看上去像从远处走来的，其中有人已经面露倦容。

他们前面人山人海，房子把里子抱了起来。里子目不转睛地盯着一位身着华丽振袖和服[1]的玉女。

听说这里有一块与谢野晶子[2]的歌碑，他们便走到后面去看，发现似乎是将晶子的真迹放大刻在了石碑上。

“还是写成了‘释迦牟尼……’啊。”信吾说。

但是，房子竟不知道这首脍炙人口的和歌，信吾相当吃惊。晶子的和歌是：镰仓哟，大佛释迦牟尼是美男。

“大佛并不是释迦牟尼。实际上是阿弥陀佛。她弄错了，后来也更正了。现在流传的和歌里有把‘释迦牟尼’写成‘阿弥陀佛’的，也有写成‘大佛’的，但是韵律不好，‘佛’字也重复了。但是，就这样刻成歌碑，还是错的呀。”

歌碑一侧围了布帘，里面备有淡茶招待客人。房子把菊

1 即长袖和服。
2 与谢野晶子（1878—1942），日本女诗人。

子给的茶券递了过去。

信吾望着露天下的茶水颜色，心想：里子也会喝吧。这时，里子单手抓住了茶碗边。这只是普通的茶碗，茶也不是单沏，而是大壶泡好倒出来的。信吾扶着茶碗说：

“很苦的。”

“苦吗？”

里子在喝之前脸上已是苦的表情。

跳舞的那群少女也进来了。其中一半女孩坐在入口处的折凳上，剩余的凑在前面，挤站在一起。她们化着浓妆，身穿纹样各异的振袖和服。

在这群少女身后，三四株小小的樱花树开了花。樱花的颜色比不上鲜艳的和服，显得有些浅淡。阳光正照在对面高高的小树林的一团团葱绿上。

“水，妈妈，水。”里子边说边注视着那群跳舞的少女。

“这里没有水。等回家再喝。”房子安慰她。

信吾忽然也想喝水了。

不记得是三月的哪一天了，信吾在横须贺线的火车上看见一个与里子年纪相仿的小女孩在品川车站的自来水管旁喝水。她一拧开水龙头，水便直涌了上来。女孩吓一跳，笑了起来。那笑容真美。她母亲帮她调好水量。女孩美滋滋地喝了起来，那样子让信吾感到春天来了。他想起了这一幕。

看着这群跳舞的少女，里子和自己都想喝水了。其中是不是有什么关联呢？思忖间，里子又开始闹起来了。

“花衣衣，给我买花衣衣。花衣衣。”

房子站起身。

那群跳舞的少女中，有一个比里子大一两岁的女孩。她的眉毛又短又粗，眉尾朝下，非常可爱。铃铛般的眼睛旁，涂了一抹胭脂。

里子被房子牵着往外走，仍旧直直盯着那个小女孩。出去时，她似乎想朝那个小女孩走过去。

“花衣衣，花衣衣。”她闹个不停。

“花衣衣呀，等到七五三节[1]时，外公会给你买的。”房子话里带着嘲讽，“这孩子啊，自打生下来就没穿过和服。只有尿布跟和服沾边。尿布也是用旧浴衣改的，用做和服的边角料拼凑的。”

信吾在茶店休息，要来了水。里子咕咚咕咚喝了两杯。

从寺院出来，刚走一段，他们就碰见一个穿和服的跳舞小女孩被妈妈牵着急匆匆地往家赶。母女二人从里子身旁经过。信吾心想“不好”，赶紧搂住里子的肩，可是已经晚了。

“花衣衣。”里子伸手准备抓那女孩的衣袖。

“不要！”女孩闪躲时正好踩到长袖，摔了出去。

“啊！”信吾大喊一声，捂住了脸。

---

1 日本传统节日，11月15日这天，七岁、五岁和三岁的孩子会身穿和服，与父母参拜神社，祈求健康成长。

女孩被车轧到了。信吾只听到了自己的叫声，但又像许多人同时在喊。

车子紧急刹住了。周围的人吓呆了，其中三四个人朝女孩跑了过去。

女孩木木地站起来，拽着母亲的衣角放声大哭。

“万幸，万幸，刹车真灵啊！幸好是高级车。”有人说，“要是辆破车，孩子就没命了。”

里子抽搐似的翻着白眼，一脸惊惧。

房子拼命向女孩母亲道歉，反复询问孩子有没有受伤，振袖有没有破。那位母亲只是呆站着。

身穿振袖和服的女孩止住哭泣后，脸上厚厚的白粉也花了，眼睛却像被洗过一样闪闪发亮。

信吾一言不发地回到了家。

屋里传来婴儿的啼哭声，菊子哼着摇篮曲出来迎接。

“对不起，把她弄哭了。我还是不行啊。”菊子对房子说。

不知是被妹妹的哭声感染，还是到家松了口气，里子也开始哇哇大哭。

房子不理会里子，从菊子手中接过国子，敞开了胸口。

“哟，胸口湿透了，全是冷汗。”

信吾微微抬头看了一眼良宽大师的“天上大风”[1]的匾额，走了过去。那是在良宽大师的真迹还算便宜的时候购入的，

1 日本僧人良宽以诗歌、书法在历史上留有盛名，“天上大风”是其最为知名的一幅书法作品。

后来经人指点，信吾才知道是赝品。

“我们还看了晶子的歌碑。”信吾对菊子说，“是晶子的真迹，刻的是‘释迦牟尼……’那句。”

“是吗？”

四

晚饭后，信吾独自出门，顺便看了看和服店和旧衣店。

但是，他没有找到适合里子的和服。

找不到，心里反而更挂念了。

信吾感到一种幽暗的恐惧。

里子虽然年纪小，但是看到别的孩子穿着鲜艳的和服，竟然那么想要？

里子的羡慕和欲望只是比普通孩子稍强，还是异常强烈呢？信吾情不自禁地觉得，这恐怕是一种疯狂的发作吧。

倘若那个身穿跳舞衣裳的小女孩被轧死了，现在会是什么情形呢？那身漂亮的振袖和服清晰地浮现在信吾眼前。那么美丽的盛装是不会摆在这种店里的。

空手而归，信吾觉得连路都变黑了。

保子真的只给里子用旧浴衣做过尿布吗？房子话里带刺，应该不假吧？没有送过新生时和拜神时要穿的和服吗？如果真是这样，说不定是房子当时想要洋服吧？

"忘了。"信吾自言自语。

保子是不是跟自己商量过这些事，信吾的确忘了。信吾也好，保子也好，如果更关心房子一点，这个没本事的女儿或许也能生出一个可爱的外孙女来。在这种莫名的、无从推脱的自责里，信吾的脚步也沉重起来了。

"若知前身，若知前身，便无父母应怜。若无父母，便无子女挂心……"[1]

谣曲中的这段唱词在信吾心中浮现，但也只是浮现而已，不会产生黑衣僧人那样的顿悟。

"啊，前佛已去，后佛未至，生于梦间，何为现实？人身难得，偶得之……"[2]

当时准备伸手去抓跳舞女孩的里子，她凶恶、狂暴的个性是遗传自房子，还是遗传自相原呢？倘若来自房子，那继承的是父亲信吾的血统，还是母亲保子的呢？

如果信吾当年和保子的姐姐结婚，也许既不会生出房子这样的女儿，也不会生出里子这样的外孙女吧。

没有想到，信吾又紧抓不放似的怀念起故人了。

他已经六十三岁了，二十多岁时逝去的那个人却依旧年长于他。

信吾回到家时，房子已经抱着婴儿躺进了被窝。

那边和起居室之间的隔门敞开着，信吾看见了她。

1 谣曲《卒都婆小町》中的唱词。
2 同出自谣曲《卒都婆小町》。

"睡了。"

信吾望着那边，于是保子说了一句。

"她说心脏咚咚咚咚跳得厉害，想静一静，喝了安眠药就睡着了。"

信吾点点头，说：

"把隔门拉上吧？"

"好。"菊子站了起来。

里子紧贴着妈妈的背，但似乎一直睁着眼睛。这孩子就是这样一声不响。

信吾没有说出去为里子买和服的事。

看样子房子也没有跟母亲提起因为里子想要和服而发生的危险事件。

信吾走到内客厅。菊子端着炭火进来了。

"啊，坐下吧。"

"嗯，这就来。"菊子起身出去，将水瓶放在托盘上端进来了。拿水瓶大概不需要托盘，但瓶子一旁还放了什么花。

信吾拿起花，问：

"这是什么花？像桔梗。"

"说是黑百合……"

"黑百合？"

"嗯，研习茶道的一个朋友刚才送我的。"菊子说着，打开信吾身后的壁橱，拿出了一只小巧的花器。

"这是黑百合？"信吾觉得很稀奇。

"我那个朋友说，今年的利休忌上，远州流[1]宗家在博物馆的六窗庵[2]办茶会时用的是黑百合和白色忍冬花的插花，很美。插在古铜细口瓶里……"

"哦。"

信吾凝望着黑百合。两枝，每枝茎上各开了两朵花。

"今年春天，下了十一回还是十三回了，总下雪。"

"是经常下。"

"听说初春利休忌时，雪积了三四寸呢。这样的话，黑百合就更珍贵了。据说是高山植物。"

"颜色和黑山茶有些像。"

"是。"

菊子往花器里注了水。

"听说今年的利休忌上还展出了利休临终时的遗言和剖腹时用的短刀。"

"是吗？你的那个朋友是茶道师父吗？"

"嗯。她是战争遗孀……原来就精通茶道，现在派上用场了。"

"什么流派？"

"官休庵[3]。武者小路那一派。"

---

1 江户初期由小堀远州创立的茶道流派。

2 东京上野国立博物馆内的茶室。明治八年（1875）时，从奈良兴福寺转移至此。因有六扇窗而得名。

3 京都武者小路千家宗家宅内的茶室。

不通茶道的信吾弄不明白。

菊子等着将黑百合插入花器，但信吾拿着不松手。

“这花耷拉着头，不是蔫了吧？”

“不是。我提前把它插在水里了。”

“桔梗也是这样耷拉着开的吧？”

“真的？”

“我觉得这花比桔梗小，是不是？”

“是小些。”

“乍一看，是黑色的。其实不是黑色，像是深紫色，又不是紫。好像还有浓胭脂的深红。明天白天，我再看看吧。”

“阳光下，它是通透的紫红色。”

绽放的花朵不足一寸，大约七八分大小。六片花瓣，雌蕊三根，呈分开状，雄蕊有四五根。茎上每隔一寸长着几片叶子，朝四周伸展开。黑百合的叶片较小，约是一寸或一寸五的长度。

最后，信吾闻了闻花朵，随口说了一句：

“这是讨厌的女人身上的那种腥味。”

他说的并不是淫乱的味道，但菊子眼皮微微泛红，低下了头。

“这花香很让人失望啊。”信吾改口说，“你闻闻。”

“我不会像爸爸您这样研究它。”

菊子准备将花插入花器。

“要是在茶会，四朵花就太多了。不过，现在就这样？”

“嗯，就那样吧。”

菊子将黑百合摆在了壁龛处。

“那边壁橱，就是放花器的那个，面具在里面。你能帮我拿出来吗？”

“好。”

谣曲中的一段唱词在脑海里浮现，信吾想起了能剧面具。

他拿着慈童的面具说：

“这是妖精，说是什么永远的少年。买回来的时候说过吧？”

“没有。”

“公司里那个叫谷崎的女孩，我买的时候，让她戴上给我看看。结果很可爱，我真没想到。”

菊子把慈童的面具贴在脸上。

“这带子是系在后面吗？”

面具的眼睛后面，菊子的双眸肯定正注视着信吾。

“你得动一动，否则表情就出不来。”

买回这面具那天，信吾差点儿吻上那双暗红色的可爱嘴唇，感受到天国邪恋般的内心悸动。

“纵成枯木入土，心灵之花犹存……”

这好像也是谣曲里的词。

菊子戴着妖艳美少年的面具，做着各种动作，信吾看不下去了。

菊子脸小，下巴几乎全被面具覆盖了。但是，从若隐若现的下巴到喉间，有泪淌了下来。两行，三行，止不住地流。

“菊子。”信吾唤她的名字，“你今天见了朋友后是不是想着，要和修一分开了，就去做茶道师父？”

慈童的菊子点了点头。

“即使分升，我也想待在爸爸这里，跟您一道品茶。”她在面具背后明确地表示。

突然传来里子的哭声。

阿照在院子里狂吠。

信吾有种不祥的预感。菊子侧耳听着门外的动静，似乎在确认连周日都去情妇家里的修一是不是回来了。

鸟巢

一

无论冬夏，附近寺院都在六点鸣钟。无论冬夏，信吾也总是在清晨闻钟早起。

说是早起，但不一定会离开被窝。也就是说，只是醒得早。

不过，同样是六点，冬夏当然不同。寺院的钟声一年到头总在六点响起，信吾也觉得是同一个六点，其实夏天时太阳已经升得很高了。

信吾枕边放着一块大怀表，但他还是必须开灯、戴上老花镜才能看清楚，所以很少看表。没有老花镜，他很难分清长针和短针。

另外，信吾没必要卡着时间起床。反倒是醒得太早让他很为难。

冬天的六点太早，信吾在被窝里躺不住，就起来去拿报纸。

没有女佣之后，菊子早早就起来忙碌了。

“爸爸，真早啊。”

听菊子这么一说，信吾有些难为情，说：

“嗯，我再睡一会儿。”

“去睡吧。水也还没烧开呢。”

菊子起床了，信吾感觉到人的气息，安下心来。

从何时开始呢，在暗黑的冬日清晨醒来，信吾开始觉得寂寞了。

但是，春天一来，睡醒这件事也变得温暖了。

五月已经过半。今早，信吾听完晨钟，又听见了鸢鸣。

“啊，它果然在呢。”信吾喃喃自语一句，枕在枕头上侧耳倾听。

鸢好像在屋顶盘旋一大圈，朝海的方向飞去了。

信吾起来了。

他边刷牙边朝天空张望，却未见鸢的影踪。

但是，那稚嫩、美妙的鸣声似乎让家的上空都变得温柔清澈了。

“菊子，我们家的鸢叫了。”信吾朝厨房喊道。

菊子正在往饭桶里盛热腾腾的米饭。

“我没留意，没听见。”

“它果然还在我们家呢。”

“哦。”

“去年也经常叫，是几月份来着？就是现在这个时候吧。我记性真差。”

信吾站在那里看着菊子，于是她解开了头上的缎带。

菊子有时好像是用缎带扎着头发睡觉的。

菊子让饭桶盖敞开着，赶忙去给信吾沏茶。

“鸢既然在，我们家的草鵐应该也在吧。”

“啊，乌鸦也在。”

“乌鸦……？”

信吾笑了。

如果鸢是“我们家的鸢”，那乌鸦应该也是“我们家的乌鸦”吧。

“想着家里只住着人，其实还住着很多鸟哪。”信吾说。

“跳蚤和蚊子很快也出来了。”

“别瞎说。跳蚤和蚊子可不是我们家的住户。它们活不过一年的。”

“冬天也有跳蚤，说不定在我们家过年的。”

“但是，跳蚤能活多久也没人知道，这跳蚤不是去年的跳蚤吧？”

菊子看着信吾笑了。

“那条蛇也该出来啦。”

“去年吓到你的那条锦蛇？”

“是。”

“那是我们家的主人呢。”

去年夏天，菊子外出买东西回来时，在厨房门口看到了一条锦蛇，吓得浑身哆嗦。

阿照听见菊子的叫声跑了过来，发疯似的狂叫。它低下头，摆出准备咬蛇的架势，结果又急忙闪开四五尺的距离，随后又一次靠近，仿佛要出击。就这样，反复进退了许多次。

蛇微抬着头，吐出鲜红的芯子，根本不看阿照，敏捷地蜿蜒向前，沿着厨房门槛爬走了。

听菊子说，那蛇足有厨房门的两倍多长，也就是说近两米。身子比菊子的手腕还要粗。

菊子高声讲完，保子冷静地说：

“它是我们家的主人。你嫁过来之前，它就已经在家里生活好多年了。”

“阿照要是咬住它了，可怎么办呢？”

“阿照打不过它。它会缠住阿照的……阿照知道，所以也只是叫叫。”

菊子心有余悸，之后很长一段时间都不敢从厨房门走，改从前门进出。

那条大蛇不知道是钻在地板下面，还是藏在天花板里，想想心里总是不舒服。

不过，锦蛇应该住在后山吧。它极少露面。

后山不属于信吾。也不知道是谁的。

后山陡峭而立，紧邻信吾家。对于山中的动物来说，山和信吾家的庭院之间并无界限。

后山上的花和叶也会纷纷落进信吾的庭院。

“鸢飞回来了。”信吾喃喃说道。接着他提高音调对菊子说："菊子，鸢好像飞回来了。"

"真的。这次听到了。"

菊子稍稍抬头望望天花板的方向。

鸢的鸣叫声持续了一会儿。

"它刚才飞去海边了？"

"听声音像是去海边了。"

"它应该是去海边找吃的，然后又飞回来了吧。"听菊子这么说，信吾也觉得可能是这样。

"在它能看见的地方放些鱼怎么样？"

"阿照会叼走的。"

"放在高处。"

去年、前年也是如此。信吾醒来时听到鸢鸣，心中便涌起一股喜爱之情。

不止信吾如此，"我们家的鸢"成了家人间通用的说法。

不过，是一只鸢，还是两只鸢，信吾并没有确切答案。他只记得有一年，看见过两只鸢在家的上空相伴盘旋。

另外，连续多年听到的鸣叫声果真来自同一只鸢吗？它不换代吗？会不会什么时候老鸢已经死去，鸣叫的是子鸢呢？信吾今早才第一次想到这一点。

信吾他们不知道旧鸢去年已经死去，今年鸣叫的是新鸢，只觉得家里有一只鸢，在似醒非醒间听见鸢鸣别有趣味。

镰仓有许多小山，这只鸢却独独选了信吾家的后山。这件事想来也是神奇。

有言道："难遇得以今相遇，难闻得以终相闻。"鸢或许也是这样。

但是，鸢虽然同住在这里，却只是让人闻其声而已。

二

菊子和信吾在家中都起得早，两人总会在早晨说些什么。而信吾恐怕只有偶尔与修一同乘火车上下班的时候才能和他闲聊几句吧。

火车穿过六乡的铁桥，等池上的森林一映入眼帘，信吾就会想："快到了。"透过早晨的火车车窗眺望池上的森林，是信吾的习惯。

不过，看了这么多年，他最近才发现森林里的两棵松树。

只有这两棵松树挺拔突出。它们像要拥抱似的，上半部分倾向彼此。树梢也像要拥抱似的相互靠近。

森林中，唯独这两棵松树高高耸立。就算不看，它们也会闯入视线。然而，信吾却一直没有察觉到它们的存在。不过，一旦察觉，最先看到的必然是它们。

今早风雨交加，两棵松树的身影有些模糊。

"修一。"信吾喊道，"菊子哪里不舒服吗？"

"没事。"

修一在看周刊杂志。

他在镰仓车站买了两本杂志，递给父亲一本。信吾没有看，只是拿着。

“她哪里不舒服？”信吾温和地又问了一遍。

“说是头疼。”

“哦？听你妈说，她昨天去了趟东京，傍晚回来就睡了，有些反常。你妈也觉得应该是出门发生了什么事。晚饭也没吃。你回来时都九点了吧，一进屋，她就压着声音偷偷哭，对不对？”

“两三天就好了。没什么事。”

“是吗？头疼不会哭成那样吧。今早也是，天刚明就在哭，不是吗？”

“嗯。”

“房子给她送吃的，她好像特别不想让房子进屋，还把脸蒙了起来……房子唠叨了半天。她到底怎么了，我就想着问问你。”

“弄得好像全家都在打听菊子的动静似的。”修一向上翻了翻眼珠，“菊子偶尔也会生病呀。”

信吾怒上心头。

“所以问是什么病啊！”

“流产。”

修一粗暴地来了一句。

信吾大惊，看了看前面的座位。两个人都是美国兵，信吾觉得他们应该听不懂日语，所以才和修一有了这番对话。

信吾的声音有些嘶哑。

“在医生那里？”

“嗯。”

“昨天？”

修一不看杂志了。

“嗯。”

“当天就回来了？”

“嗯。”

“你让她这么做的？”

“她自己要这样，不听我的。”

“她自己要这样？我不信。”

“真的。”

“为什么？菊子为什么会有这种想法？”

修一不出声。

“是你不好吧？”

“是我不好，但是她意气用事，说现在无论如何也不想要。”

“你要是拦一下，肯定能劝住的。”

“现在也不行嘛。”

“那个，‘现在’是什么意思？”

“你也知道，现在这个样子，我也不想要孩子。”

“就是说，在你搞外遇期间？”

“算是吧。”

“‘算是’是几个意思？”

信吾怒了，胸口发堵。

“菊子这相当于半自杀！你不觉得吗？与其说是向你抗议，不如说是半自杀！”

信吾的暴怒让修一畏怯了。

“你把菊子的魂杀死了。挽回不了！”

“菊子的魂，也那个太固执了。”

“她是女人呀。是你老婆！这取决于你的态度，你要是对她好，体贴她，她肯定会高高兴兴把孩子生下来。你在外面找女人的事另说。”

“但是，没法儿另说啊。”

“你妈妈一直等着抱孙子，菊子也知道。迟迟怀不上孩子，她自己也脸上没光，不是吗？她那么想要孩子，你却没让她生，这就是杀了她的魂。”

“你说的也不太对。菊子有菊子的洁癖。”

“洁癖？”

“怀上孩子这事好像就让她很懊悔……”

“哦？”

这是夫妻间的事。

修一竟让菊子觉得这般屈辱和厌恶吗？信吾有些怀疑。

“我不信。说那样的话，摆出那样的姿态，应该都不是菊子的本意。丈夫把妻子的洁癖当成问题，这不是证明了你对她的爱太浅薄吗？女人闹闹别扭，哪个男的会当真？”信吾的气势颓了下来。

“要是你妈妈知道白白丢掉了一个孙子，不知道会怎么数落你。”

“但是，这样的话，妈妈就知道菊子能怀孩子，可以放心了。”

“什么？你能保证以后还能怀上吗？”

“能保证啊。”

“说这话就证明你不畏天，不爱人！”

“说得这么复杂。这事儿不是很简单吗？”

“可不简单！你好好想想。菊子都哭成那样了。”

“我也不是不想要孩子，而是觉得现在两人状态都不好，生不出好孩子来。”

“我不知道你说的‘状态’是指什么，但是菊子的状态并不差。要说状态不好，那也只是你不好。菊子根本不是那种会‘状态不好’的性格。还是因为你没化解她的嫉妒，所以孩子才没了。你可不是光对不起孩子！”

修一吃惊地望着父亲。

信吾说：“你想想，你在那个女人那里喝得烂醉回来，把沾满泥的鞋子直接伸到菊子的腿上，还让她给你脱鞋……”

三

那天，信吾去银行办公事，随后和那边的朋友一同去吃午饭，聊天聊到两点半左右。他从料理店往公司打了一个电话，然后直接回家了。

菊子抱着国子坐在廊下。

看见信吾提前回来，菊子慌忙准备起身。

“别，坐着吧。别起来了。”信吾也走到了廊下。

“好。我正想给国子换尿布。”

“房子呢？”

“带里子去邮局了。”

“去邮局干什么？把孩子扔给你。”

“你稍等一下啊。我先伺候外公换衣服。”菊子对国子说。

“不要紧，不要紧。先给孩子换吧。”

菊子笑着抬头望信吾，唇边露出一排纤细的牙齿。

“外公说先给国子换尿布。”

菊子穿着一身鲜艳的平纹粗绸和服，搭配伊达窄腰带。

“爸爸，东京的雨也停了吗？”

“雨啊，在东京站上车时还在下。下车时已经晴了。我也没注意是从哪里开始晴的。”

“镰仓也一直在下雨，刚才雨停了，姐姐就出门了。”

“山还是湿漉漉的呢。”

菊子把国子平放在廊下后，国子翘起光溜溜的小脚，两只手抓住了脚趾。双脚活动得比手还灵活。

“哦，哦，你在看山呢。”菊子给孩子擦着屁股说。

美国的军用飞机低空掠过。孩子被声音吓了一跳，抬头看着山。飞机已经看不见了，巨大的影子投在后山的斜坡上，一晃而过。孩子应该也看见那影子了。

信吾忽然被孩子眼中闪过的天真的惊恐打动了。

“这孩子不知道什么是空袭哪。这些年出生了好多不知战争为何物的孩了哪。”

信吾盯着国子的眼睛，那惊恐的光芒已经平息了。

“刚才应该拍下国子的眼神啊，把山上飞机的影子也拍进去。然后，下一张照片就是……”

婴儿被飞机击中，悲惨死去。

信吾想说的是这个，但想起菊子昨天流产的事，话没有出口。

不过，他幻想中的两张照片上的婴儿，现实中肯定有无数个。

菊子抱起国子，单手将尿布团起来，走进浴室。

信吾心想，自己是挂念菊子才早早回来的。他这样想着，折回到起居室。

“今天回来真早啊。”保子也走了进来。

“你刚才在哪儿？”

“在洗头。雨一停，阳光照得厉害，头痒。一上年纪，头特别容易痒。”

“我的头就没那么痒。”

“你的头长得好嘛。”保子笑着说，“我知道你回来了，但正洗着头就出来，怕你说太吓人。”

"一个老太婆，披头散发的。干脆剪短，梳成茶筅发[1]，怎么样？"

"你是认真的吗？不过，茶筅发可不是只有老太婆能梳，江户时代男女可都能梳。把头发剪短，扎在脑后，形状跟茶筅似的。歌舞伎里也有梳的。"

"不用扎起来，直接剪短垂下来就成。"

"那样也行。但是，我们俩的头发都太多了。"

信吾压低声音问：

"菊子早就起来了？"

"啊，起来一会儿了……脸色很差。"

"别让她看孩子了。"

"房子去菊子床边说，让她帮着看一下孩子。孩子睡得很熟。"

"你去看不就好了。"

"国子哭闹的时候，我正洗头呢。"

保子起身，取来信吾要换的衣服。

"你提前回来，我还以为你哪里不舒服呢。"

菊子好像从浴室回自己的房间了。信吾喊道：

"菊子，菊子。"

"嗯。"

"把国子抱到这边来吧。"

1 一种日式发型。由于发髻的形状与茶筅相似，故得名。

“好，马上。”

菊子拉着国子的手，引她走过来。菊子已经系好了腰带。

国子抓住了保子的肩膀。保子正在用刷子刷信吾的裤子，然后踮脚站起来，将孩子搂在膝前。

菊子将信吾的洋服拿走了。

她把洋服挂进隔壁房间的衣柜里，缓缓关上了门。

她从门后的镜子里看到自己的脸，吓了一跳，一时间不知道该去起居室，还是回房间躺着。

“菊子，去睡吧。”信吾说。

“好。”

信吾的话传过来。菊子耸了耸肩，没有回看，径直走进卧室。

“你觉不觉得菊子有些奇怪？”保子皱起眉头。

信吾没有答话。

“也不知道她是哪里不舒服。起来走路，差点啪一下倒下去。真叫人担心哟。”

“是啊。”

“不管怎样，修一那个事，必须有个了断。”

信吾点了点头。

“你好好跟菊子聊聊？我带着国子去接她妈妈，顺便买些晚饭需要的东西。房子也是不省心。”

保子抱着孩子站了起来。

“去邮局有什么用。”信吾说。

保子立即回过头，说：

“我也觉得没用。她应该是去给相原寄信吧。都分开半年了……回来都快半年了。除夕就回来了。”

“寄信的话，附近就有邮筒。”

“她肯定是想着从邮局寄，信能早点儿到。忽然想起相原了，就迫不及待的。”

信吾苦笑一下，觉得保子太乐观主义了。

不管怎样，直到老年还能维持好家庭的女人似乎都天性乐观。

桌子上叠着四五天的报纸，保子似乎读过。信吾拿起来，漫不经心地扫了几眼，看见一则稀奇的报道——《两千年前的莲花开了》。

去年春天，在千叶市检见川弥生式古代遗迹的一艘独木舟上，发现了三颗莲子。据推断，它们是大约两千年前的莲子。研究莲花的某某博士成功将莲子育芽，然后于今年四月把幼苗移植到千叶农事试验场、千叶公园的池塘以及千叶市畑町的酿酒坊三处地方。酒坊的老板曾协助过挖掘遗迹。他将莲苗种植在注水的大缸里，放置在院中。酒坊的这株莲花最先开花了。莲博士闻讯赶来，抚摸着美丽的莲花，感慨道：“开花了，开花了。”报道上说，这朵莲花从“酒壶型”开成“茶碗型”，再变成“花盆型”，最后盛放成“大盆型”凋落了。报道还说，它共有二十四片花瓣。

报道下面还刊登了一张博士的照片：戴着眼镜，头发灰白，手里捧着一朵绽放的莲花。信吾重读一遍文章，得知博士今年六十九岁。

信吾盯着莲花的照片，凝望了好一会儿，然后拿着报纸走进菊子的卧室。

那是修一和菊子两人的房间。陪嫁的书桌上放着修一的礼帽。帽子旁边是信纸，菊子大概准备写信。书桌抽屉前盖着一块刺绣布。

屋里有香水的味道。

“怎么样？别老起来走动了。”信吾在书桌前坐下来。

菊子睁开眼，望着信吾。她原本准备起来，听信吾这么一说，似乎有些为难，脸颊微微泛红。但是，额头却是苍白的，眉毛看上去很美。

“你看报纸了吗？两千年前的莲子开花了。”

“看了。”

“看了呀。”信吾喃喃自语了一句，继续说，“你要是跟我们说一声，也不至于那么勉强自己吧。当天去，当天回，身体受得住吗？”

菊子吃了一惊。

“上个月，说起孩子的时候……你当时已经知道了吧？”

菊子躺着摇了摇头。

“那时候我还不知道。要是知道了，就不好意思说孩子的事了。”

“是吗？怪不得修一说你有洁癖。”

信吾看见菊子眼中浮泪，就不再往下说了。

“不用再去看看医生吗？”

“明天去。”

第二天，信吾下班回到家，保子像等不及了似的说：

“菊子回娘家了。听说在睡着呢……下午两点左右吧，佐川打来电话，房子接的。那边说，菊子回去了，身体不舒服，躺下睡了。虽然有些冒昧，但想让她在娘家那边先静养两三天，然后再回来。”

“这样啊。”

“我让房子跟那边打电话说，明天让修一过去看看。接电话的是亲家母。菊子回娘家就是为了睡觉吗？”

“不是。”

“那到底是怎么回事？”

信吾脱掉上衣，仰起头，缓缓解开领带，说：

“她把孩子流掉了。”

“什么？”保子大惊，“哎，她瞒着我们……菊子吗？现在的人真可怕。”

“妈，你太迟钝了。”房子抱着国子走进起居室，“我早就知道了。”

“你怎么知道的？”信吾忍不住追问她。

“这种事说不清楚。总得善后吧。”

信吾没再说话。

都　苑

一

“我爸可真有意思。”房子一边粗暴地将晚饭后的碗碟摞到盘子上，一边对保子说，“他对自家女儿比对外来的媳妇还客气。妈，你说是不是？”

“房子。”保子呵斥道。

“不是吗？菠菜煮得过了，直说不就好了？又不是煮成糊了，还是菠菜的形状啊。让爸爸用温泉烫菠菜好了。”

“跟温泉有什么关系？”

“温泉水不是能用来煮鸡蛋、蒸馒头吗？你不是给过我用温泉水浸熟的镭蛋吗？蛋白凝固了，蛋黄软软的……你不是说京都有家叫丝瓜亭的店，做这个做得特别好吗？”

“丝瓜亭？”

“葫芦亭！别看我穷，这种事还是知道的。煮菠菜什么的，煮得再好也没用。”

保子笑了。

“用含镭的温泉水煮菠菜，控制好温度和时间，这种菠菜端上桌，就算菊子不在，爸爸也会像大力水手一样充满力量。”房子没有笑。

“烦！阴气沉沉的。”

房子借着膝头的力量，把重重的盘子端了起来，说：

“帅儿子和美儿媳不在身边，饭都不香了呢。”

信吾抬起脸，和保子四目相对。

“真会嚼舌根啊。”

“就是。在家说也不敢说，哭也不敢哭。”

“孩子哭闹，也没办法。”信吾喃喃自语一句，嘴稍稍张开。房子就回嘴说：

“不是孩子。是我。”她一边踉踉跄跄地朝厨房走，一边说，“小孩子哭闹多正常。”

盘碟被重重地放进洗碗槽里。

保子倏地直起腰。

房子啜泣的声音传了过来。

里子眼珠上翻，瞟了保子一眼，小步跑进厨房。

信吾心想，这眼神里满是嫌弃啊。

保子也站起来，抱起身旁的国子，放到信吾膝盖上。

“你看一下这孩子。”

说完，她也去了厨房。

信吾一抱住国子，就觉得她软乎乎的，于是搂得更紧了。他握住孩子的脚，细细的脚脖子和胖嘟嘟的脚掌心都被他握在手里。

“挠痒痒吧？”

但是，国子好像听不懂“挠痒痒”。

信吾觉得这孩子很像还嗷嗷待哺时的房子。那时候，每次给她换衣服，总让她裸躺着。信吾挠她的胳肢窝，房子皱着鼻子，小手挥来舞去……信吾很少想起这些事来。

他很少提及房子小时候的丑陋。因为话还没出口，保子的姐姐的美丽就会浮现在眼前。

信吾一直期待着女大十八变，但期待落空了。随着时间的流逝，期待也颓丧下去了。

外孙女里子的容貌似乎强于房子，年纪尚小的国子还有希望。

这样想来，难道自己甚至要在外孙女身上追寻保子的姐姐的音容笑貌？信吾有些厌恶自己。

信吾一边厌恶自己，一边被一种妄想攫住：菊子流掉的那个孩子，那个失去的孙女说不定才是转世的保子的姐姐，说不定才是这世间容不下的美女吧？想到这些，信吾更觉惊恐了。

他松开了手，国子离开信吾的膝盖，朝厨房走去。她的胳膊弯曲向前，脚下摇摇晃晃。

“小心。”信吾的话音刚落，孩子就跌倒了。

她向前扑倒，接着滚到一边，一时没有哭。

里子拽着房子的衣袖，保子抱起国子，四人重新回到起居室。

“妈，我爸真是糊涂了。”房子边擦桌子边说，“他从公司回来，换衣服时，襦袢[1]也好，和服也好，都是把右衣襟向左扣[2]，然后系上腰带。往那里一站，样子真奇怪。哪有人这样啊？他恐怕也是第一次这么穿。真是越来越糊涂了。”

“不是，以前也这么穿过一次。”信吾说，“当时菊子说，在琉球，向左扣、向右扣都可以。”

“啊？琉球？这谁知道呢？”

房子的脸色又变了。

“菊子为了讨你开心，真动脑筋，真厉害。琉球啊。”

信吾压着心头的怒火，说：

“襦袢原本是葡萄牙语。在葡萄牙，谁知道是向左扣还是向右扣。”

“这也是菊子的知识？”

保子从一旁说和道：

“你爸爸夏天穿浴衣，还经常反着穿呢。”

“不小心穿反和糊里糊涂把右襟向左扣根本不是一回事嘛。”

“你让国子自己穿和服看看。她也分不清是向左扣，还是向右扣。”

1 穿在和服里面的衬衣。

2 正常的穿法是左衣襟向右扣。向左扣是死人的穿法。

"爸你离返老还童还远着呢。"房子不服气地说，"妈，这也太说不过去了吧？儿媳妇回娘家才一两天，他就糊涂到把右襟往左扣了。自己家女儿不都回家半年了吗？"

从下雨的除夕算起，房子的确已经回家快半年了。女婿相原不表态，也没有上过门，信吾也没有见过他。

"都半年了啊。"保子帮腔道，"你的事和菊子的事没什么关系嘛。"

"没关系？我觉得都和爸爸有关系。"

"你们都是我们的孩子。你想让爸爸帮你解决吗？"

房子垂着头，没有回答。

"房子，你干脆趁这个时候，想说什么，统统说出来吧。说出来就痛快了。菊子也不在家。"

"是我不好，我没什么正经事要说。不是菊子亲手做的饭，爸爸就一声不吭地吃。"房子又开始哭了，"不是吗？爸爸一言不发，好像很难吃似的。我看着心里多难受啊。"

"房子，你应该有很多话想说。你两三天前去邮局，是给相原寄信吧？"

房子有些吃惊，摇了摇头。

"你也不会给其他人寄信，我想着就是给相原的。"

保子表现出不同于往常的尖锐。

"还寄了钱吧？"

这话一说，信吾察觉到保子背着自己给过房子零花钱。

"相原人在哪里？"

信吾转身朝向房子，等着她的回答……随后他又说：

“他好像不在家。我派公司里的人去看过情况，一个月一次。说是看情况，每次都会给他母亲一些赡养费。因为房子如果在相原家的话，也是得照顾人家的。”

“啊？”保子呆住了，“你派公司的人去过？”

“没关系，那人很可靠，不打听闲事，也不说闲话。要是相原在家，我倒是想去跟他谈谈房子的事情。但现在，去了也只能看到腿脚不灵便的老太太。”

“相原在干什么？”

“唉，好像是在偷偷卖麻药，或是类似的勾当。干这个也是给人打下手。先是酗酒，现在又染上了麻药。”

保子惊恐地望着信吾。比起相原的事，这个一直瞒着她的丈夫似乎更让她害怕。

信吾继续说：

“不过，那个腿脚不灵便的老太太好像也不在家里住了。住进去了别人。房子的家已经没了。”

“那房子的东西呢？”

“妈，柜子、行李早就空了。”房子说。

“是吗？只带个包袱皮回来，你是要当老好人吗？哎哟哟……”保子叹了口气。

信吾怀疑房子知道相原的下落，所以才给他寄信的。

是谁没能挡住相原的堕落呢？房子？他信吾？相原自己？还是谁都挡不住？信吾望着暮色苍茫的庭院。

二

信吾十点左右到公司，看见谷崎英子留下的信。

信上说，她因为少夫人的事想见见信吾，以后再来拜访。

英子写的“少夫人”，指的就是菊子。

英子辞职后，岩村夏子代替她来到信吾办公室工作。信吾问岩村：

“谷崎什么时候来的？”

“啊，我到公司正在擦桌子的时候，八点刚过吧。”

“她一直在等我？”

“啊，等了一会儿。”

夏子说话总喜欢带一个又重又钝的“啊”字，信吾很不喜欢。那可能是夏子的方言习惯。

“她去见修一了吗？”

“没有。她直接走了。”

“这样啊。八点多钟……”信吾自言自语着。

英子应该是去洋服裁缝店上班前顺路过来的吧。再来应该是在午休时间。

信吾又看了一遍英子留下的信，一大张纸的一头写着一行小字。看完，他望向窗外。

窗外是最像五月的万里晴空。

信吾在横须贺线的火车里也一直望着天空。看天的乘客全都把车窗打开了。

飞鸟从波光粼粼的六乡川上掠过，身上也闪着银光。一辆红色巴士从北边桥上驶过，看上去轻车熟路。

“天上大风，天上大风……”信吾莫名反复念叨起仿造的良宽匾额题字，同时凝望着池上的森林。

“哟！”他差点从左侧车窗探身出去，“那两棵松树可能不在池上森林里啊。在更近的地方。”

今早再看，高耸的那两棵松树似乎在池上森林的前面。

之前也许因为是春天，也许因为是雨天，看不清楚远近。

信吾一直注视着窗外，想确认明白。

每天都是从火车里朝外看。此刻，他内心涌起一种去松树所在地方确认一番的冲动。

不过，说是每天都看，发现那两棵松树也是最近的事。这么多年来，他也只是茫然地望着池上本门寺的森林从这里经过而已。

今天第一次发现那两棵高大的松树似乎并不在池上的森林里。因为五月早晨的空气十分清澈。

那两棵松树上半段相互靠近，树梢仍然交缠在一起。信吾今天第二次发现了它们。

昨天晚饭后，信吾说了他派人去相原家打探情况、些微帮扶相原老母亲的事。愤愤不平的房子一下子变老实了。

信吾开始可怜房子。他仿佛发现了房子内心的秘密，可那究竟是什么呢？又不像池上松树那般鲜明。

说起池上松树，两三天前，信吾正是在火车里凝望着这两棵松树，追问修一菊子怎么了，然后修一坦白了菊子流产的事。

松树已经不只是松树，而是和菊子堕胎的事纠缠在一起。上下班路上，每次看见这两棵松树，信吾似乎都会想起菊子的事。

今早当然也是这样。

修一坦白实情的那天早晨，两棵松树在狂风暴雨中变得单薄，和池上的森林融成了一体。但是今天早上，松树和森林分离，与堕胎一事纠缠在一起，显得脏兮兮的。也许因为天气太好了吧。

“就算天气很好，人的心情也会很糟。”信吾喃喃自语了一句闲话，不再凝望被办公室的窗户框住的天空，开始工作了。

中午过后，英子打来电话，说忙着赶制夏装，今天来不了了。

“真的这么忙？”

“嗯。”

英子沉默了一下。

“你从店里打来的电话？”

“嗯。但是，娟子不在。”她直接说出了修一情妇的名字，“我等娟子出去了才打的。”

“是吗？”

"嗯，明天早上，我再去您那里。"

"早上？还是八点左右？"

"不，明天我等着您。"

"有急事吗？"

"嗯。不算急的急事。我觉得是急事，想早点儿说。我情绪太激动了。"

"激动？是修一的事吗？"

"等见了您，我再说。"

英子的"激动"虽然不可靠，但她连续两天过来有话要说，信吾还是感觉有些不安。

信吾愈发不安，三点左右往菊子娘家打了电话。

佐川家的女佣去叫菊子。这段时间里，电话里响着优美的音乐声。

菊子回娘家后，信吾没有同修一谈过菊子的事。修一也有意回避。

另外，去佐川家看望菊子，说不定会扩大事端，信吾也没有去。

信吾心想，以菊子的性格，她不会跟父母以及兄弟提起娟子和自己流产的事。但是，这也说不准。

在优美的交响乐中，电话那端传来了菊子熟悉的呼唤："……爸爸。"

"爸爸，让您久等了。"

"啊。"信吾舒了口气，"身体怎么样了？"

“嗯，已经好了。我太任性了，对不起。”

“别这么说。”

信吾说不出话了。

“爸爸，”菊子似乎很高兴，“我想您了。晚会儿去找您，行吗？”

“晚会儿？你方便吗？”

“没事。我早些见到您，就不会不好意思回家了，这不是很好吗？”

“行。我在公司等你。”

音乐仍在流淌。

“喂，”信吾舍不得挂断电话，“这音乐真好听。”

“哎呀，我忘关了……是芭蕾舞曲《林中仙女》。肖邦的组曲。我把这张唱片带回家。”

“你马上来吗？”

“对。但是，我不想去公司，还在想去什么地方好。”

接着，菊子说，在新宿御苑见吧。

信吾有些无措，又不由自主地笑了出来。

菊子觉得这是个好主意，说：

“那里到处是绿草绿树，爸爸您也会觉得神清气爽的。”

“新宿御苑哪，我去过一次，因为一次偶然的机会去那里看过狗展。”

“那您这次就当是来看我吧。”菊子的笑语过后，《林中仙女》依然在回响。

三

按照约定的时间，信吾从新宿一丁目的大木户门进入新宿御苑。

门旁竖着一块告示牌：出租婴儿车，一小时三十日元；草席一小时二十日元。

一对美国夫妇走过来，丈夫抱着女儿，妻子牵着一条德国猎犬。

来御苑的不只是这对美国夫妇，还有成双结对的年轻情侣。休闲漫步的，只有美国人。

信吾很自然地跟在美国人后面。

道路左侧的植物看着像落叶松，实际上是喜马拉雅雪松。信吾之前来参加动物爱护协会之类的组织举办的慈善游园会时，也看见过秀丽的喜马拉雅雪松林。那是在哪一块地方呢，也记不清楚了。

道路右侧的树木上挂着“侧柏”“多行松”之类的名牌。

信吾想着自己到得早，慢悠悠地走着。进门走不远便是一片池水，岸边种着银杏树。菊子已经坐在树后的长椅上等着了。

菊子转过头，欠身鞠了个躬。

“你来得真早。约好的四点半，提前了十五分钟呢。”信吾看了看表。

“接到爸爸的电话，我太高兴了，立即就出来了。您不知道我有多高兴。”菊子的语速很快。

“你等了很久吧？穿这么薄，没事吧？”

“没事。这是我上学时穿的毛衣。”菊子突然害羞起来，“家里没有留我的衣服，我也不好借姐姐的衣服穿。”

菊子家里共有兄弟姐妹八人，她是最小的女儿，姐姐们都已嫁人。她说的姐姐应该是指嫂子。

菊子穿着一件绿色的短袖毛衣，信吾今天第一次看到她裸露的手臂。

菊子为回娘家一事郑重地向信吾道了歉。

信吾不知道怎么回应，只是温柔地问：

“可以回镰仓了吗？”

“可以。”菊子坦率地点点头，“我想回去了。”说完这句，她耸了耸美丽的肩膀，注视着信吾。信吾没有看清楚她的肩膀是怎么动的，但他感受到了一阵柔和的芬芳，内心一动。

“修一去看你了吗？”

“看了。但是，如果您不打来电话的话……”

也不好回去吧？

菊子没再说下去，离开了银杏的树荫。

乔木葱茏的绿意仿佛落在了菊子纤细的后颈上。

池塘微带日本风情。池心的小岛上，一个白人士兵正踩着灯笼与妓女调情。岸边的长椅上还坐着一对年轻情侣。

信吾跟着菊子，穿过池塘右侧的树林，惊叹一句：“真开阔啊！”

“爸爸，您也觉得神清气爽吧！”菊子似乎很得意。

但是，信吾在路旁的枇杷树前停下脚步，没有立即走到广阔的草坪上。

“这枇杷树长得真好！无遮无挡的，下面的枝条也能尽情伸展啊。”

信吾望着树木自由且自然的姿态，内心极为感动。

“树形真美。对了，上次来看狗展的时候，我也看见了成排的喜马拉雅雪松，树都很高，下面的枝条可以无尽伸展，看着心情真舒畅。那是在哪一块儿来着？”

“靠新宿那边。”

“是哦，我当时是从新宿那边的入口进来的。”

“您打电话时也说过，您来这里看过狗？”

“嗯。狗不多。是动物爱护协会为筹集善款举办的游园会。日本人少，外国人多。来的应该都是占领军的家属和外交官。那是夏天，有不少印度姑娘，身上裹着红色或淡蓝色的薄纱，特别漂亮。还有美国人和印度人开的商店。当时可是很稀奇的。”

大概是两三年前的事情吧，信吾却想不起具体年份了。

说话的间隙，他已经在枇杷树前迈步向前了。

“我们家院子里的樱树哪，也得把树下的八角金盘除掉。你回家后，可要帮我记着，别忘了。”

“好。”

“樱树枝从没修剪过。我很喜欢它的样子。”

“小枝丫多，花开得满树都是……上个月樱花盛开的时候，我和您还听见了佛都七百年祭时寺院的钟声呢。”

“这种小事你也记得啊。”

“哎呀，我一辈子都忘不掉。我们还听见了鸢的叫声呢。”

菊子贴近信吾，从高大的榉树下走到宽广的草坪上。

眼前绿草如茵，信吾感到心胸开阔。

“啊，感觉多舒畅啊。简直不像在日本，很难想象东京还有这样的地方哪。”信吾望着一直铺展到新宿方向的浓浓绿意。

“他们在展望景观上下了许多功夫，让进深显得很远。”

“什么是展望景观？”

“就是视线吧。草坪边缘和中间的道路都设计成了平缓的曲线。”

菊子说，她上学时来过，听老师讲的。这片大草坪采用了英国园林的样式，乔木散植在其中。

观赏这片广阔草坪的人，尽是些年轻情侣。他们或躺，或坐，或悠闲漫步。偶尔也能看到五六个结伴而行的女学生或成群的孩子。信吾没有料到这里竟是男女幽会的乐园，感觉来错了地方。

如同皇室御苑解放了一样，年轻男女也解放了吧。

信吾和菊子一起走进草坪，从幽会男女中间穿过，但没有人在意他们。信吾尽量避开这些人。

菊子是怎么想的呢？年迈的公公和年轻的媳妇一起逛公

园，仅仅这件事就让信吾不自在。

菊子在电话里约好在新宿御苑见面，信吾并未多想。但是一来，就感觉到了异样。

草坪上矗立着一棵异常高大的树木。信吾被它吸引，走了过去。

信吾仰望着大树、朝它走近的过程中，深深感受到参天绿树的品格与量感，自己和菊子之间的烦闷也被自然洗涤干净了。“爸爸，您也会觉得神清气爽的。”信吾觉得菊子的想法是对的。

这是一棵鹅掌楸。走近一看，才知道是三棵树紧挨彼此形成了一棵树的姿态。花朵似百合，也像郁金香。树旁竖立着说明牌：别名为郁金香树，原产北美，生长快，树龄约为五十年。

“哟，这树五十岁了啊。比我年轻呢。”信吾惊讶地仰望着大树。

它枝繁叶茂，伸展的枝叶仿佛能把两个人搂藏起来。

信吾在长椅上坐下，但是心神不宁。

他刚坐下又站了起来，菊子吃惊地看着他。

“我们去那边看看花吧。”信吾说。

草坪对面似乎是一个花坛。远远望去，一簇簇洁白的花丛美丽绽放，几乎与鹅掌楸低垂的枝叶等高。信吾穿过草坪，边走边说：

“日俄战争的凯旋将军欢迎会就是在御苑举办的。我那时不到二十岁，还住在乡下。”

花坛两侧，秀木成排。信吾在树木中间的长椅上坐了下来。

菊子站在他面前，说：

“我明天早上回家吧。您跟妈妈也说一声，到时候别责怪我……”

说着，她在信吾身旁坐下。

“回家之前，你要是有什么想说的……”

“跟您说吗？我有一肚子话想说呢。”

四

第二天早晨，信吾虽然满心期待，但还是在菊子回来之前离开了家。

“她说让你别责怪她。”他对保子说。

“哪里会责怪，我还得跟她赔不是呢。”保子也一脸高兴。

信吾只说了他给菊子打电话的事。

“你对菊子说话，可真管用。”保子把信吾送到玄关，“不过啊，挺好的。”

信吾刚到公司，英子就来了。

“哟，变漂亮了啊，还带了花。”信吾热情地迎接她。

“一去店里就忙得抽不开身了，所以我先在街上闲逛了一会儿，看见花店的花挺好看的。”

但是，英子一脸严肃地走到信吾的办公桌前，用手指在桌子上写了“把人支走”几个字。

“啊？”信吾虽然搞不清楚状况，却还是对夏子说：“夏子，你出去一会儿吧。”

等夏子离开办公室后，英子找来一个花瓶，将三枝玫瑰插了进去。她身穿连衣裙，一副洋服裁缝店店员的派头，似乎也略微胖了一些。

“昨天失礼了。”英子突然一字一顿拘板地说，“连续两天来打扰，我……”

“哎，坐下再说。”

“谢谢。”英子坐在椅子上，低下了头。

“今天要害你迟到了。”

“哪有，没什么。”

英子一抬头看见信吾，就屏住呼吸，像是要哭似的。

“不知当讲不当讲。我真是太气愤了，也可能是太激动了。”

“哦？”

“因为少奶奶的事。”英子吞吞吐吐地说，“孩子流掉了，对吗？”

英子为什么会知道这件事？难道是修一说的？但是，英子和修一的情妇在同一家店工作。信吾心里生出夹杂着厌恶的不安。

“虽说做流产也没什么……”英子再次欲言又止。

“谁告诉你的？”

“住院的钱是修一找娟子拿的。”

信吾惊得胸口一紧。

“我觉得这太过分了。太侮辱女人，太不在乎了！少夫人真是可怜，我都忍受不了。那钱也许是修一之前给娟子的，可能是他的钱，但我们还是觉得恶心。他和我们身份不同，那点儿钱，他总能拿出来吧。他是觉得身份不同，这样做就行吗？”

英子竭力克制着自己，不让单薄的双肩颤抖。

“娟子就是这种人，还拿钱给他。我真是不明白。我太生气了，心里厌恶得不行，无论如何都想跟您说说，哪怕不再跟她在一家店工作都行。说这些闲话不好，可是……”

“哎呀，谢谢。”

“在这儿感觉好多了。我虽然只见过少夫人一面，但是很喜欢她。”

泪珠在英子的眼眶里闪闪发亮。

“让他们分开吧。”

“嗯。”

英子指的肯定是娟子，但听上去像是让修一和菊子分开。

信吾受到了致命一击。

他震惊于修一的精神麻痹和颓废，同时感觉自己也深陷泥潭，被黑暗的恐惧攫住了。

一吐为快之后，英子说要走。

"不急。"信吾无力地稍作挽留。

"我改天再来拜访。今天真是不好意思，还哭了，太讨厌了。"

信吾感受到英子的良心和善意。

英子靠着娟子，与她在同一家店工作。这种行为让信吾震惊，他觉得英子太漠然，却不知修一和自己其实更甚。

信吾呆望着英子留下的红玫瑰。

他听修一说过，菊子有洁癖，在修一有情妇的情况下不愿生孩子。菊子的洁癖不是完全被糟蹋了吗？

菊子肯定不知情，此刻恐怕已经回到镰仓的家了吧？信吾不由得闭上了眼睛。

伤 后

一

周日早晨，信吾把盘踞在樱树根部的八角金盘锯掉了。

不连根拔除，恐怕很难除尽。信吾边想，边喃喃自语："一长出新芽，就掐断。"

过去也砍过枝干，结果反倒疯长成现在的样子。但是，信吾现在也不想费力除根了。也许是没有力气刨根了。

八角金盘的枝干很容易锯断，但它枝繁叶茂，累得信吾满头大汗。

"我帮你吧。"修一不知什么时候走了过来。

"不用。不需要。"信吾冷冷地说。

修一伫立片刻，说："是菊子让我来的。她说，你正在锯八角金盘，让我过来帮忙。"

"是吗？不过剩得很少了。"

信吾坐在砍下的枝干上，朝家的方向望去，看见菊子正倚在檐廊的玻璃门上，系着一条鲜艳的红色腰带。

修一拿起信吾膝上的锯子。

“全锯了？”

“嗯。”

信吾注视着修一麻利的动作。

剩余的三四根枝条转眼悉数倒下。

“这些也锯掉吗？”修一回头问信吾。

“我看看，等一下。”信吾站起身。

樱树下生出两三株幼苗。似乎是从树根处长出来的，不是独立的小树，可能只是枝干。

它们从粗壮的树干底部长出来，形似插条，已经长出叶子。

信吾隔远看了一下，说：“土里长出来的东西，还是锯掉好看些吧。”

“是吗？”

但是，修一不想立即锯掉那几株幼苗，似乎觉得信吾的想法有些荒唐。

菊子也走到院子里来了。

修一用锯子指着樱树幼苗，轻轻笑着说：

“爸爸正在考虑要不要锯掉它们呢。”

“还是锯掉好。”菊子干脆地回答。

信吾对菊子说：

“不知道是不是枝条啊。”

“土里长出来的，怎么可能是枝条呢？”

“那根上抽出的枝，叫什么呢？”信吾也笑了。

修一默不作声地锯掉了幼苗。

“不管怎样，樱树枝全留着，让它们自由自然地生长。八角金盘太碍事，所以都锯掉。”修一说。

“我说，把根部的小枝留下来吧。”菊子看着信吾说，“这些小枝跟筷子或牙签似的，还开了花，多可爱啊。”

“是吗？开花了吗？我都没注意到。”

“开了。一根小枝上开了一串，有两三朵花……那根牙签似的枝条上只开了一朵。”

“是吗？”

“不过，这种小枝能长大吗？等这么可爱的小枝长成像新宿御苑的枇杷或杨梅那样大的树枝，我都成老太婆啦。”

“哪里的话。樱树长得很快。”信吾说着，看向菊子的脸。

和菊子去新宿御苑的事，信吾没有跟妻子说过，也未向修一提及。

但是，菊子恐怕一回镰仓的家就跟丈夫老实交代了吧。也谈不上是老实交代，菊子应该是不经意说的。

“听说你和菊子在新宿御苑见面了。”这话要是修一不好说出口，也许应该由信吾说出来才好。但是，他俩谁都没有说。彼此间似乎有隔阂。也许修一已经听菊子说了，却佯装不知。

不过，菊子一脸坦然。

信吾注视着樱树下那几根小小的枝条，想象着这些从意外的地方萌芽的纤弱枝条长成新宿御苑里那样自由舒展的枝条时的模样。

它们若是低垂在地上，长长地蔓延出去，开满花朵，那该多壮观啊。但是，信吾没有见过这样的樱枝。他也不记得见过哪棵大樱树会从根部抽枝萌芽，伸展生长。

“锯下来的这些八角金盘放到哪里?”修一说。

“随便找个角落堆起来就行。”

修一将八角金盘扒拢到一起，夹在腋下拖走了。菊子也拿起三四根枝条跟过去。

“别拿了，菊子……你还是要注意身体。”修一贴心地说。

菊子点点头，放下八角金盘，停在原地。

信吾回屋了。

“菊子也去院子里干什么?”保子摘下老花镜问信吾。

她正在改旧蚊帐，准备改小给国子睡午觉用。

“星期天，两个人都待在院子里，太少见了。菊子从娘家回来以后，他俩的关系好像变好了呢。真奇妙啊。”

“菊子也很伤心的。”信吾低喃了一句。

“不全是。”保子加重语气说，“菊子是个好孩子，整天笑呵呵的，但是很久没见她像现在这么高兴了吧，眼睛里全是笑。她最近憔悴了一些，一看到她这么高兴的笑脸，我也……”

“嗯。”

“最近，修一早早就下班了，周日也待在家里，真是坏事变好事啊。”

信吾沉默地坐着。

修一和菊子一同走进屋来。

“爸爸，里子把你的宝贝樱树嫩芽都拔掉了。”修一边说边捏着小枝条给信吾看。

“里子在那里拖八角金盘，觉得好玩。玩着玩着，把樱树的嫩芽也拔掉了。”

“是吗？那些嫩芽，小孩子很容易拔掉的。”信吾说。

菊子站着，半藏在修一身后。

二

菊子从娘家回来时，给信吾带了日本国产的电动剃须刀作为礼物。保子收到一根和服腰绳，房子收到了给里子和国子买的衣服。

“她给修一送了什么？”信吾后来问保子。

“折叠伞。好像还有一把从美国买来的梳子。梳子套上一面是镜子……梳子代表缘尽，一般是不送人的。菊子可能不知道吧。”

“美国不讲究这些。”

“菊子自己也买了一样的梳子。颜色不一样，稍微小些。房子看见了说好看，她就送给房子了。菊子从娘家回来，想着有个跟修一一样的东西。她肯定很喜欢那把梳子吧。房子哪能就这样要走呢。连一把梳子也要，真不懂事。”

保子似乎觉得自己的女儿太不像话。

“菊子送给里子和国子的衣服都是上等丝绸，可都是正式的衣服。说是没送房子东西，但送孩子了，那就是送她了。房子把梳子要走，菊子肯定会想没给房子买礼物太不好。菊子因为那种事回的娘家，回来了还给我们带礼物，哪有这种道理？”

“是啊。”

信吾深有同感，同时还怀着保子不知道的忧愁。

菊子为了买礼物，恐怕还要麻烦她的父母吧。流产的费用都是修一找娟子要的。由此可见，修一也好，菊子也好，都拿不出买礼物的钱吧。菊子大概想着医院的钱是修一付的，所以硬找父母要钱买了礼物。

信吾后悔自己已经很久没有给过菊子零用钱了。他不是没有察觉到，菊子和修一的夫妻关系失和，却与他这个公公越来越亲近，这让信吾内心有愧，反而更难给菊子钱了。他没有设身处地为菊子着想，大概跟夺走梳子的房子也差不多吧。

菊子过得拮据当然是因为修一的放荡不羁，所以她不会找公公要钱。但是，信吾若是能体谅到这一点，就不至于让菊子陷入用丈夫情妇的钱去堕胎的屈辱中去。

“不买礼物回来，我会更好受一些啊。”保子若有所思地说，“几样加起来，不少花钱哪。也不知道花了多少啊。”

“谁知道呢。”

信吾在心里稍微估算了一下。

“电动剃须刀多少钱，我估摸不出来，这东西我见都没见过。”

“就是嘛。”保子也点头同意，“要是抽奖，你中的绝对是头奖。菊子安排的，肯定是这样。最好的是，它一响就动了吧。”

“刀刃不动。”

“肯定动的。不动怎么剃胡子？”

“不动，我看来看去，刀刃也不动呀。”

“真的吗？”保子不禁暗笑，“看你高兴的，像小孩子得了玩具似的，绝对是头奖。每天早上都听见它哼哼吱吱地响。吃饭的时候，你也不停地摸下巴。看你得意成那个样子，菊子都觉得有点儿不好意思了。不过，她还是很高兴的。”

“也借你用用吧。”信吾笑着说。保子赶紧摇头。

菊子从娘家回来那天，信吾和修一一同下班回家。在那天傍晚的起居室里，菊子送的电动剃须刀颇受欢迎。

擅自回娘家的菊子，导致菊子堕胎的修一一家，再见的场面难免尴尬，可以说是电动剃须刀替他们完成了彼此相对时的寒暄。

房子也让里子和国子赶紧穿上菊子送的衣服，赞叹着衣领和袖口精美的刺绣，一脸明媚。信吾读着“使用说明”，当场试用起剃须刀来。

大家都盯着信吾，想知道感受如何。

信吾一只手握着剃须刀在下巴上转动，另一只手不离“使用说明”。

“这上面写着也能轻松剃掉妇女后颈发际处的细毛。”说着，他看了看菊子的脸。

菊子鬓角和额头间的发际线很美。信吾之前好像没有注意到。这里的发际微妙地弯出惹人怜爱的线条。

细腻的皮肤和齐整的头发之间界限分明。

菊子的脸略显苍白，反而衬得脸颊粉嫩，双目闪耀着喜悦的光芒。

“你们爸爸得了一个好玩具。”保子说。

“这可不是玩具。是文明的利器，是精密器械呢。这上面有编号，还盖了质检、调整、完成的负责人的印章。”

信吾喜形于色，拿着剃须刀来回剃着胡茬。

“它不伤皮肤，剃完不会发红发痒，也不用水和肥皂。”菊子说。

“对。上年纪了，用刮胡刀经常被皱纹卡住。你也能用呢。”信吾要把剃须刀递给保子。

保子害怕似的往后退。

“我又没胡子。”

信吾端详着电动剃须刀的刀头，随后又戴上老花镜再看。

“刀头明明不转，怎么剃的呢？电机在转，刀头没转啊。”

“让我看看？”修一接过来，又立即递给了保子。

“果真哪。刀头好像没转。这跟吸尘器一样，是把尘土吸进去了吧？”

“也不知道刮下来的胡子去哪儿了。”信吾说完，菊子低头笑了。

“作为回报，买个吸尘器怎么样？洗衣机也行。能给菊子省不少力呢。”

“是啊。”信吾回应老伴。

“我们家没有一样文明的利器。就说冰箱，年年说买，也没买，今年必须买了。还有烤面包机，烤好时，面包‘啪’一声弹出来，开关就断开了，很方便呢。”

“老太婆的家庭电气化论？”

“你这个当爸爸的，光说心疼菊子，却不做实事嘛。”

信吾拔掉电动剃须刀的电线。剃须刀的盒子里有两把刷子。一个像小牙刷，一个像小瓶刷，信吾都用了一下。他用那个瓶刷一样的刷子清理刀齿后的小洞，猛地低头一看，膝盖上零星地落了一层白色的胡茬。他只看到了白色的胡茬。

信吾悄悄拂了拂膝头。

三

信吾很快买了吸尘器。

早饭前，菊子用吸尘器的声音与信吾用剃须刀的声音交融在一起，信吾总觉得有些滑稽。

但是，这也许是家庭焕然一新后的声音。

里子也觉得吸尘器很稀奇，总是跟在菊子身后。

兴许是电动剃须刀的缘故吧，信吾做了一个关于下巴上的胡子的梦。

在梦里，信吾没有出场，只是个旁观者。不过，因为是梦，出场还是旁观，区别并不明显。而且，这梦发生在信吾从未去过的美国。信吾事后想到，也许是因为菊子买的梳子是美国造的吧，所以他就梦到了美国。

在信吾的梦里，美国各州的情况不同，有的州英国人居多，有的州西班牙人居多。另外，各个州里，男人的胡子也各具特色。信吾已经记不太清楚胡子的颜色和形状有何不同，但是梦里的他能够清晰地辨别出各州不同人种的胡须差异。醒来后，州名都忘了，只记得某个州出现了一位集各州、各人种的胡须特色于一身的男子。他的胡须并不是不同人种的胡须杂糅在一起，而是各种胡须界限分明：这部分属于法国型，那部分是印度风，各种风格集于一身。也就是说，他的胡须像一串串流苏一样垂下来，分别集中了美国不同州、不同人种的特色。

这个男子的胡须被美国政府认定为天然纪念物。得到政府认定后，他不能随意刮胡子，也不能修剪。

梦只是如此而已。信吾看着那个男子缤纷多彩的胡须，觉得那也有些像是自己的胡须。男子的得意和困惑，信吾身上也有几分。

这个梦几乎没有情节，信吾只是看到了那个男子的胡须而已。

男子的胡须当然很长。也许因为信吾每天早晨都用电动剃须刀将胡子剃得干干净净，反而做了胡子无限变长的梦。不过，胡子被认定为天然纪念物，这也太奇怪了。

这是一个纯真的梦，信吾期待着早起后跟家人讲一讲。他听着雨声，很快再次沉入梦乡，结果被一个噩梦惊醒了。

信吾抚摸着一对又尖又垂的乳房。乳房一直软塌塌的，没有丰挺起来。因为女人对信吾的抚摸毫无反应。什么啊，无聊。

信吾抚摸着那女人的乳房，却不知道她是谁。与其说不知道，不如说根本没想过她是谁。梦里看不见女人的容貌和身体，只有一对乳房悬在空中。至此，信吾才开始想那女人究竟是谁，答案是修一朋友的妹妹。但是，信吾并没有感觉到良心不安，也没有醒来。关于那女人的印象很淡薄，她的身影也模糊不清。乳房虽然是未育女人的乳房，但信吾觉得她不是处女。他在手指上看见了纯洁的痕迹，心中大惊。他心想，麻烦了，同时又觉得并没有那么糟糕。

“就当她曾经是个运动员吧。”信吾喃喃自语了一句。

信吾被自己的话惊到，梦醒了。

信吾想起，“什么啊，无聊”是森鸥外[1]的遗言。他好像什么时候在报纸上看到过。

但是，刚从噩梦中醒来就想起森鸥外临终前的话，还将这话和自己的梦话联系在一起，这大概是信吾的遁词吧。

梦中的信吾没有爱，没有欢愉，甚至也没有春梦里的淫秽念头。完全只是："什么啊，无聊。"然后，乏味地醒了。

信吾并没有在梦里侵犯那位姑娘，也许只是欲行不轨。不过，若是在感动或恐怖的战栗中侵犯对方，醒后还是难免觉得丑恶。

信吾回想自己近些年来做过的春梦，对方大多是下流的女子。今晚的这位姑娘也是。他连做梦都害怕因奸淫而受到道德谴责吧？

信吾回想着修一朋友的妹妹的长相。她的胸脯十分丰挺。菊子嫁进门之前，有人给她和修一说过媒，两人也交往过。

“啊！”一个念头突然闪过。

梦中的姑娘不就是菊子的化身吗？他在梦里也受道德的约束，所以让修一朋友的妹妹代替了菊子吧？为了隐藏不伦恋，为了掩饰良心的谴责，那个来当替身的妹妹变成了一个更乏味的女人吧？

倘若顺应信吾的欲望，倘若可以按照自己的心意重设人生，那么他就想去爱菊子，爱那个与修一结婚之前的菊子吧？

---

1 森鸥外（1862—1922），日本小说家、翻译家、评论家，著有《舞女》《涩江抽斋》等。

他的心念被压抑，被扭曲，于是不堪地呈现在梦里。即便在梦里，信吾也在极力隐藏自己，欺骗自己吧？

他在梦里将菊子假托成与修一有过媒妁之言的姑娘，而且姑娘的身影也模糊不清。这是因为他极度害怕那个姑娘就是菊子吧？

梦醒后回想起来，梦中人是模糊的，梦的情节也是模糊的，什么都记不清了。抚摸乳房的手也没有快感，可能是因为梦醒时，某种狡猾的东西已经机敏地运转过，将梦抹去了吧？

“是梦。胡子被认定为天然纪念物，是梦。解梦这种事不能信。”信吾拿手掌搓了搓脸。

这个梦清冷得让信吾周身发寒。他醒后心头发堵，直冒虚汗。

胡子的梦过后，他隐约听见了雨声，现在已是疾风骤雨拍打着屋宇。连榻榻米也变得湿漉漉的。不过，听声音似乎只是一阵急雨。

信吾想起四五天前在朋友家看到一幅渡边华山[1]的水墨画。

一只乌鸦立在枯木顶端，画边题诗：

“孤鸦待拂晓，潇潇五月雨。登”。

读到这句诗，信吾也体会到了画的深意和华山的心情。

乌鸦立于枯木，在风雨中守候黎明的到来。画面中用薄

---

1 渡边华山（1793—1841），日本江户后期的汉学家、画家、政治家。一字伯登，通称渡边登。

墨表现急骤的风雨。信吾记不清枯木的样子了，只记得孤零零的一根粗树干被拦腰折断。他清楚地记得乌鸦的模样。也许是在睡觉的缘故，也许是因雨淋，或者两者兼而有之，乌鸦显得有些臃肿。鸟喙很大。上喙洇了墨彩，显得更厚。它的眼睛睁着，但似乎还未彻底醒来，仍是睡觉的模样。但是，那是一双含怒的厉眼。鸟的身姿也画得很魁梧。

信吾只知道华山的贫困潦倒以及最后切腹自杀的事。但是，他却在这幅《风雨晓乌图》中感受到了华山某时某刻的心境。

朋友也许为了应季，将这幅画挂在壁龛处。

“这鸟看着相当倔强刚烈啊。”信吾说，“不招人喜欢。”

“是吗？打仗的时候，我经常看这只鸟，总觉得这是什么玩意儿？什么破乌鸦。这画里也有静谧之感。但是，你说，如果都像华山那样切腹自杀，我们得切腹多少遍了。时代啊。”朋友说。

“我们也等过黎明……”

在这个风雨交加的夜里，那幅乌鸦图恐怕仍挂在朋友的待客室吧。信吾又看见了那幅画。

信吾心想，今夜家里的鸢和乌鸦也不知道怎样了？

四

第二次梦醒后，信吾没再睡着，静等着天亮。但他和华山画的乌鸦不一样，既不倔强，也不要强。

梦中的女子不管是菊子也好，还是修一朋友的妹妹也好，他在一个春梦里也没有感受到春心荡漾，想来多可悲啊。

这比任何淫乱之事都丑恶。这就是老丑吧。

信吾在战争期间没有找过女人，随后一直如此。他还不算太老，但这成了习性。他接受了被战争压制的生命，并没有将它从战争那里夺回来。思维方式也被战争逼入了狭隘的常识里。

很多同龄的老人都这样吧？信吾也想问问朋友的感受，但问了也许只会被人嘲笑为窝囊废。

在梦里爱过菊子，不是挺好吗？他连在梦里也心怀恐惧，心有忌惮吧？就算是在现实中，悄悄爱着菊子，不也挺好吗？信吾试着调整自己的想法。

但是，芜村[1]的俳句又浮上心头："暮年情起自难忘，晚秋时雨落纷纷。"想到这里，信吾一心寂寥。

正是因为修一有外遇，他和菊子的夫妻感情变得更深厚了。菊子堕胎之后，两人的关系也变得融洽平和了。与往常相比，在风雨狂烈的夜晚，菊子更爱对修一撒娇了；修一烂醉而归的夜晚，菊子也更加温柔地包容他。

这是菊子的悲哀，还是愚蠢呢？

她察觉到这些变化了吗？或许，她并未察觉，只是坦然

1 与谢芜村（1716—1783），日本诗人、画家，被誉为天明时代俳谐中兴第一人，与松尾芭蕉齐名。

地顺从了造化的奇妙和生命的流波吧。

菊子流产，是为了向修一抗议；回娘家也是为了抗议。这份抗议中含着难以承受的悲伤。但是，回娘家两三天后，她又回来了，又与修一和好如初，像是为自己的罪过致歉，也像是为了抚慰身上的创伤。

在信吾看来，什么啊，无聊，不像话。但是，或许也是好事吧。

信吾甚至心想，暂且不过问娟子的事，顺其自然吧。

菊子遭受如此对待，都还要和修一维持夫妻关系。虽说修一是信吾的儿子，但他也深深怀疑：这两人是理想的夫妇吗？是命中注定的夫妇吗？

因为不想吵醒身边的保子，信吾不能打开枕边的电灯，也看不见手表上的时间。但是，窗外似乎已经亮了，寺院六点的钟声也该响了。

信吾想起新宿御苑的钟声。

那是黄昏闭园时的信号钟。

"这像教堂的钟声。"信吾对菊子说。他感觉仿佛正在穿过某个西洋公园中的小树林，朝教堂走去。朝御苑出口聚拢而来的人群似乎也将朝教堂走去。

信吾并未睡好，但还是起来了。

他很难面对菊子，早早和修一一同出门了。

信吾突然问：

"打仗的时候，你杀过人吧？"

“啊？中了我的子弹，就会死呗。但是，枪不是我开的。”

修一露出厌恶的表情，将脸扭向一边。

白天雨停了，夜里又是风雨大作，东京浓雾弥漫。

信吾招待完公司的客户，从酒馆出来时，被迫坐上最后一辆车，落入护送艺妓回去的境地。

徐娘半老的两名艺妓坐在信吾左右，年轻的三名艺妓坐在他们的腿上。信吾将手环到一名艺妓的腰前，将她揽到身上。

“坐吧。”

“不好意思了。”艺妓安心地坐在信吾的大腿上。她比菊子年轻四五岁。

信吾心想，等坐上火车了，要在本子上记下她的名字，免得忘记。但是，真等上了车，他就把这件事忘得一干二净了。

雨　中

一

这天早晨，菊子最先读了报纸。

门口的邮箱被雨打湿了。菊子将淋湿的报纸放在烧饭用的煤气炉上，边烘边看。

信吾也会偶尔早起出门拿报纸，然后躺回被窝里读，但是取晨报终归还是菊子的事。

不过，菊子一般都在送走信吾和修一之后才开始看报纸。

“爸爸，爸爸。”菊子在隔门外小声呼唤。

“怎么了？”

“您要是醒了，能不能……”

“哪里不舒服吗？”

信吾听菊子的声音不对劲，立即起来了。

菊子拿着报纸，站在檐廊下。

“怎么了？”

“相原上报纸了。”

“相原被警察抓了？”

“不是。”

菊子略微后退，将报纸递给信吾。

“啊，还湿着呢。”

信吾勉强伸出一只手来接，湿漉漉的报纸软塌塌地掉了下来。

菊子伸手接住报纸一端，抬了起来。

“我看不清。相原怎么了？”

“殉情了。”

“殉情……？死了吗？”

“上面写着，应该是保住性命了。”

“哦，等一下。”信吾放下报纸要走，又问了一句：“房子还在睡吧，她在家吗？”

“嗯。”

房子昨晚还带着两个孩子在家里睡觉，不可能去和相原殉情，也不会登上今早的报纸。

信吾望着厕所窗外的风雨，努力让自己镇定下来。长长的芒草叶从山脚处垂下来，雨滴顺着叶片急速滑落。

“这雨真大，一点儿也不像梅雨。”

信吾说着，在起居室坐下，将报纸拿过来。还未读，老花镜便从鼻梁上滑了下来。他咂咂嘴，摘下眼镜，用力揉鼻梁，一直揉到眼眶。心里黏黏乎乎的，十分难受。

看这篇简报时，眼镜又滑了下来。

相原是在伊豆的莲台寺温泉殉情的。女方死了，身份不明，好像是一个二十五六岁的女招待。男方似乎吸毒，有望保住性命。男方既吸毒又没有留下遗书，据此判断，这场殉情有可能是男方自导自演的骗局。

信吾真想抓起滑至鼻头的眼镜一把扔出去。

他也分不清楚自己是为相原的殉情感到愤怒，还是被滑落的眼镜惹得心烦。

信吾胡乱揉揉脸，起身走进洗脸间。

报道上说，相原在旅馆登记的住所是横滨。文中也没有提及妻子房子的名字。

这篇报道并未涉及信吾一家。

横滨是胡乱写的，相原应该没有固定住处。而且，房子可能也已经不是他的妻子了。

信吾先洗脸，然后刷了牙。

房子现在还是相原的妻子吧？这个念头一直萦绕在信吾心间，让他心烦和迷茫。这也许只是他的优柔寡断和伤感吧。

“这事只能交给时间来解决吧。”信吾喃喃自语道。

信吾迟迟找不到解决办法的时候，最终时间会给出答案吧？

但是，相原落到这步田地，信吾难道不应该帮他一把吗？

再说，谁也不知道究竟是房子把相原逼入绝境，还是相原把房子引向了不幸。有人是把对方逼入绝境和不幸的性格，也有人是被对方引向绝境和不幸的性格。

信吾回到起居室，喝着热茶对菊子说：

“菊子，五六天前，相原寄来离婚申请的事，你知道吧？”

“知道。您当时很生气……”

“是，我很生气。房子也说，简直太侮辱人了。不过，那说不定是相原在死前做的善后工作吧。相原是主动自杀的。不是骗局。那个女人应该是被拉去做伴的吧。”

菊子皱着美丽的双眉，静默不语。她穿着一身宽竖条纹的平纹粗绸和服。

“去把修一叫起来。”信吾说。

也许是和服的缘故吧，信吾觉得菊子起身离去的背影显得高挑了许多。

“相原出事了？”修一说着，拿起了报纸。

“我姐的离婚申请交了吧？”

“没，还没。”

“还没交？”修一抬起脸，“为什么？今天也行啊，还是快点交了吧。要是相原救不活，哪有跟死人申请离婚的？”

“但是，两个孩子的户籍怎么办？相原从没关心过孩子。那么小的孩子，哪有能力选择户籍。”

房子已经在离婚申请上盖了章。那份申请躺在信吾的公文包里，跟着他往返于家和公司。

信吾时不时派人给相原母亲送些钱。他也想过让那人把离婚申请送到区政府，却又一天天拖延了下来。

“孩子都来家里住了，有什么办法呢？”修一敷衍了事地说。

“警察会来吗？”

“来干什么？”

“找人处理相原的后事之类的。”

“不会来吧。相原就是为了避免这种事才寄来了离婚申请吧。”

房子粗暴地拉开隔门，穿着睡衣就出来了。

她草草看了文章，将报纸刺啦撕碎，扔了出去。撕得太用力了，扔出去时，碎屑飞不起来。房子跪下推开散落一地的碎报纸，像要横躺下去似的。

“菊子，把隔门合上。”信吾说。

透过敞开的隔门，两个孩子的睡姿映在眼前。

房子双手颤抖，又开始撕报纸。

修一和菊子都不说话。

“房子，你想去接相原吗？”信吾说。

“不想！”

房子单肘撑在榻榻米上，猛地转过身，抬起眼睛，瞪着信吾。

“你把自己的女儿当成什么了？窝囊废吗？亲生女儿遭遇这种事，你都不生气吗？你去接他，你去丢人现眼好了！是谁把我推给了这种男人？”

菊子起身去了厨房。

信吾只是说出了突然浮现在脑海中的话。他一直在静静地思忖：这种时候，房子去接相原，分开的两个人重归于好，从头再来。世间也有这种可能吧？

二

相原是生是死，报纸没有后续报道。

区政府受理了离婚申请。从这点来看，他的户籍应该还未登记为死亡状态。

即便相原死了，他也不会就那样身份不明地被埋葬吧。应该不会。他还有个腿脚不灵便的老母亲。就算他母亲没有看到报纸，哪个亲戚兴许也会注意到吧。信吾想象着相原可能已经被救过来了。

但是，把相原的两个孩子领回来养着，这事情光凭想象就能解决吗？修一分得很清，信吾却顾虑重重。

现在，这两个孩子成了信吾的负担。修一还没想过，日后也必然成为他的负担。

暂且不说养育孩子的负担，房子和两个外孙女今后的幸福似乎已经失去大半。其中也有信吾的责任吧？

此外，信吾去提交他们的离婚申请时，脑海中也想起了相原的情妇。

一个女人真的死了。那个女人的生死又算怎么一回事呢？

“变成鬼了。”信吾自言自语着，惊到了自己。

“不过，她这一生真不值哪。”

若是房子和相原相安无事地生活，那个女人也不会跟着相原去殉情。所以，信吾觉得这也算是间接杀人。想到这里，难道不该生出一丝哀悼那女人的慈悲心吗？

他的脑海中还没浮现出那个女人的身姿，却忽然想到了菊子的那个孩子。那孩子早早就被打掉了，应该想不出具体的模样。但是，信吾的脑海中就是浮现出了一个可爱孩子的模样。

那个孩子未能降生，不也是信吾间接杀了他吗？

恼人的天气仍在继续，连老花镜都发潮，整日黏黏乎乎的。信吾的右胸沉重发闷。

这种梅雨天气一旦放晴，就会突然迎来连日的阳光普照。

“去年夏天种向日葵的那户人家，今年种了一种白色的花，也不知道是什么花，像是西洋菊。不知道是不是商量好了，连着四五户人家都种了同样的花，真有意思。去年，他们全都种了向日葵。”信吾边穿裤子边说。

菊子拿着外套，站在他面前。

“是不是因为去年向日葵都被狂风吹断了？”

“可能吧。菊子，你最近是不是长高了？”

“是。我长高了。嫁过来之后，一直在慢慢长，最近突然拔高不少。修一也很吃惊。”

“什么时候……？”

菊子顿时脸红了，绕到信吾身后，帮他穿上了外套。

“我总觉得你长高了，心想应该不只是穿和服显的。都嫁过来这么多年了，还能长个子，真好哪。”

“发育晚了，之前没长够呀。”

“哪里的话。多可爱啊。”说着，信吾觉得这件事朝气蓬勃又可爱。菊子长高了，修一抱她的时候肯定也察觉到了吧？

那个孩子失去的生命仿佛在菊子身上得到了延伸。信吾想着这件事走出家门。

里子正蹲在路边，看邻居家的几个小女孩玩过家家。

她们用鲍鱼壳和八角金盘的绿叶当盘碟，将认真切碎的青草摆在上面。信吾看见也心生佩服，停下了脚步。

盘子里还放了切碎的大丽菊和玛格丽特菊花瓣作为点缀。

她们在地上铺了草席，玛格丽特菊的花影浓重地落在草席上。

“对，是玛格丽特菊。”信吾恍然大悟地说。

去年种向日葵的那三四户人家，今年种的是玛格丽特菊。

里子还年幼，跟这些女孩玩不到一块。

信吾刚迈步要走，里子就喊着“外公”紧追上来。

信吾牵着里子的手一直走到紧邻大路的街角。里子跑回家的身影充满夏日风情。

公司的办公室里，夏子正伸着白皙的胳膊擦玻璃。

信吾随口问道：

“你看报纸了吗？”

“嗯。”夏子迟钝地应声。

“说是报纸，也说不上来是哪份报纸。什么名字来着……”

“报纸吗？”

“我忘记是在哪份报纸上看的，哈佛大学和波士顿大学的社会科学家给上千名女秘书发了调查问卷，问她们最开心的事是什么。结果，她们一致回答说，是当着别人的面受到赞扬。女孩子啊，东西方都一个样。你呢？”

“啊，那样多不好意思啊。”

“不好意思的同时大多也是高兴的。你们被男人搭讪的时候，不也是这样吗？”

夏子低下头，没有应声。信吾心想，真是当今少见的姑娘啊。

“谷崎就是这种人。她特别喜欢人前被夸。”

“刚才，谷崎来了。八点半的时候。”夏子笨拙地说。

“是吗？然后呢？”

“她好像中午时会再来。”

信吾被一种不祥的预感攫住。

他中午没出去吃饭，一直在办公室里等着。

英子打开门站住，像是要哭了似的屏息望着信吾。

“哟，今天没带花来吗？”信吾掩饰着自己的不安。

英子像是在责怪信吾的调侃似的，一脸严肃地走过来。

“还得把人支开吗？”

但是，这是午间休息时间，夏子出去了，屋里只有信吾一人。

英子说，修一的情妇怀孕了。信吾大惊。

“我告诉她，不能生。”英子那两片单薄的嘴唇颤抖着，“昨天，从店里下班回家的路上，我抓着她这么说的。”

“哦。”

“是不是？太过分了。”

信吾没作声，阴着脸。

英子这么说是也联想到了菊子的事。

修一的妻子菊子和情人娟子先后怀孕。这种事世间常有，但信吾怎么也没想到这种事会发生在自己儿子身上。况且，菊子还流了产。

三

“修一在吗，你能帮我去看看吗？在的话，让他过来一下……”

“好。”

英子掏出一面小镜子，似乎有些迟疑。

“我这脸太奇怪，不好意思啊。再说，这样一来，我来告密的事，娟子也会知道吧。”

“哦，是啊。”

“为这件事，我辞掉店里的工作也没关系……”

“别。”

信吾拿起桌上的电话问了其他人。现在这个时候，信吾不想在其他员工也在场的情况下与修一照面。修一不在。

信吾邀请英子去公司附近的西餐厅，他们一同走出公司。

娇小的英子凑过来，抬头看着信吾的脸，若无其事地说：

“原来我还在您办公室工作的时候，您带我去跳过一次舞。您还记得吗？”

“嗯，当时你扎了白色的发带。”

“不是。”英子摇摇头，“扎白色发带是暴风雨后的第二天。那天，您第一次问起娟子的事，我很为难，所以记得特别清楚。”

“这样啊。”

信吾想起来，当时的确听英子说过，娟子嘶哑的声音很性感。

“那是去年九月的事了。从那以后，修一的事，你也操了不少心。”

信吾没有戴帽子，烈日当头，晒得厉害。

“我什么用都没有。”

“是我们这边没用。应该羞愧的是我们一家。”

“我很尊敬您。辞去公司的工作以后，更加怀念了。”英子的语气很奇怪。过了一会儿，她吞吞吐吐地继续说：“我跟娟子说，不能生。娟子说：‘你逞什么强，你懂什么，这又不关你的事。别多管闲事了。再说，那是我自己的肚子……'"

"嗯。"

"她说：'谁托你来讲这种荒唐话的？要劝我和修一分手，那也得是修一要分手，除了分开再没别的办法了才行，孩子还是要靠我自己生，不是吗？谁也不能拿我怎样。至于生下来好不好，你问问肚子里的孩子，听听他怎么说……'娟子觉得我太幼稚，嘲笑我。她那样对我，还对我说，别嘲笑人。娟子应该是打算把孩子生下来。后来我仔细想想，她毕竟和战死的前夫也没能有个孩子。"

"哦？"

信吾边走边点头。

"她可能是被我气到，所以才那样说的。也许不会真生吧。"

"孩子多大了？"

"四个月。我一直没察觉，但店里有人知道……听说，老板也知道了，劝她别生。娟子很能干，辞职不干太可惜了。"

英子摸着一边的脸颊，说：

"我也不懂。跟您说一声的话，您也能跟修一谈谈……"

"嗯。"

"您最好尽快见见娟子。"

信吾也考虑过，英子直接说出来了。

"对了，之前来公司的那个女人，还跟娟子住在一起吗？"

"池田吗？"

“对，她和娟子，谁年长一些？”

“娟子好像比池田小两三岁。”

吃完饭，英子随信吾走到公司门前。她微微笑了笑，像要哭出来似的。

“那我告辞了。”

“谢谢。你回店里吗？”

“嗯。店里六点半才下班，但娟子最近下班很早。”

“我怎么可能去店里找她呢？”

英子似乎是在催促他今天去见见娟子，但信吾有些颓丧。

即便回家，他也很难面对菊子吧。

菊子觉得在修一有情妇期间怀孕太不甘心了。出于这种洁癖，她不愿生下孩子。但她肯定做梦也想不到那个女人竟然怀孕了。

信吾得知菊子流产之后，菊子回娘家住了两三天。等再回来，她和修一的关系似乎变和睦了。修一每天早早回家，十分体贴她。如今这算怎么一回事呢？

善意地解释这件事：修一也许是被执意生子的娟子折磨着，故意疏远娟子，对菊子心怀歉意。

但是，信吾心里还是弥漫着某种可恶的颓废和道德沦丧所散发出的恶臭。

这些事到底是怎么发生的？信吾觉得连那婴儿的生命都似恶魔一般。

“生下来的话，就是自己的孙子了吧。”信吾自言自语道。

蚊群

一

信吾沿着本乡大道的大学一侧走了许久。

他在商店一侧下了车，娟子家所在的小巷当然也在这一侧。但是，他特意横穿过火车轨道，走到了对面。

在去儿子情妇家这件事上，信吾有一种沉闷的踌躇。初次见面，他能对一个孕妇说出“别生这个孩子”这样的话吗？

“这不是又杀一次人吗？可不能弄脏老人的手。”信吾自言自语着，“但是，解决问题都是残酷的。”

这件事本来应该由儿子来解决，不该父母出面。信吾也没有跟修一商量，便擅自来找娟子了。这已经证明了他并不相信修一。

从什么时候开始，自己和儿子之间产生了这种意想不到的隔阂呢？信吾颇感震惊。他来找娟子，与其说是代替修一解决问题，不如说是可怜菊子，替菊子感到愤慨吧。

夕阳的残晖只留在大学树林的枝梢上，步道已经变暗。

身穿白色衬衫和裤子的男女坐在校内的草坪上，一幅梅雨天放晴的景象。

信吾用手摸摸脸颊，酒醒了。

离娟子下班还有一段时间，所以信吾约了其他公司的朋友一起去西餐店吃晚饭。两人许久未见，一不小心就喝上头了。他们在上二楼餐厅吃饭前，在楼下酒馆先喝了一轮，信吾也跟着小酌几杯，饭后又坐回到酒馆。

“怎么，这就要走了？”朋友很吃惊。他觉得好久不见，有太多话要聊，还提前给筑地的什么地方打了电话。

信吾说，他得去见个人，大约需要一个小时。然后，他离开了酒馆。朋友在名片上写下自己在筑地的住所和电话递给他。不过，信吾并不打算去。

信吾一边沿着大学的围墙往前走，一边寻找马路对面的小巷入口。他记不清具体位置了，但没有走错。

一走进朝北的阴暗玄关，信吾就看到木屐箱上摆着不知名的西洋花，还挂着一把女用的晴雨伞。

一个系着围裙的女人从厨房里走出来。

“啊。”她的表情僵硬起来，解下了围裙。她身穿藏青色裙子，赤脚。

“是池田小姐吧。您去过我的公司……”信吾说。

“啊，当时英子拽我去的，失礼了。”

池田单手攥着团成一团的围裙，单膝跪地行礼，然后望着信吾，像在询问他有何事。她的眼边有雀斑。大概因为没有施粉，雀斑格外显眼。她鼻梁细挺，长着一双寂寞的单眼皮，皮肤白皙，容貌端庄。

身上的新衬衫应该是娟子做的吧。

“我来，其实是想见见娟子。”

信吾恳求似的说。

“是吗？她还没回来，不过快了。您进来吧。”

厨房飘来干烧鱼的香气。

信吾想着等娟子回家吃完饭再来比较好，但是耐不住池田的劝说，走进了客厅。

八叠大小的客厅里堆放着许多时装样本。屋里还有许多外国流行杂志。杂志一旁立着两个法国模特，繁复的衣裳颜色与古旧的墙壁格格不入。缝到一半的丝绸从缝纫机上耷拉下来，艳丽的纹样将榻榻米衬得更脏了。

缝纫机的左手边有一张小桌子，桌子上放着小学课本，还摆着一张小男孩的照片。

缝纫机和桌子中间摆着一张梳妆台。后面的壁橱前立着一大面镜子，格外显眼，也许是娟子做好衣服上身试穿时用的，也可能是私下做副业供客人试样时用的。镜子旁还有一个大熨斗。

池田从厨房端来橙汁。她注意到信吾正在看孩子的照片，坦诚地说：

“那是我的孩子。”

“是吗？孩子上学去了？”

“不是。不在这里，留在我丈夫家了。那些课本……我不像娟子那样有工作，就是干些家庭教师的活儿，在六七户人家轮流转。”

“原来这样啊。想着要是一个孩子的课本，那也太多了。”

“是。有好几个年级的孩子……现在的小学和战前不一样了，我也应付不过来。不过，和孩子们一起学习，有时感觉像和自己的孩子在一起一样……”

信吾只是一味点头，对这位战争寡妇说不出什么。

连娟子也在工作。

“您怎么知道我们住在这里的？”池田问，“是修一说的吧？”

“不是，我之前来过一次。来是来了，没进屋。大概是去年秋天吧。”

“哦，去年秋天？”

池田抬头看看信吾，又垂下目光，沉默片刻后突然不管不顾地放开说了一句：

“修一最近都没来过了。”

信吾心想，把今天的来意告诉池田也行吧。

“听说娟子怀孕了。”

池田突然耸了耸肩，望向自己孩子的照片。

“她要生吗？”

池田继续盯着孩子的照片。

“这事儿，您直接问娟子吧。”

“是啊。不过，这对妈妈也好，对孩子也好，都是不幸的吧？”

“不管生还是不生，论不幸，那都是娟子。”

“但是，你也劝过她和修一分手，不是吗？”

“嗯，我是这样想的……”池田说，“娟子很厉害，算不上是劝。我和娟子的性格不同，却很合得来。我们在寡妇会认识以后，就开始一起生活。她给了我不少鼓励。我们两个人都离开了夫家，也回不了娘家，算是自由身了吧。我们约好了要自由思考。虽然带着丈夫的照片，却也都收起来了。孩子的照片倒是摆出来了……娟子看了许多美国杂志，还查着法语词典看法国杂志。因为都是关于洋服裁缝的文章，虽然懂的都是只言片语，娟子说大体还是能明白。她以后要自己开店的吧。我们两个还说会再婚。但是，她为什么一直和修一纠缠不清呢？我也不明白哪。”

门开了，池田立即起身出去了。信吾听见她说：

“回来了？尾形的父亲来了。”

“找我的？”一个嘶哑的声音说。

二

娟子好像去厨房喝水了，有水流的声音。

“池田，你也过来吧。”娟子回头说着，走进了客厅。

她穿着一身华丽的套装，但也许是因为个子高挑，信吾完全看不出她有孕在身。他也没有想到她嘶哑的声音竟是从那样窄小的两片嘴唇里发出来的。

梳妆镜在客厅，娟子似乎是对着粉盒里的小镜补过妆进来的。

信吾对娟子的第一印象并不差。扁平的圆脸不像池田说的那般强势。她的手也是胖乎乎的。

“我是尾形。”信吾说。

娟子没有应声。

池田也过来了，面对信吾在小桌前坐下。

“尾形先生已经等了好一会儿了。”池田说。娟子仍旧沉默不语。

娟子明媚的脸上没有流露出任何清晰的反感和困惑，反倒是一副要哭的样子。信吾想起修一在这里喝得烂醉，强迫池田唱歌，娟子因此落泪的事情。

娟子应该是急匆匆地从闷热的大街赶回来，脸涨得通红，丰满的胸脯随呼吸一起一伏。

信吾说不出什么尖锐的话。

“我来见你很奇怪，但是不来见你的话……我要说的话，你应该能想到吧？”

娟子还是没有应声。

“当然是修一的事……”

“要是修一的事，就不用说了。您是要我认错吗？”娟子突然顶撞了一句。

“不，该道歉的是我。”

“我已经和修一分手了。不会再给您家添麻烦了。”说完，她看了看池田，“喂，这样行了吧？”

信吾吞吞吐吐说：“孩子的事不还没解决吗？”

娟子顿时失色，提起力气说：“什么意思？我不明白。”

她的声音沉下去之后，变得更嘶哑了。

“这么问失礼了，但你怀孕了吧？”

“这种事，我必须回答吗？一个女人想要孩子，旁人凭什么阻挠？男人能懂这种心情吗？”

娟子急速说完，眼里已经含着泪水。

“说是旁人，可我是修一的父亲啊。你的孩子也有父亲，不是吗？”

“没有。我一个战争寡妇，铁了心要生下这个私生子。我别无所求，只希望您能让我生下这个孩子。您行行好，就当不知道。孩子在我肚子里，就是我的。”

“话是没错，但是，你以后要是再婚，还会怀上孩子……这个无名无分的孩子不生也……”

“什么叫无名无分？”

“怎么说呢。”

“我今后不一定会结婚，也不一定会怀上孩子。您难道能像神一样预言以后的事？我之前就没怀上孩子。”

“以你和孩子父亲的这种关系，孩子和你都会受苦的。”

“战死的那些男人留下的孩子有一大把，当妈的都在受苦。还有去南方打仗的那些男人，留下混血儿，当个念想也挺好。男的早就把孩子给忘了，女的却一直抚养。”

“我们说的是修一的孩子。”

“我不会让您家来照顾孩子的，这样行了吧？我发誓绝不会哭着求您。再说，我和修一也已经分手了。”

“不是这样的。孩子的未来还很长，父子血缘想断也断不了啊。”

“不，这不是修一的孩子。”

“你应该也知道修一妻子流产的事吧。”

“当太太的，想生多少就能生多少。如果没生，后悔的那也是她。养尊处优的太太理解不了我的心情。”

“你也理解不了菊子的心情。”

信吾顺口就说出了菊子的名字。

“是修一让您来的吗？”娟子质问道，“修一说，不准生。他打我，踩我，踢我，硬要带我去找医生，把我从二楼拖下来。用暴力也好，装模作样地表演也好，难道不是已经尽到对妻子的情义了吗？”

信吾苦着脸。

“你说，够过分了吧？”娟子转身问池田。

池田点了点头，对信吾说：

“娟子现在就开始攒做衣服剩下的布头，想着以后给孩子做尿布什么的。”

“他用脚踢我，我担心孩子，后来去看了医生。”娟子继续说，“这不是修一的孩子。我跟他说了，这不是你的孩子。然后，我们就分手了。他也就不来了。”

“就是说，是别人的……？”

“对。您这样理解，很好。”

娟子抬起脸。她刚才已经哭过了，新的泪水又从脸颊上流下来。

信吾束手无策，同时又觉得娟子美丽动人。仔细打量她的五官，并不出众，但乍看之下，却是位美人。

不过，娟子这样的女人，外表虽温顺，却不肯让信吾靠近半步。

三

信吾垂头丧气地从娟子家出来。

娟子收下了信吾给的支票。

“你既然和修一分手了，那还是收下比较好。”池田直爽地说，娟子也点了点头。

“是吗？分手费，是吧？我也成了能拿分手费的身份。要我写张收据吗？”

信吾拦下一辆出租车。是让修一和她重归于好，说服她去流产，还是就这样断绝关系？信吾很难下判断。

娟子对修一以及信吾的来访都格外反感，似乎也很激动。

但是，这个女人想要孩子的哀切渴望却也十分强烈。

让修一再度接近她也很危险。不过，照此下去，她就会把孩子生下来。

若是如娟子所说，这孩子是别人的就好了。然而，这事情修一也不清楚。娟子赌气这么说，修一也就信了。倘若日后不起争端，那也能天下太平。可是，孩子一旦生下来，就是不容动摇的事实。等自己死了，这个陌生的孙子还活在人世间。

“什么事嘛。”信吾喃喃自语了一句。

自从相原伙同别人去殉情之后，他慌忙提交了房子的离婚申请，收留了女儿和两个外孙女。而修一就算与情妇分手了，总归还是有一个孩子吧。两桩不都是悬而未决、糊弄一时的事吗？

自己无法为任何人的幸福助力。

即便如此，他也不愿回想与娟子对话时的笨拙了。

信吾本来打算从东京站回家，看到了口袋里朋友给的名片，于是乘车去了朋友在筑地的家。

他本想跟朋友倾诉一番，结果他俩和艺妓一道醉酒，话也就没再出口。

信吾想起一位艺妓。某次宴会结束后，在回程的车上，他曾让她坐在自己的腿上。这位姑娘一来，朋友就不停发表“信吾不容小瞧啊，眼光真好啊”之类的无聊言论。信吾已经记不清那个艺妓的模样了，却记得她的名字。对于信吾来说，这已经很了不起了。她的确是位可爱又典雅的艺妓。

信吾和她进到一个小房间。信吾什么都没做。

不知不觉间，她温柔地将脸靠在了信吾的胸口。信吾心想她是不是在献媚，一看，她像是睡着了。

“睡着了？”信吾望了一望，但她贴得太近，看不到脸。

信吾微笑了起来。这个姑娘靠在他的胸口，香甜地睡着了。信吾心里泛起一阵温柔。她比菊子年轻四五岁，大概还是个十几岁的小姑娘。

或许因为娼妇身上的悲凄感吧，这个小姑娘倚着信吾睡着，让他沉浸在平静的幸福里。

所谓幸福，也许就是这种刹那间虚妄的感受吧。

信吾呆呆地想，性生活里也有贫与富、幸与祸的差别吧。后来，他悄悄地溜走，乘末班车回家了。

保子和菊子守在起居室等他。已是深夜一点多了。

信吾避开不看菊子。

“修一呢？”

“先睡了。”

“是吗？房子也睡了？”

“嗯。”菊子一边收拾信吾的衣服，一边说，“今天天气一直挺好的，晚上又阴了吧。”

“是吗？我没注意。”

菊子一起身，西服脱手了。她又重新叠好了裤子。

菊子应该去过理发店，信吾注意到她的头发变短了。

信吾听着保子的呼吸，好不容易睡着了，很快便做起梦来。

梦里，他是一名年轻的陆军军官，身穿军装，腰佩日本刀，还有三把手枪。日本刀似乎是修一出去打仗时带走的那把，是祖传的刀。

信吾在山里走夜路，随身带着一位樵夫。

“夜路危险，我很少走。靠右走安全。”樵夫说。

信吾靠到右侧，心里忐忑不安，打开了手电筒。手电筒的玻璃镜片周围嵌满钻石，闪闪发亮，光线比普通手电筒明亮许多。手电一亮，信吾发现有黑色物体挡在眼前。两三根巨大的杉树树干重叠在一起。但是，仔细再看，居然是蚊群。成群的蚊子聚集成大树的形状。信吾思忖着怎么办好。杀出重围。他拔刀挥向蚊群，奋力砍杀起来。

他猛然回看，发现樵夫已经仓皇逃走。信吾的军装开始到处冒火。奇怪的是，信吾在这时变成了两个人，另一个信吾正望着军装着火的信吾。火苗沿着袖口、肩线、衣边窜出来，又消失了。那火并未燃烧，而是像细碎的火炭一样，发出噼里啪啦的迸裂声。

信吾好不容易回到了家。似乎是儿时在信州乡下的老家。保子的美丽的姐姐也在。他筋疲力尽，但身上并不痒。

逃跑的樵夫也终于跑到了信吾家里。人一到，就昏倒了。

樵夫身上的蚊子装了满满一大桶。

为什么能抓这么多蚊子，信吾也不知道。他只是清清楚楚地看到桶里装满蚊子，然后就醒了。

“蚊帐里进蚊子了吗？”他想仔细听听，但头脑发昏，沉重得很。

下雨了。

蛇卵

一

初秋刚至，兴许是夏天积累的疲倦显露出来了，信吾时常在回家的火车上打盹。

下班时间的横须贺线火车每隔十五分钟一趟，二等车厢里并不拥挤。

刚刚，他迷迷糊糊地梦见一排金合欢树。树上开满了花。信吾从树下经过时想，东京道路两旁的金合欢树也开花了吗？那是从九段下到皇居护城河畔的一条路。在八月中旬，下着小雨。一排树里，唯有一棵树下的柏油马路上落满了花。为什么呢？信吾心里寻思着，频繁回头看，那棵树在他心里留下了印象。淡黄色的小花，微微泛青。即便没有那棵落花的树，单单只是成排的开花的金合欢树，也会给信吾留下印象吧。因为当时他刚去医院看完一位身患肝癌的朋友，正在回家的途中。

说是朋友，其实是大学同学，平时很少往来。

朋友已经十分虚弱，病房里只有一名陪同的护士。

信吾不清楚朋友的妻子是否还健在。

“你见过宫本吗？就算没机会见，也打电话帮我拜托一下那件事吧。”朋友说。

“哪件事？”

“正月同学会上说的那件。”

信吾想起来是氰化钾的事。这样看来，朋友应该已经知道自己得的是癌症了。

一帮年过花甲的人聚在一起，年老的病痛和可怕的绝症屡屡成为聚会上的话题。宫本的工厂里有氰化钾，于是有人便提出，若是谁得了治不好的癌症，就向宫本要点儿毒药好了。长期忍受病痛折磨也太悲惨了。既然已经被宣判了死亡，不如自由选择死期。

“可是，那是酒后的胡话嘛。”信吾为难地回答。

“不会用的。我不会真用。只是像那时说的那样，只要能有自主决定的自由就行了。有了那个，随时走都行。一想到这里，就能产生力量，能忍受接下来的痛苦。不是吗？这是我最后的自由吧，或者说是唯一的反抗吧？但是，我保证不会用的。”

朋友说话的时候，两眼熠熠生辉。护士用白毛线织着毛衣，一言未发。

信吾没有去拜托宫本，事情就这样搁置下来。他一想到一个濒死的病人也许还眼巴巴地等着毒药，心里就不舒服。

从医院回家的路上，信吾看到成排开花的金合欢树，心里才舒畅了起来。刚才打盹时又梦见了开花的金合欢树，也许还是因为放不下病中的朋友吧。

但是，信吾睡着后猛地一醒，发觉火车已经停了。

停在不是车站的地方。

这边火车一停，一侧铁轨上的反向火车呼啸而过，信吾就被惊醒了。

信吾乘坐的火车稍稍启动又停了，再次启动，再次停了下来。

一群孩子沿着一条细窄的小路朝火车这边跑过来。

有乘客从车窗探头出去观望前方的情况。

左侧窗外是工厂的水泥围墙。围墙和铁轨之间有一条污水沟，臭气也飘进火车里来。

右侧窗外是孩子们跑来的那条小路。一条狗将鼻子伸进路边草丛里，许久未动。

小路和铁轨交接的地方，有两三间用旧木板钉起的小屋。方窗如洞，一个白痴模样的姑娘正从窗口朝火车招手。动作缓慢而无力。

“十五分钟前发车的那趟火车在鹤见站出了事故，一直停在那里。抱歉让大家久等了。”

信吾前面的外国人摇醒同行的青年，用英语问他：“他说什么？”

青年双手抱着外国人一侧的大胳膊，将脸靠在他的肩头睡着了。醒来以后，青年仍保持着这个姿势，撒娇似的仰头望着外国人。他的眼睛惺忪泛红，眼皮下塌。头发染成了红色。但是，黑色的发根显露出来，头发棕褐脏污，只有发尖是奇怪的红色。信吾心想，这人恐怕是外国人找的男妓吧。

外国人的手放在膝上，青年将他的手掌翻转向上，再将自己的手叠上去，温柔地握住，宛若一个心满意足的女人。

外国人穿着一件无袖衬衫，裸露的胳膊上汗毛浓密，如同染红的牦牛尾毛。青年个头并不小，在魁梧的外国人面前却显得像个孩子。外国人体态臃肿，肥头大面，应该扭身都很困难吧，所以对青年的依赖无动于衷。他面目狰狞，红润的脸色将面黄肌瘦的青年身上的疲态衬托得更加鲜明了。

外国人的年龄很难判断。根据他的大秃顶、颈纹和胳膊上的老年斑，信吾猜测应该和自己年龄相仿。这样一个人从外国来到日本，征服了这里的青年，信吾感觉他像一头巨型怪兽。青年穿着一件暗红色衬衫，上面的一颗纽扣未扣，露出了胸骨。

信吾觉得这青年似乎将不久于人世了。他移开了目光。

臭水沟边长着一排郁郁葱葱的艾蒿。火车仍旧停着。

二

信吾嫌弃蚊帐太闷，已经不挂了。

保子每晚都抱怨，时不时故意似的打蚊子。

“修一他们还挂着蚊帐呢。”

“那你去他们屋睡多好。”信吾望着没有蚊帐遮挡的天花板。

“我不去修一那屋。从明晚开始，我去房子那里睡。”

“是哟，还能抱着一个外孙女睡呢。”

“里子明明都有妹妹了，怎么还那么黏妈妈？里子是不是有些奇怪？她的眼神经常怪怪的。”

信吾没有应声。

“父亲不在，是不是就会那样？”

“你对她再亲些，也许就好了。”

“我喜欢国子。”保子说，“还是你对她亲些吧。”

“那事以后，相原不知是死是活，也没个信儿。”

“离婚申请交了就行了吧。”

“行了，这事就算了结啦？”

“算啊。但是，就算他苟活下来，也不知道他住哪里……唉，他们的婚姻破裂了，我们也不用多想了。但是，这两个人有了孩子，离了婚，不就成这种结果了吗？这样看来，婚姻也是靠不住的啊。”

“就算婚姻失败，总该留点儿美好的余情吧。房子有房子的不好。相原时运不济，不知尝了多少苦头。房子恐怕没有温柔地体谅过他吧。”

“男人的自暴自弃，有时是因为女人帮不上忙，有时是因为他不让女人插手。要是房子和孩子被抛弃了，受苦受罪的，那她们也只好去寻死了。男人即便走投无路，还有女的陪他去死，他也算不上是被抛弃了吧。”保子说，“修一现在看着好好的，也不知道之后会怎样。这次的事，菊子反应过于激烈了。”

“你是说孩子的事吧？”

信吾的话有两层含义。菊子不生孩子以及娟子要生孩子的事。后者，保子还不知道。

娟子否认那是修一的孩子，坚持要生，以此来反抗信吾的干涉。那是不是修一的孩子，信吾也弄不清楚，但觉得她是故意这样说的。

“也许我去修一的蚊帐里睡更好。指不定菊子他俩又在商量多恐怖的事呢。多危险……”

“商量什么恐怖的事？”

仰面平躺的保子侧身朝向信吾。她似乎想去拉信吾的手，但信吾并没有伸出手。于是，她轻抚了一下信吾的枕头，分享秘密似的悄声说：

“菊子哪，可能又怀上了。”

“什么？”

信吾大吃一惊。

“我也觉得有些快，但房子是这么说的。”

保子已经没有当年透露自己怀孕时的神态了。

“房子这么说的？”

“我觉得有些快。”保子重复了一遍，“不过人家都说，后面这次就是很快。”

“菊子或修一告诉房子的?”

“不是。就是她自己观察的。”

保子说的“观察”很奇怪，让信吾觉得好像回娘家的房子整天在监视弟媳一样。

“你也去叮嘱一下，这次可要千万小心。”

信吾胸口发紧。一听到菊子怀孕的消息，娟子怀孕的事更沉重地压迫了过来。

两个女人同时怀上同一个男人的孩子，这事应该也不算稀奇。但是，它真实发生在自己儿子身上，还是让人有种诡异的恐怖感。是遭了什么报应还是诅咒吗?这难道不是地狱的图景吗?

仔细想来，这只是最自然不过的健康的生理结果。但是，信吾现在不可能有这种豁达的心态。

何况，菊子已经是第二次怀孕。菊子之前堕胎时，娟子已经怀孕。娟子还未生产，菊子又怀孕了。菊子不知道娟子怀孕的事。娟子已经小腹凸显，而且已经有胎动了吧。

“这次，要是菊子知道我们都知道了，她就不会擅自行事了吧。”

“是啊。”信吾无力地说，“你也好好跟菊子说说。”

“菊子生的孙子，你肯定也会喜欢的。”

信吾辗转难眠。

有没有什么暴力方法可以阻止娟子生下那个孩子呢？信吾焦虑地思索着，同时脑海中浮现出凶恶的空想来。

娟子说孩子不是修一的。如果调查一下娟子的行踪，会不会发现些能够宽慰他的秘密呢？

院中的虫鸣传到耳畔，已是夜里两点多了。那不是金铃子，也不是金琵琶，净是一些鸣声浑杂的虫，让信吾感觉自己仿佛睡在幽暗潮湿的泥土里。

信吾最近多梦，黎明时又做了一个长梦。

梦境记不清了。醒来时，梦中那两枚白色的蛋似乎仍在眼前。沙滩上只有沙子，上面躺着两枚蛋。一枚是鸵鸟蛋，相当大；另一枚是小小的蛇蛋，蛋壳略微破裂，可爱的小蛇从中探出头来，左右摇摆。信吾望着它，觉得特别可爱。

但是，他一定是因为想着菊子和娟子的事，所以才做了这样的梦。谁的孩子是鸵鸟蛋，谁的孩子是蛇蛋？信吾也弄不清楚。

“咦？蛇是胎生，还是卵生呢？”信吾自言自语道。

三

次日是星期天，信吾躺在床上，一直赖到九点。双脚无力。

清晨，他回想起鸵鸟蛋和从蛇蛋中探头出来的小蛇，感觉毛骨悚然。

信吾闷闷不乐地刷完牙，走进起居室。

菊子将报纸摞在一起捆好，应该是要拿去卖。

因为保子，家里的报纸要分成晨报和晚报，按日期顺序整理好。这是菊子的任务。

菊子起身去给信吾倒好茶。

“爸爸，两千年前的莲子又出了两篇新报道。您看了吗？我给您单独拿出来了。”说着，她把两天的报纸放在了矮桌上。

“啊，我读了。”

但是，信吾还是拿起了报纸。

在弥生式的古代遗址发现了大约两千年前的莲子。莲博士育苗成功。之前的报纸上说，有一株开花了。信吾把那份报纸拿到菊子房间给她看。那时，菊子刚在医院做完流产手术回来，正躺着休息。

之后，关于莲的报道又上了两次报纸。一次是莲博士将莲花分根，种植在了母校东京大学的三四郎池中。另一次是引用美国专家的话，说东北大学的某某博士从中国的泥炭层中发现了化石一般的莲子，将其送往了美国。在华盛顿国立公园，相关人员将硬化的莲子外壳剥离，然后用湿润的脱脂棉包裹莲子，将其放入玻璃瓶中。去年，莲子生出可爱的嫩芽。

今年，莲苗被移入池塘，抽出两朵花苞，绽放出粉色的花朵。公园工作人员说，这是千年乃至五万年前的种子。

“之前读的时候，我就纳闷，千年乃至五万年，要是真的话，这跨度也太大了吧。”信吾说笑着，又仔细读了一遍。根据日本博士发现莲子的地层状况想象，这应该是几万年前的种子；而美国工作人员用碳十四测年法研究剥落的莲子外壳，推测应该为千年前的种子。

这是报社的特派员从华盛顿发回的报道。

“可以收起来了吗？”菊子拿起信吾放在一旁的报纸。她的意思是，刊登莲花报道的报纸是否也能卖掉了。

信吾点点头。

“千年也好，五万年也好，莲子的生命真长呀。和人的寿命相比，植物的种子真是长生不老啊。”说着，他看了看菊子，“要是我们也能被埋在地下一千年、两千年不死，只是休息的话……”

菊子像是低喃了一句：

“埋在地下……”

“不是埋在墓里。不是死了，是休息。人真的不能被埋进地里休息一下吗？过了五万年起来一看，自己的困难，社会的难题，全都解决了。世界也许就变成乐园了。”

房子正在厨房给孩子喂东西吃，喊道：

“菊子，这是爸爸的饭吧。你能过来看一下吗？”

“来了。”

菊子起身离开，然后端来了信吾的早饭。

“我们都吃过了，只剩您了。”

"是吗，修一呢？"

"出去钓鱼了。"

"保子呢？"

"在院子里。"

"啊，今天早上不吃鸡蛋了。"信吾说完，把盛生鸡蛋的小碗递给了菊子。他想起梦中的蛇蛋，心里不舒服。

房子端来烤好的比目鱼干，一声不吭地放到矮桌上，然后又回去看孩子了。

菊子接过盛饭的小碗，信吾直接小声问道：

"菊子，有喜了？"

"没有。"

菊子立即否定，似乎对这个出其不意的问题大感吃惊。

"没有。没有这回事。"她摇摇头。

"没有吗？"

"没有。"

菊子疑惑地看着信吾，脸颊红了。

"这次可要小心啊。之前，我也跟修一谈过。我问他，你能保证菊子之后还能怀上孩子吗？他简单地回答，可以保证。我说，这么说，就证明你不畏天。自己能不能活到明天，都保证不了，不是吗？虽说是你和修一的孩子，但那也是我们的孙子啊。你肯定会生出一个好孩子的。"

"对不起。"菊子垂下了头。

菊子应该没有隐瞒什么。

房子为什么说菊子像是怀孕了呢？信吾怀疑是房子想多了。房子都察觉到了，当事人菊子却还没察觉，怎么可能呢？

刚才的对话，也不知道房子在厨房里听到没有。信吾回头看了看，房子好像已经带着孩子出去了。

“修一以前没有去钓过鱼吧？”

“嗯。应该是和朋友说事去了。”菊子说。

信吾心想，修一真的和娟子分手了吗？

修一过去在星期天也会到情妇那里去。

“晚会儿，我们也去钓鱼的地方看看吧。”信吾邀请菊子。

“好。”

信吾走到院子里，保子正站在那里仰望樱树。

“怎么了？”

“没什么，樱树叶子快掉完了。是不是长虫子了？我还心想着好像有夜蝉在树上叫，结果树上已经没叶子了。”

保子说话的时候，枯黄的树叶还不停地飘落下来。没有风，叶子也不翻转，直直地落下来。

“修一去钓鱼了？我带菊子去看看。”

“钓鱼？”保子转过身。

“我刚才问过菊子了，她说没有那回事。房子弄错了吧？”

“是吗？你问过了？”保子有些心不在焉。

“失望哪。”

“房子为什么胡乱瞎想呢？”

“为什么呢?”

“是我问你。”

两人回到屋里，菊子已经穿着白色毛衣和袜子，在起居室等着了。

她略施胭脂，显得格外有神。

四

火车的窗户上忽然映出红色的花朵，是曼珠沙华。花开在铁轨旁的坡堤上。火车一过，花也摇摇曳曳，凑近过来。

户冢的坡堤上种着成排的樱花树，信吾望着树下成片盛开的曼珠沙华。花刚开，红得明亮。

这个早晨，红花让人想到了秋野的静谧。

他还看到了芒草的新穗。

信吾脱掉右脚上的鞋子，将脚抬到左膝上，按揉着脚底。

“怎么了?”修一问。

“脚沉。最近在车站上楼梯的时候，经常觉得脚沉。今天身体好像虚弱了不少。感觉生命力衰退了。”

“菊子还担心你是不是累着了。”

“是吗? 可能是因为我跟她说，想被埋在土里，休息五万年。”

修一莫名其妙地看着信吾。

“是从莲子的事说起的。报纸上讲了上古的莲子发芽开花的事。”

修一点了一根烟。

“听说你问她是不是怀孕了，菊子很不安。”

“到底怀了没？”

“当然还没有。”

“那个叫娟子的女人怀的孩子怎么办？这个更重要。”

修一顿时怔住了。他反抗似的说：

“听说你去找她了，还给了分手费。没必要吧？”

“你什么时候听说的？”

“听别人说的。我已经跟那边分了。”

“孩子是你的吗？”

“娟子咬定说不是……”

“人家怎么说归人家，难道你不该问问自己的良心吗？是你的吗？”

“我的良心不知道。”

“什么？”

“就算我独自承受痛苦，也动摇不了女人那种疯狂的决心吧？”

“她比你更痛苦，不是吗？菊子也是。”

“但是，分了以后，娟子还是娟子，她还是能随心所欲地活着。”

“这样就行了吗？你真的不想知道那是不是你的孩子？还

是你的良心已经知道了？”

修一没有说话，只是频繁地眨着那对好看得过分的双眼皮眼睛。

信吾的办公桌上放着一张黑框的明信片。是那位患肝癌的朋友的讣告。他因器官衰竭而死，信吾觉得他走得太快了。

是不是有人给了他毒药？他也许不止拜托过信吾一个人。或者，他是用其他方法自杀的？

另一封信是谷崎英子寄来的。英子在信中写道，她从之前的洋服裁缝店辞职，去另一家店工作了。娟子也在英子走后不久辞职，搬到沼津了。娟子还对英子说，在东京太难，她准备在沼津开家小店。

英子虽然没有写，但信吾觉得，娟子隐居到沼津，也许是为了把孩子生下来。

正如修一所说，娟子应该和修一以及信吾再无瓜葛，要随心所欲地活下去了。

信吾望着窗上清澈的阳光，静静地发了会儿呆。

和娟子同住的那个池田如今孤身一人，不知怎样了？

他想去见见池田或英子，打听一下娟子的事。

下午，信吾去吊唁朋友，他才得知朋友的妻子早在七年前就去世了。朋友生前一直与长子一家一起生活，家里有五个孙子。长子也好，孙子也好，长得似乎都不像死去的朋友。

信吾虽然怀疑朋友可能是自杀，但这事当然不该多问。灵柩前摆满了漂亮的菊花。

回到公司后，他正和夏子一道处理文件，没想到菊子竟然打来了电话。信吾被不安攫住，以为出了什么事。

“菊子？你在哪儿？东京？”

“对。我回了一趟娘家。”菊子开朗地笑着，“我妈妈说有事找我商量。我回家一看，什么事都没有。她说，就是寂寞了，想见见我。”

“是吗？”

信吾胸中泛起一阵温柔。也许是因为电话中菊子的声音如少女般悦耳动听吧。但似乎又不仅仅是因为这一点。

“爸爸，您该下班了吧？”

“嗯。你家里人都好吧？”

“都好。我想跟您一起回去，所以打电话问问。”

“哦？菊子，你可以在家多待待。我跟修一说一声。”

“不用，我这就回去了。”

“那你来公司一趟吧。”

“去公司好吗？我想着在车站等您。”

“来公司吧。叫上修一，咱们三个吃了饭再回家。”

“这时候不管去哪儿，好像都没地方。”

“是吗？”

“我现在马上过去，可以吗？我已经准备好了。”

信吾觉得连眼皮都暖暖的，窗外的街景立即清晰了起来。

秋　鱼

一

十月的早晨，信吾正在系领带，突然不知道怎么系了。

“咦？咦……？”

他的手停下来，一脸困惑。

“哎呀？”

他将系到一半的领带解开，想再系，却系不好了。

信吾拉着领带的两端，举到胸前，歪头打量着领带。

“怎么了？”

站在信吾斜后方、准备伺候他穿上衣的菊子绕到前面来。

“领带系不住了。我忘记怎么打领带了。真奇怪。”

信吾笨拙地缓缓将领带绕在手指上，想把一端穿过去，结果反倒缠成了一团。他的样子仿佛想说“真奇怪”，但目光里却笼罩着恐怖与绝望，似乎吓到了菊子。

“爸爸！”菊子喊道。

“怎么系来着？”

信吾竭力回想，但头脑空空，伫立在那里。

菊子看不下去了，将信吾的上衣搭在手臂上，走到他面前。

“怎么系好呢？”

菊子迷茫地拿着领带。她的手指在信吾的老花眼里变得模糊不清。

“我忘了。”

“爸爸您不是每天都自己打领带吗？”

“是啊。”

四十年里每天上班都要打的领带，今天早上怎么突然不会系了呢？不用刻意回想如何打结，手也应该能自然地系好。他应该本能地就能系好。

这是突然的自我丧失，还是掉队了？信吾骤感恐怖。

“我每天都看您系的，可是……”菊子一脸认真的表情，反复将信吾的领带卷起又展开。

信吾听任菊子摆布，心中悄悄升起年幼寂寞时撒娇的心情。

菊子的头发散发出好闻的香气。

菊子突然停下手，脸红了。

“我不会啊。”

“你没有给修一打过领带吗？”

“没有。”

"你只在他醉酒回来时为他解过领带吧。"

菊子稍微后退几步，挺起胸脯，盯着信吾脖子上耷拉下来的领带。

"妈妈说不定会。"她歇了口气，提高声调喊道："妈妈，妈妈，爸爸不会打领带了……您能过来一下吗？"

"又怎么了？"

保子一脸呆滞地走过来。

"他自己不是会系吗？"

"爸爸说，他忘记了。"

"怎么突然一下子不会了？真奇怪。"

"的确奇怪啊。"

菊子站到一旁，保子站到信吾面前。

"哎，我也不知道怎么系。忘了。"保子边说边用拿着领带的手轻轻抬了抬信吾的下巴。信吾闭上了眼睛。

保子费力地打着结。

信吾仰着头。也许是后脑勺受到压迫的缘故吧，他忽然感觉一阵晕眩。金色的雪烟在眼睛里漫舞闪烁。是夕阳照耀下的大雪崩扬起的雪烟。还能听见轰隆隆的声音。

是脑出血了吗？信吾一惊，睁开了眼睛。

菊子屏息注视着保子手上的动作。

信吾过去见过故乡山上的雪崩，刚才是当时的幻影。

"这样行吗？"

保子终于系好了，又调整了一番。

信吾也伸手摸了摸，碰到了保子的手。

“啊！”

信吾想起来了。大学毕业后第一次穿西服时，为他系领带的人是保子的美丽的姐姐。

信吾转身面向衣柜的镜子，似乎是为了避开保子和菊子的目光。

“这样就行。哎呀，真是老了。突然就不会打领带了，真吓人。”

看着保子为自己系领带，信吾心想，新婚时，是不是也是保子系的领带啊？但是，他想不起来了。

姐姐死后，保子去她家里帮忙时，是不是也为英俊的姐夫打过领带呢？

菊子似乎有些担心，趿拉着木凉鞋，一直把信吾送到门口。

“今晚……？”

“不开会，早早就回来了。”

“那您早点回来。”

在大船站附近，信吾透过车窗望见了秋日晴空下的富士山。他检查了一下领带，发现左右打反了。左边留得长。可能是保子正对自己，弄反了左右吧。

“怎么搞的？”

信吾解开领带，轻松地重新打了一遍。

刚才忘记怎么打领带的事，简直不像真的。

二

最近，修一更少和信吾一同回家了。

横须贺线的火车每隔三十分钟一班，傍晚时改为十五分钟一班，有时车厢反而很空。

在东京站，信吾和修一并排坐着，一个年轻女孩在他们前面的座位上坐下。

“麻烦您帮我看一下座位吧。”她对修一说完，就把红色手提包放在座位上，然后站了起来。

“两个人吗？”

“啊。”

女孩的回答很暧昧。她脸上施着浓粉，看不出丝毫羞涩，转身去站台了。她身上是一件纤瘦的西式大衣，垫肩俏皮可爱。大衣从肩部流畅地延展下来，衬出一副柔美而活泼的身姿。

修一立即便问是不是两个人，信吾对此很佩服。他反应真快。他怎么知道那女孩在等约好的人呢？

修一那么一说，信吾也觉得，女孩肯定是去站台上找同伴了。

然而，女孩明明坐在信吾对面的窗边，为什么跟修一讲话呢？她起身的刹那可能正好对着修一，但还是因为修一比较吸引女人吧。

信吾望着修一的侧脸。

修一正在读晚报。

不一会儿，年轻女孩回到车厢，抓住敞开的车门，又一次环视站台。约好的人似乎没有出现。女孩回到座位上，浅色的大衣轻轻摇摆，从肩头到衣角，胸前只有一枚大纽扣。口袋开得很低。女孩单手插进口袋，摇摇晃晃地走着。大衣的剪裁略微有些奇怪，却很适合她。

和离开前不同，这次她坐在了修一前面，连续三次回望车门方向。坐在靠路的座位上可能比较容易看到车门吧。

信吾对面的座位上放着女孩的手提包。椭圆形筒包，金属卡扣很宽。

钻石耳环应该不是真的，但闪闪发亮。她脸部紧致，鼻子大得格外显眼。嘴小而美。稍稍上挑的浓眉修得很短。双眼皮很漂亮，但线条还未走到眼角就消失了。下颌线十分紧致。是一种美人。

她的目光略显疲态，看不出年龄。

车门方向人声喧闹，女孩和信吾都朝那边望去。五六个男人扛着庞大的枫树枝走进车厢。他们说笑着，像是刚刚旅行归来。

信吾心想，从枫叶那鲜红的颜色来看，一定是北国的枫树。

那几个男人无所顾忌地大声讲话，信吾听到那是越后内地的枫树。

“信州的枫树也很美了吧。”信吾对修一说。

但是，他想起的并不是信州故乡山上的枫树，而是保子的姐姐去世时供在佛龛里的那一大棵枫树盆栽。

那时，修一当然还未出生。

火车里染上了季节的色彩。信吾一直凝望着从座位上方伸过来的红叶。

突然回过神来，信吾发现年轻女孩的父亲正坐在自己对面。

女孩一直在等父亲啊。信吾莫名感到欣慰。

父亲和女儿长着一模一样的大鼻子。两个鼻子排在一起，似乎有些奇怪。他们的发际线也一样。父亲戴着一副黑框眼镜。

父亲和女儿之间似乎互不关心，互不说话，也不互看。还没到品川，父亲就睡着了。女儿也闭着眼睛。他们的眼睫毛也一模一样。

修一并不太像信吾。

信吾心里期待着那个父亲和女儿能随便说上一句话，同时又莫名羡慕他们可以像陌生人一样漠然。

他们的家庭应该很和睦。

开到横滨站，年轻女孩单独下了车。信吾大吃一惊。他们哪里是父女啊，就是陌生人。

信吾又失望又沮丧。

火车即将开离横滨时，女孩邻座的男人只是微微睁了睁眼，然后又邋里邋遢地继续打盹。

年轻女孩一走，信吾突然觉得中年男人格外邋遢。

三

信吾用胳膊肘悄悄碰了碰修一，轻声说：

“他们不是父女哪。”

修一并没有表现出信吾期待的反应。

“你看见了吧？没看见？”

修一敷衍地点点头。

“不可思议啊。”

修一似乎并未觉得不可思议。

“他们长得真像。”

“是啊。”

男人正在睡觉，还有火车行进的声音，但也不该高声议论眼前的人。

这样看着人家似乎不好，信吾垂下目光，顿时感到一阵寂寞。

信吾本来觉得对面的男人很寂寞，结果寂寞却沉进了自己的身体里。

保土谷站和户冢站之间距离很长。秋日的天空暗了下来。

那男人比信吾小，五十五六岁的样子。在横滨下车的女孩大概和菊子年龄相仿。不过，说到眼睛的美，她和菊子完全不同。

信吾心想，那个女孩为什么不是这个男人的女儿呢？

信吾更觉得不可思议了。

世界上竟然有如父女般相像的人。但是，这种情况并不多见。对于那个女孩来说，世界上和她相像的人也许只有这个男人；对于这个男人来说，和他相像的人也只有那个女孩吧。他们都是彼此的唯一。或者说，两人如此相像，世界上或许只此一例。两个人毫无关联地活着，做梦也想不到对方的存在。

两人偶然同乘一辆火车。初次邂逅之后，可能再也不会相遇。漫长一生中，只有三十分钟的交集。一句话都没说，就分开了。相邻而坐，却没有看过对方的脸庞，也不会注意到彼此这般相像吧。奇迹之人丝毫没有察觉到自身的奇迹，就离开了。

为之感到惊奇的，是第三者信吾。

但是，信吾心想，偶然坐在两人对面的自己观察到了奇迹，是不是也算参与了奇迹呢？

究竟是什么创造了酷似父女的两个人，让他们一生只邂逅三十分钟，并且还让信吾看到了这一幕呢？

而且，正是因为女孩等的人没有来，才让她和这个酷似她父亲的人并排坐在了一起。

“这就是人生吗？”信吾只能这样喃喃自语一句。

火车停在户冢站，睡觉的男人慌忙起身，行李架上的帽子掉在了信吾脚边。信吾帮他捡了起来。

“啊，谢谢。”

男人拍拍尘土，戴上帽子离开了。

“真是不可思议啊。他们完全不认识。”信吾的声音解放了。

“像是像，穿着打扮可不一样。”

“穿着打扮……”

“那姑娘多干净利落，刚才那大叔无精打采的。”

“女儿打扮得漂亮，老爹穿得破破烂烂的，这不是很常见吗？”

“就算是，两个人衣服的质地也不一样。”

“嗯。”信吾点点头，“女孩不是在横滨下车了吗？只剩那男的在的时候，我突然觉得他看着很寒酸……”

“是吧。一开始就是这样。”

“但是，突然看出寒酸来，我也觉得这事很不可思议。有些联想到自己了吧。那个人虽然比我年轻不少……”

“的确，一个老头儿带着一个年轻漂亮的女人出来，肯定很招眼。爸爸，你觉得呢？”修一打了个趣。

“那是因为你这种年轻男人看着会羡慕。”信吾搪塞了一句。

“我可不羡慕。一对年轻的俊男靓女在一起，总有些不协调。丑男配美女，又让人可怜。美女还是交给老人吧。”

信吾依旧在回味刚才两人身上的不可思议。

“但是，那两个人说不定真的是父女。我刚才突然想到，说不定那是他在外面跟别人生下的孩子。他们见着了，也没报姓名，谁都不知道……”

修一不理他了。

话一出口，信吾就想到，坏了。

但是，既然修一以为这是讽刺了，信吾便接着说：

“你也是，二十年后，说不定也会遇上这种事。”

“爸爸你要说的就是这个吗？我不是多愁善感的命运论者。敌人的炮弹从我耳边擦过，轰隆隆地响着，一个都没打中我。中国，南洋，说不定都留下了私生子。和私生子相见却不相认，这种事跟从耳边擦过的炮弹比起来，算什么！又不会要命。娟子生的也不一定是女儿。她既然说了孩子不是我的，我也只是想，这样啊。仅此而已。”

“战争时期跟和平时期不一样。”

“即使是现在，说不定还有新的战争来追赶我们。之前的那场战争，可能还是像幽灵一样对我们穷追不舍。”修一憎恶地说，“问题在你，因为那个女孩稍稍有点儿与众不同，你就暗暗被她的魅力吸引了，没完没了地生出各种奇怪的想法。一个女人只要稍微与众不同一点，就能抓住男人的心。”

“你是因为那个女人稍微与众不同一点，就让她生孩子、养孩子吗？这样好吗？”

“那不是我想要的。想要那样的，是女方。”

信吾没吭声。

“在横滨下车的那个女孩，她是自由的。”

“自由是什么意思？”

“她没结婚，呼之即来。看着挺高贵，其实过得不是正经生活，整天都在奔波劳顿。”

修一的观察让信吾有些畏缩了。

“你也真让我开眼了。你什么时候堕落成这样了呢？”

“菊子也是自由的。真的很自由。她又不在军队，也不是囚犯。”修一挑衅似的一吐为快。

“说自己的老婆是自由的，这是什么意思？你对菊子也说过这样的话吗？”

“这话就留给爸爸跟她说吧。”

信吾极力克制着自己。

“也就是说，让我去跟菊子提离婚吗？”

“不是那个意思。”修一也压低了声音，“我们不是在说横滨下车的那个女孩是自由的吗……那个女孩和菊子年纪相仿，所以你才觉得那两个人像父女，不是吗？”

“什么？”

信吾突然被这么一说，愣住了。

“不是那样。他们不是父女，却长得那么像，难道不像个奇迹吗？”

“但是，也没有你说得那么感动。”

“不，我很感动。”信吾回答。不过，修一说出了菊子在他心底的事，他感觉喉咙发堵。

扛枫树枝的那几位乘客在大船站下车了。信吾目送着满枝红叶到了站台上。

“我们去信州看一次红叶吧？你妈妈、菊子也一同去。”信吾说。

“好啊，但我对红叶没什么兴趣。”

“我想看看故乡的山，也想看看你妈妈的老家。她做梦梦见家都荒了。”

“荒了啊。”

“趁现在还能修一修，否则就彻底荒废了。”

“房屋骨架很结实，不会荒了。一整修就……但是，整修它做什么用呢？”

“不知道，也许回去养老吧，或者什么时候你们回去避难用。”

“这次我留在家里。菊子还没见过老家的样子，让她回去看看吧。”

“菊子最近怎样？”

“我和外面的女人一了断，菊子也懈怠了吧。”

信吾苦笑了一下。

四

星期天的下午，修一好像又出去钓鱼了。

信吾把廊下晾晒的坐垫排成一排，枕着胳膊躺下，晒着秋日的暖阳。

阿照也横卧在檐下脱鞋处的石板上。

保子坐在起居室里看报纸，膝上堆放着近十天的报纸。

她一读到有意思的新闻，就会呼唤信吾，念给他听。这种事一再发生，他敷衍地回应过后，对保子说：

“大星期天的，你就别给我读报纸了。”

说完，他懒洋洋地翻了个身。

菊子正在客厅的佛龛前用王瓜插花。

“菊子，那王瓜是后山上的吧？”

“是。多好看。”

“山上还有吗？”

“有。还有五六个。”

菊子手中的藤蔓上挂着三个瓜。

后山上的王瓜成熟了。信吾每天早晨洗脸时，总能在芒草上面看到它们。它们被插在客厅以后，仍旧红得十分醒目。

信吾望着王瓜，菊子也映入了眼帘。

下巴到脖颈的曲线清秀洗练，有种说不出的美。这种曲线并非一代而成，是历经几代血统才形成的美吧。想到这里，信吾伤感了起来。

在发型的衬托下，她的颈项格外显眼。也许因为这个，菊子看着清瘦了不少。

菊子的脖颈细长，线条很美。信吾很清楚这一点，但是隔开恰当的距离，以侧躺的视角望过去，就显得更美了。

也许和秋日柔和的光线有关吧。

菊子下巴到脖颈的曲线上仍旧散发着少女的芬芳。

但是，那线条变得柔和丰满后，少女感仿佛也要消失了。

“再给你念一个……”保子呼唤信吾，“这里有一篇很有意思的。”

“是吗？”

“是美国的事。纽约州一个叫布法罗的地方。布法罗……一个男人出车祸，左耳朵掉了，去看医生。医生立即飞奔出去，跑到事故现场，找到那只血淋淋的耳朵，捡回来给男人接了回去。那耳朵好像到现在都长得好好的。”

“手指也是，断了以后立即接回去，也能长得好好的。”

“是吗？”

保子看了一会儿其他报道，又像想起了什么事似的，说：

“夫妇也是这样吧。短暂分开后重聚，有时还能相处得很好。要是分开时间太长，那就……”

“什么意思？”信吾似问非问地说。

“房子不就是这样吗？”

“相原那是生死不明，去向不明。”信吾轻淡地回答。

“去向，一查不就知道了……这事也不知道会怎样？”

“你这个老太婆还不死心。离婚申请不都交了吗？死了这条心吧。”

“死心这种事，我从年轻时就很擅长。但是，房子那个样子，还带着两个孩子，天天在我眼前，我就不知道怎么办才好。”

信吾沉默了。

“房子长得也不好看。就算再婚，扔下两个孩子，不管怎么说，菊子都太可怜了。”

“要是真那样的话，菊子和修一肯定得单独出去住。孩子就由你来养吧。”

“我啊，倒不是不肯出力，都六十好几了，你以为我还年轻呢？”

“那就尽人事听天命吧。房子去哪儿了？”

“去看大佛了。孩子有时也是奇怪。里子有次去看大佛，回来的路上不是差点被车撞吗？结果还是喜欢大佛，总想去看。”

“是不是喜欢上大佛了？”

“像是。”

“哦？”

“房子不回老家，是吗？继承老屋的事……”

“老屋不需要继承。”

保子不说话了，继续看报纸。

“爸爸。”这次是菊子喊他，“听妈妈说耳朵的事，我想起来，您有一次说过要把头卸下来，送到医院去清洗或修理一下，对不对？”

“对对，看邻居家的向日葵时说的。现在越来越有这个需要了。连领带都忘记怎么系了。说不定再过不久，倒着看报纸也跟没事人一样呢。”

“我也经常想起这件事，想把头送到医院去。”

信吾看着菊子。

“嗯。我就想每天晚上把头放到睡眠医院去。可能是上年纪了吧，我经常做梦。我在哪里读过一句和歌，说：心中有忧，便‘日有所思，夜有所梦’。我的梦也都是‘日有所思’啊。”

菊子仔细打量着插好的王瓜。

信吾也望着那瓶插花。

“菊子，你们搬出去住吧。”他突然说。

菊子一惊，转身站起，过来跪坐到信吾身旁。

“搬出去住太可怕了。我怕修一。”菊子小声说，不想被保子听见。

“你准备和修一分开吗？”

菊子一脸认真地说：

“如果分开了，我也希望您能让我照顾您。”

“那是你的不幸。”

“不。我高兴着呢，不是不幸。”

菊子似乎是第一次表现出这样的热情，信吾很惊讶，也觉得危险。

“你对我这么好，是不是把我错当成修一了？这样的话，你和修一之间反倒会产生隔阂的。”

“他的有些地方，我理解不了。他时不时就会突然变得很可怕，我真是没办法。”菊子妆容精致，诉说般地望着信吾。

“嗯，他出去打仗以后就变了。我也不知道他到底是怎么想的，故意……但是，不说刚才那件事，就像那掉下来的鲜血淋漓的耳朵一样，简简单单接上去，也许也能长得很好。”

菊子一声不吭。

“修一跟你说了吗？你是自由的。”

“没有。”菊子惊讶地抬起眼睛，“自由是指……？”

“嗯，我也问他了，说自己的老婆是自由的，这到底是什么意思……后来仔细想想，他也许是说，你应该更自由，我应该让你更自由。”

“‘我’，是指爸爸您吗？”

“对。修一说，让我对你说，你是自由的。”

这时，天空传来一阵声响。信吾觉得他的确听到了天上的声音。

抬头一看，五六只鸽子低斜着从庭院上方飞过。

菊子也听到了，走到廊边。

“我是自由的啊。”她满眼噙泪，目送鸽子飞走。

横卧在脱鞋石板上的阿照也随着鸽子扇翅的声音追出去，飞奔到庭院的对面。

五

那个周日的傍晚，一家七口人聚在一起。

外出回来的房子和两个孩子，现在自然也是家庭成员了。

“鱼店里只剩下三条香鱼了。这条给里子吃。”菊子说着，将三条鱼分别放在了信吾、修一和里子面前。

“小孩子吃什么香鱼。”房子伸手过去，“把鱼给外婆吃。”

“不要。”里子按住盘子。

保子和蔼地说：

“好大的一条香鱼哪。估计是今年的最后一季香鱼了。我吃点外公的，不用给我。菊子，你就吃修一的吧……”

这么一说，七人就分成了三组，也许应该是三家。

里子最先动筷子夹起了盐烤香鱼。

“好吃吗？吃得真邋遢啊。”房子皱起眉头，夹起鱼子喂给国子。里子没有表示不满。

“把鱼子……”保子嘟囔一句，用筷子夹走了信吾盘中有鱼子的那端。

“过去在老家，在你妈妈的姐姐的鼓动下，我也稍微作过一些俳句。用‘秋日香鱼’‘顺流而下的香鱼’‘赤褐斑香鱼’等季语。”信吾说到这里，突然看了看保子，又继续说：“香鱼产卵后筋疲力尽，姿色衰退得不成形，摇摇晃晃地游回海里了。”

“跟我一样，”房子立即说，“虽然我一开始就没有香鱼那种姿色。”

信吾就当没听见，继续说：

“‘随波逐流，秋日香鱼’；‘知死不久至，香鱼湍中游’，过去也有这样的俳句。说的就是我啊。”

“说的是我。”保子说。

“香鱼产卵后游回大海，就死了吗？”

“肯定死了。偶尔也有香鱼潜在河底，熬过了一年，这种好像叫泊香鱼。”

“我可能就是那种泊香鱼。”

“我是泊不下来了。”房子说。

“但是，你回来之后，胖了一些，气色也好了。”保子看着房子说。

“我不喜欢发胖。”

“因为你回娘家来，就跟潜在河底一样。”修一说。

“我不会长时间潜在这里的。我不要这样。我要回海里。”房子高声说，接着又斥责里子，“里子，只剩骨头了！别再吃了！”

保子露出奇怪的表情，说：

“多难得的香鱼，你爸爸这番话，让鱼味都没了。”

房子低着头，嘴动个不停。后来，她郑重地说：

“爸爸，你能帮着我开个小店吗？化妆品店，文具店……在城郊也行。摆个小摊，开个饮料亭也行。”

修一吃惊地问：

“你做得了这种待客的生意吗？”

“做得了。不是所有客人都看脸消费的，他们要喝的是酒。你觉得自己有个漂亮太太，就能这样对我说话吗？”

“不是那个意思。”

“姐姐能做的。所有女人都能做待客的生意。”没想到，菊子开口说话了，“姐姐要是开店的话，我也去帮忙吧。”

“啊？不得了啊。”

修一的震惊表露无遗，晚餐的饭桌上鸦雀无声了。

菊子一边的耳朵都红了。

“怎么样，下个周日，全家都回老家去看红叶吧。”信吾说。

“红叶啊，我想去。”

保子的眼睛明亮了起来。

“菊子也去吧。你还没去过我们的故乡呢。”

“好。”

房子和修一依然满腔怒火。

“谁留下看家？”房子问。

“我。”修一答。

“我留下。”房子抗议道，“不过，回信州之前，刚才说的那个事，爸爸得给我个答复。”

“到时给你个答复。”信吾说着，想起了怀着孩子在沼津开了小洋服裁缝店的娟子。

吃完晚饭，修一最先起身离开了。

信吾也揉着酸痛的脖子站起来，不经意地望了一眼客厅，打开灯，喊道：

“菊子，王瓜垂下来了。太沉了。”

厨房传来洗碗的声音，菊子似乎没有听见。

永远的旅人[1]

——川端康成其人及作品

三岛由纪夫

一

数日前从报纸上得知，川端先生以笔会代表身份[2]赴欧参会的行程又取消了。川端先生每年都要出席国际笔会代表大会，因此他远赴海外的消息年年都有报道，几乎成了传统。时隔不久，又如传统一般，行程取消的消息也再见报端。普通读者往往弄不清楚究竟是怎么一回事。

然而，稀奇的是，川端先生自己也不清楚。

好几次，我问他："今年快该去了吧？"他只是答："哎，不知道啊。"甚至临到行前也是如此。最后，在川端先生本人的意愿

1 译自新潮社2003年版《三岛由纪夫全集》第27卷。

2 川端康成从1948年起任日本笔会会长，直至1965年。

下，行程取消。

一般来说，真的需要出国的文人，无论如何都是要去的。所以，如果因故无法成行的话，实际上也不是必须出国。我的这种看法套用在川端先生身上，正好合适。不过，让我疑惑的并不在这一点，而是计划赴欧又取消行程一事围绕着川端先生所起的复杂状况，以及在这过程中川端先生身上呈现的某种规律性。

川端先生的生活、艺术以及人生的方方面面，都是如此！他到底真的想去，还是不想去？谁都不知道。连川端先生自己都不知道的事，谁又能知道呢？

我行事慌张，墨守成规，凡事都要按计划推进。在我这种人看来，川端先生是位奇人。神在造人时，也像造园一样，乐于考虑各种对比，所以人的性格迥然有别。就东洋来说，我这种人是小卒，川端先生则是高深、神秘、汪洋大海般的大人物。

但是，听人评价川端先生是“胸襟宽广之人”“大度量之人”，我又感觉不太相称。因为这种类型的性格会让人立即联想到西乡隆盛[1]。然而，川端先生十分清瘦，又是一副神经质般的风貌，与西乡隆盛完全不同。另一方面，世间流传着诸多对川端先生的偏见，说他具有近代性的、如末梢神经般异常敏锐的洞察力，也有说他拥有古代美术收藏家一样纤细的美意识，等等。以这些偏见来看，川端先生的作品实际上并不是豪放的、英雄式的，而是纤巧的，透着惊人的敏感。

---

1 西乡隆盛（1828—1877），日本政治家，明治维新时期倒幕派中心人物。

川端先生这个人的独特之处，就在于他的性格中不可思议地混合着互异的特质。所以，他的生活与作品看似截然不同，却又被一根共通的线牵连在一起。在那些纤巧的作品中也随处可见果敢、大胆的笔触。

二

有人说川端先生冷酷，有人说他温暖，关于他的评价往往因人而异。如果从极其世俗的意义上界定温暖之人，那么先生确实是温暖、侠义的好人：他为穷困者提供物质援助，帮助别人找工作，照顾已故恩人的家人，等等。先生的半生中，这类美谈累积如山。在受助的人看来，先生大概既像幡随院长兵卫[1]，又像清水次郎长[2]吧。而且，先生的这些行为中，没有丝毫伪善的味道，这也是他的特质。如今我要出国旅行时也是，川端夫妇特意到寒舍激励独自出行前无助不安的我，给了我莫大的底气。

但是另一方面，极其世俗的意义上的温暖之人往往过度热心，喋喋不休地强迫对方接受自己的好意，而且喜欢擅自干涉他人的私生活。而这些特点，先生完全没有。十年间，我一直亲聆先生的教诲，却从未听到过什么忠告。不过，也可能是因为他觉

1 幡随院长兵卫（1622—1657），日本江户初期的侠客。本名塚本伊太郎，传说因杀人被判死刑，随后被幡随院的住持救下，于是自称幡随院，后成为町奴（市民侠客）的头领。

2 清水次郎长（1820—1893），日本江户末期到明治时期的侠客、实业家。

得我这个人不听劝，即便给忠告，也是徒劳吧。先生酒量小，从不会与人豪饮。大概因为这层缘故，十年来，先生从没有半强制性地要求过我陪他喝酒。即便路上偶遇，也不过是作为后辈的我邀他去喝个茶而已。

“喝一杯去!”“这人不够意思!”以这种世俗方式生活的人，当然会觉得先生冷酷吧。我也不能免俗，有时碰上先生兴致大好，也不是没有期待过他与我谈些荒唐的事，可惜这种事绝对不可能发生。

有人曾说过：

“若是陪同小说家出行，最佳人选便是川端先生。一同旅行时他爱操心，工作上又平易近人。除此以外的事，完全放手不管。”

此人所说若是真的，那么川端先生的人生便是一场接一场的旅行，先生就是一个永远的旅人。偶尔在人生的一隅落脚小憩，便忍不住关照邻里，善待老妪。那么，是不是一直在路上，就能拥有川端先生那样的生活态度呢？并不会。不仅不会，还有许多人在外出旅行后变得更招人烦。

不过，我们很难到达完全不需要他人忠告的境界。理论上来说，一切忠告都只是伪装的利己主义。面对他人的忠告，我们很可能又会忠告对方：“忠告这种东西不过是伪装的利己主义罢了，难道不是吗？”然而，如果打碎了忠告这种愚劣的、社会连带性的幻影，我们又害怕其他幻影也会一并被打碎，人就会陷入孤独。

这就产生了许多传说：有人说川端先生“孤独”，也有人持另一种观点，称他为“达人”。当然，创作是需要孤独的。那种可以成为强有力的创作母胎的生气蓬勃的孤独并不能从无所事事、充满惰性的孤独感中产生。普鲁斯特长期禁闭在斗室，但也时不时穿上毛皮大衣，与相熟的文人见面。更何况川端先生体质强健，无宿疾，也很少感冒。他并不是挂着一副看破世事的表情，在人们想象的那种慢性孤独中度日。

川端先生其实经常外出。他虽然不是爱伦·坡所写的那个“人群中的人”，但是在人群聚集的地方发现川端先生那张“孤独”的脸也并非罕事。他常常挂着一副饶有兴致的表情，是好奇心旺盛的那种类型，应该和正宗白鸟[1]算是同一种人吧。在众所周知的镰仓文库时代[2]，作为励精恪勤的董事，他每天准时上班，从不懈怠。他食量小，一下子吃不了太多，于是一小份便当分四次吃完。如今已是不需要带便当的时代了，但他坚持出席笔会的例会，从不缺席，还要处理各种繁杂的外部事务。

有一两次，我和川端先生约好见面，他惊人地准时。而另一方面，他也并不是事事都这样务实高效。

有桩出名的逸事：川端先生年轻时，房东老太太来催要房租，他只是默然长坐，最后迫使老太太只得自己离开。先生的个

1 正宗白鸟（1879—1962），日本小说家、剧作家、评论家，自然主义文学代表作家，1943年任日本笔会会长。

2 1945年，川端康成参与成立图书借阅店“镰仓文库”。同年，镰仓文库转型为出版社，川端等人任董事；随后四年为其辉煌时代，最终于1950年解散。

人生活直到现在也没有什么计划性。从他成为新进作家开始，就喜欢住大房子，在热海[1]租了一套大别墅。据说，有客人留宿时，川端夫人便急匆匆地跑去租借被褥。即便这是杜撰的故事，也确实像川端先生的作风。据说有段时间，他常住的房子是租来的，却在轻井泽[2]买了三套别墅。这样的人恐怕并不多见。古董商也是，一碰上先生，恐怕就要费不少苦心了。

尤其不可思议的是，他会抽时间接待来客，几乎来者不拒。所以，他在家的时候，常有编辑、年轻作家、古董商、画家等数人，有时甚至是十余人围在他左右。我时常上门拜访，忝陪末座。这么多来访者，立场不同，事情也各异，主人若不八面张罗，话题自然就会中断。一个人说了什么。先生答上两三句。沉默。又有人唐突地发言。又是沉默。……就这样，几个小时过去了。

我基本是个急性子，耐不住别人的沉默。世上有人性子慢，对方沉默，他反倒觉得轻松，跟沉默的人打交道，丝毫没有负担。川端先生大体就是这种个性，别人沉默，他就想些别的事，并不觉得累。所以，川端先生的责任编辑也最适合由这种人来担任，他得能够享受一连数小时发呆或沉默的氛围。那么，川端先生出现在拥挤的会客间，会最先跟谁说话呢？听人讲，必定年轻女士优先。

初次见面，川端先生给人的第一印象出名地不好。他经常

---

1 静冈县城市，位于伊豆半岛北部，以温泉闻名。
2 位于长野县的避暑胜地。

一言不发，毫不客气地盯着对方看，心怯的人只能连连擦冷汗。甚至传说有位年轻的新手女编辑初次上门拜访，结果运气不好，或者说是运气很好——当天没有其他来客，先生三十分钟未发一言，女编辑不堪忍受，最后哇的一声伏地大哭起来。

来客中也有古董商，带着川端先生中意的名品过来，先生只顾埋头欣赏，连对古董一窍不通的同行也只好窘迫地跟着鉴赏先生的背影与古旧的名画。先生最初可能高估了我的鉴赏能力吧，给我看过大量他收藏的名品，可我一向兴致不高，最近他索性放弃，不再给我看了。

川端家习惯在大年初二迎客。战后，我第一次参加这天的聚会，众人谈笑风生，唯独川端先生独自坐在火盆旁伸手烤火，同时默默地注视着大家。当时尚健在的久米正雄[1]先生见状，突然大叫："川端你真孤独啊！太孤独了！"

我依然记得久米先生绝叫般的话语。那时的我觉得，爽朗的久米先生比川端先生看上去更孤独。我十分确信的一点是：自己懂得了这些正创造着丰富作品的作家的孤独。

讲了这么久先生的待客态度，是因为我难免怀疑：川端先生难道不可惜自己的时间吗？在我看来，当作家有种特殊的好处——若想更好地处理工作方面的事，就可以无限度地占用私人时间。这当然也能使合作方获益。但是，川端先生的生活态度还是遵循着开头提到的规律。只能说他喜欢顺其自然，而另一方面

1 久米正雄（1891—1952），日本作家，曾与芥川龙之介一起投入夏目漱石门下。著有《萤草》等。

则是蔑视生活，关于这一点，我打算梳理梳理，后面再写。

不过，先生在与人交往时，也并不是没有畅快愉悦的时刻。那是在战后，突然兴起与外国人交际的风潮。先生饶有兴趣地观察着外国人，这种情形在他身上鲜有发生。看见与西洋人同席而坐的先生，我总是想，那就像孩子觉得西洋人有趣，目不转睛地盯着看一样，近似于一种无邪的好奇心。

占领时期的美国驻日本大使馆有位名叫威廉姆斯的老太太，人很有趣。她完全不通日语，却成了一个大川端迷，川端先生也经常与她来往。威廉姆斯夫人是个高大的老太太，为人大气，身上带着美式的开朗、坦率与可爱，她不懂文学，还是天理教[1]信徒组织MRA的狂热拥护者。这个人没有读过一部川端先生的作品，却成了川端迷。川端先生也很害羞，虽然略通英语会话，却从来不说，两人就靠眼神和表情交流。但我知道，川端先生很享受与这位夫人的交往。《千只鹤》获艺术院奖时，威廉姆斯夫人虽然什么都不懂，却像自己获奖一般高兴，立即举办了一场庆祝会。我前往参加，结果看见夫人准备的大蛋糕上只装饰着一只鹤的图案。

我提醒说："只有一只鹤，很奇怪。"

"为什么奇怪？"威廉姆斯夫人反问。

"怎么说呢，就是很奇怪。"我说。

结果她说："那可是长着千根羽毛的鹤啊，一只难道还不

---

1 日本新兴宗教，1838年由中山美伎（1789—1887）创立。

够吗？”

我想，一定是什么人给她这样翻译的，让老太太陷入了文学上的误解。

三

写了这么多，该谈谈先生的作品了。但是，描绘完如此破碎的肖像画，现在就更没办法一板一眼地阐述川端康成论了。

瓦雷里[1]说:“作家的生活可以成为作品，反之却不行。”我最近领悟到了这句著名箴言中的意味，同时开始确信，一流作家的作品和生活，撇开私小说不论，最终都会有一致的相似性。

芭蕉[2]在《幻住庵记》中写道:“无能无才，唯一心终此途。”这同样是川端先生的作品与生活的最终宣言吧。川端先生的作品注重细节上的造型，相比之下，却放弃了对整体结构的塑造，这种方式应该是从同一种艺术观和同一种生活态度中产生的。

比如说，川端先生是世上公认的擅写名文的名家，但是在我看来，他始终是一个没有文体的小说家。之所以这样说，是因为所谓小说家的文体，关键便是应有解释世界的意图。作家只

---

1 保尔·瓦雷里（Paul Valery, 1871—1945），法国后期象征派大师，法兰西学院院士，诗耽于哲理，倾向于内心真实，追求形式的完美，作品有《旧诗稿》《年轻的命运女神》《幻美集》等。

2 松尾芭蕉（1644—1694），日本江户时代诗人，写作风格对日本诗坛影响巨大。

有借助文体这个道具才能应对混沌与不安，整理世界，划分世界，将其带入一个狭小的造型框架内。福楼拜的文体，司汤达的文体，森鸥外的文体，小林秀雄[1]的文体……此类例子不胜枚举，这就是文体。

但是，川端先生的杰作是完美的，却又完全放弃了解释世界的意图，这样的艺术作品究竟是怎么回事呢？这是因为他其实不惧混沌，也不惧不安。不过，这种无惧无畏宛若在虚无前拉开的一根丝线。它与希腊雕塑家畏惧不安与混沌，于是在大理石上寄托造型意图正相反，与端正的大理石雕刻以全身之力抵抗恐惧也完全相反。

川端先生作品中的无惧无畏，与他在生活中常被评价的“胸襟”“度量”“大胆无敌”等表达里所暗示的特质完全一致。先生在生活中大胆到近乎虚无的无计划性，与他在创作时放弃结构的态度也十分相似。先生恐怕没有一部作品是成稿后直接出版的，全是应报纸约稿以连载的形式完成。接下来的这番论述，我并没有细致地查过先生的作品编年，如有错误，还请指正。像《雪国》，中途停笔，一直拖到战后才完稿。《千只鹤》和《山音》也是，想着已经写完了，结果又刊出新章节，历时多年才完成。就算完稿了，他也绝对不会设定戏剧性的大结局，所以读者也弄不清楚是不是真的结束了。从这一点上来讲，泉镜花[2]乍看风格相似，却在等同于通俗小说的《风流线》中以希腊悲剧般急剧性的

1 小林秀雄（1902—1983），日本文学评论家，著有《种种意匠》《私小说论》等。
2 泉镜花（1873—1939），日本小说家，著有《高野圣僧》《参拜汤岛》等。

结局收尾，与先生恰恰相反。

川端先生这种无惧无畏，这种通过让自己无力来排解恐怖与不安的不战而胜的生活方式，是从何时开始的呢？

想来，恐怕是从孤儿的成长历程里以及孤独的少年与青年时代中培养出来的特质吧。像先生这样拥有极度敏锐的感受力的少年，没有受挫、没有受伤地成长起来，几乎是让人难以置信的奇迹。不过，在声名鹊起的青年时期，面对自己蓬勃跃动的感受力，先生也的确曾感到自我陶醉与享受。先生说他很讨厌的《化妆与口哨》里，鲜明锐利的感受力几乎一直在舞蹈。这虽然是很罕见的例子，但感性始终如小说中的行为一般，自然地发挥着作用。

先生的感受力在他的创造中成为一种力量，这种力量同时也是一种天然、巨大的无力感。为什么这样说呢？因为强大的理性可以重构世界，而感受力越强大，内心就越需要容纳世界的混沌。这就是先生的受难形式。

但是，如果这个时候，感受力开始求救，想要依靠理性，会怎样呢？理性会为感受力赋予逻辑与理性法则，感受力就会被逻辑逼入绝境。也就是说，作者会被带到地狱去。同样被先生讨厌的《禽兽》中，作者窥视到的地狱正是这个。《禽兽》是先生最接近理性极限的一部作品，与横光利一[1]的《机械》十分相似，仿佛是借同种契机写成的。随后，川端先生毅然决然地背对理

1 横光利一（1898—1947），日本小说家，新感觉派代表作家之一，著有《太阳》《上海》等。

性，保全了自己，而横光利一却与之相反，沉入地狱与理性的迷惘中去了。

当时，川端先生的内心应该生出了对人生的确信。做一个可能有些跳跃的类比，这种确信就像十八世纪的让-安托万·华托[1]所抱的确信一样。确信要让情念归于情念本身，感性归于感性本身，官能归于官能本身，只要保持这种法则，使其不停滞，情念、感性与官能就不会受到破坏。确信虚无前拉起的那一根丝线，即使遭遇来自地狱的风吹雨打，也绝不会断裂。倘若是大理石雕刻，恐怕就倾塌了吧。

如此一来，川端先生意识到，在放任他人之前先放任自己，即是人生的奥义。另一方面，需要警惕他人世界的逻辑法则渗透到自身来。不过表面上还要轻松应对他人世界的法则。实际上，快乐主义有时会呈现出凄惨的外表，尽管我把先生的艺术与华托的艺术一道称为快乐的艺术，但距快乐主义不远了。

接下来，最重要的是必须蔑视生活。为什么呢？因为一旦被放任的自己在生活层面上变得重要，就危险了。如果被放任的自己表现出想要尊重生活、建立生活秩序或者破坏生活的意图，作品就濒临危险了。我用词可能欠佳，但从这一点上来说，川端先生的人生实际上是很精明的。

说到这里，已无须赘言了。川端先生是一个没有文体的小说家，这是先生的宿命。他欠缺解释世界的意图，恐怕不单单是

---

1 让-安托万·华托（Jean-Antoine Watteau，1648—1721），法国画家，画风为抒情性，带现实主义倾向。

欠缺，而是自身积极地放弃了这种意图。

以那些深居在抽象概念城郭中的人的眼光来看，川端先生的生存方式仿若一只蝴蝶在虚无之海上飘荡。但是，谁又知道哪种方式更安全呢？

如前文所述，如果这样的川端先生被塑造成一个彻底孤独、彻底怀疑、彻底不相信人的人，那只是一个黑暗传说罢了。先生的作品中其实常常出现对生命的赞颂，他对如伟大母亲般的小说家冈本加乃子[1]的倾慕也是出了名的。

不过，对川端先生而言，生命等同于官能。那种乍看如专门领域作家写就的情色性，也是先生长久受欢迎的原因之一。但是关于这一点，中村真一郎先生曾对我说过一段有趣的感想。

“最近，我找了好多川端先生的少女小说，一口气读完了，写得真好啊！很色情哟！比起川端先生的纯文学小说，那才是活生生的情色文学啊。这种书给孩子看，好吗？大家都觉得这是川端先生写的少女小说，很安全，于是给自己的孩子看，那可是大错特错了，难道不是吗？”

这种情色性，当然只有大人才能读懂，中村先生只是用了悖论式的夸张表达罢了。然而，他的感想却唤起了我莫大的兴趣。

先生作品中的情色性，可以说是他对自身官能感受的流露，但更贴切的理解是：他对官能本身，即对生命的态度是——永远

1 冈本加乃子（1889—1939），日本女小说家，著有《老妓抄》《病鹤》等。

不抵达一个理性的归宿，而是不断接触，或者说是不断地尝试接触。这种真正意义上的情色性中有一种机制——对象，即生命，是永远触摸不到的。先生喜欢描写处女，就是因为只要是处女，便永远不可触碰。一旦被侵犯，便不是处女了——处女这种独特的机制，令先生感兴趣。写到这里，我被诱惑鼓动着，很想再谈一谈作家与描写对象之间、写作主体与被写客体之间的永久关系，可稿纸已经不够用了。

不过，还是试着潦草地归纳一下吧。先生把生命作为官能性的东西来赞颂，而这种方式与背对理性的方式，是配对存在的。赞颂生命，接触生命，最后都会起到破坏性的作用。如一根丝线、如一只蝴蝶般的艺术作品，既不破坏理性，也不破坏官能感受，像接受太阳照耀的月亮一样，只是沐浴着幸福的光芒，成为自己。

战争结束时，先生对我说过这样一句话："从今往后，我只能吟咏日本的悲哀、日本的美了吧。"这话听来仿若孤笛的叹息，却直击我的内心。

（王之光　译）